Ago Bürki-Fillenz

Ich bin nicht mehr die Frau, die du geheiratet hast

AGO BÜRKI-FILLENZ

Ich bin nicht mehr die Frau, die du geheiratet hast

Herausforderung für die Partnerschaft

KÖSEL

ISBN 3-466-30369-9

© 1994 by Kösel-Verlag GmbH & Co., München
Printed in Germany. Alle Rechte vorbehalten
Druck und Bindung: Kösel, Kempten
Umschlag: Kaselow Design, München
Umschlagmotiv: Pablo Picasso
© VG Bild-Kunst, Bonn 1994

3 4 5 6 · 99 98 97 96 95

*Gedruckt auf umweltfreundlich hergestelltem Werkdruckpapier
(säurefrei und chlorfrei gebleicht)*

Inhalt

Ein ganzer Mensch
ist nicht ein unversehrter,
sondern ein geheilter Mensch.

Dieses Buch ist den 103 Frauen gewidmet,
die dieses Buch durch ihre Bereitschaft,
Einblick ins Offene und Verborgene
ihres Lebens und Werdens zu gewähren,
ermöglicht haben.

Einführung

In meiner Praxis als Paartherapeutin war es auffallend, daß mehr als die Hälfte der Problempaare mit dem gleichen Konfliktthema zu mir kam: Die Frau hat sich verändert, der Mann ist verwirrt. Die Frau ist aggressiv und egoistisch geworden, akzeptiert die bisherige Führungsrolle des Mannes nicht mehr, im Gegenteil, sie macht ihm viele Vorwürfe. Der Mann versteht dies alles als persönliche Angriffe und als gegen ihn gerichtete Ablehnung. Das konkrete Konfliktthema ist natürlich bei jedem Paar verschieden. Aber das zentrale Ereignis ist das gleiche: Das bisherige Gleichgewicht des Paares ist zerfallen, noch haben sie keinen neuen Konsens gefunden.

Ein anderes Element, das bei diesen Konfliktpaaren ähnlich ist, betrifft die Art der Veränderung der Frau: Sie will sich nicht länger in ihre bisherige Rolle einordnen, sondern sucht eine eigene, autonome Identität. Sie beansprucht einen größeren Freiraum, eine eigene Meinung und Kompetenz. Sie will über sich selbst bestimmen. Aggressionen und Depressionen wechseln einander ab.

Einige Beispiele sollen verdeutlichen, worüber ich spreche:
1. Eine 33jährige Frau heiratet während des Studiums einen Akademiker. Es ist »selbstverständlich«, daß sie ihren Beruf aufgibt, als das erste Kind kommt. Zwei weitere Kinder folgen. Sie ist gern Mutter und vermißt zugleich ihren Beruf. Den bewußten Verzicht trägt sie einige Jahre, aber die Frustration wächst – bis diese groß genug wird, um die entscheidende Auseinandersetzung mit ihrem Mann anzugehen: Sie will ihre Berufstätigkeit wieder aufnehmen und verlangt seine Beteiligung an der Betreuung der Kinder. Der Mann, ein erklärter »Feminist«, das heißt (Vor)kämpfer für die Gleichstellung der Frau, ist geschockt. Eine berufliche Einschränkung kommt ihm als eine Zumutung vor. Aber der Prozeß ist ins Rollen gekommen und läßt sich nicht mehr aufhalten.

2. Eine 35jährige Frau, Mutter von zwei Kindern, lebt seit zehn Jahren in einer glücklichen Ehe. Früher war sie als Krankenschwester tätig. Die Rollenteilung ergibt sich von selbst: Ihr Mann, in einem sozialen Beruf engagiert, ist mit »Helfen« ausgelastet; die Frau soll ihn aufrichten, das Heim »führen«. Sie ist auf ihn ausgerichtet und durch ihn erfüllt. Die zehn Jahre sind glücklich. – Aber nun wird es ihr zu eng, und sie sucht nach »etwas«, das noch völlig unklar ist. Ihr fällt auf, daß sie seine Schwankungen mitmacht, in seine Höhen mitfliegt und in seine Tiefen mitstürzt. Sie weiß nicht, wer sie selbst ist. Ein schmerzliches Auf und Ab des Suchens setzt ein, ein Sichabkapseln, Unverständnis und beiderseitige Mißverständnisse. Sie bekommt Zweifel an sich und an ihrer Beziehung. Eine lange Zeit zwischen Aufbruch, Verzweiflung und Einsamkeit vergeht. Aber nach einer Zeit des Tastens im dunkeln und Zwielicht wächst eine neue Gestalt. Der Dialog wird möglich.

3. Eine 40jährige Frau, Mutter einer 18jährigen Tochter. Der Mann ist selbständig, ein Selfmademan aus ärmlichen Verhältnissen, voller Dynamik und Vitalität. Die Frau, durch ihren Mann auf Trab gehalten, geht in seinem Leben völlig auf. Ihr Beruf, Verkäuferin, hat ihr nie etwas gegeben. Das Leben hat sie durch ihn kennengelernt und gelebt. Nun aber ist er »arriviert«, es gibt keine großen Kämpfe und Abenteuer mehr. Die Tochter ist am Ausziehen. Die Frau stürzt in eine tiefe Depression, sie weiß nicht, wofür sie noch da ist. So kann sie nicht weiterleben. »Du hast mich bevormundet, mir mein eigenes Leben genommen. Du hast über mich bestimmt, mich vergewaltigt.« Ein harter, bitterer Kampf entsteht. Eine Abrechnung von 20 Jahren. Die Ereignisse von früher bekommen eine gegenteilige, negative Interpretation und Bedeutung. Was ist Wahrheit? Deine Wahrheit – meine Wahrheit? Immer habe ich *Du* gesagt, für *Dich* gelebt. Jetzt sage ich *Ich* und suche *mein* Leben. – Eine Trennung im Einverständnis erfolgt. Beide suchen ihr eigenes Leben und eine neue Beziehung zueinander.

4. Ein Paar, Mitte 50, 30 Jahre verheiratet, kinderlos. Beide, aus wohlhabendem Haus kommend, lebten das typische Leben einer Oberschicht-Ehe: Der Mann ist in der Industrie tätig, die Frau »Hausdame«. Nach 25 Jahren Ehe wird die Frau depressiv und

beginnt eine Therapie. Dort wird ihr die Leere ihres Lebens bewußt. Sie sucht eine Arbeit und versucht ihrem Leben einen (neuen) Inhalt zu geben. Die Abhängigkeit im »goldenen Käfig« wird ihr unerträglich. Der Mann, zunächst zu allem bereit, da er nun durch ihr Leiden selber leidet und schwer psychosomatisch krank wird, kommt ihr entgegen: Er hilft im Haushalt mit, geht mit ihr in Konzerte usw., sucht das Gespräch. Aber sie leidet noch immer. Sie will allein sein. Als sie sich für ein Jahr eine Wohnung nimmt, bricht er die Beziehung ab und reicht die Scheidung ein.

5. Eine 32jährige Frau entdeckt, daß ihr Mann eine Freundin hat. Eine Welt bricht zusammen. Es folgt eine wirre Zeit von Verzweiflung, Eifersucht, unterwürfiger Abhängigkeit, Rebellion. Dann der Ausbruch: zuerst eine Frauengruppe, dann eine gemischte Selbsterfahrungsgruppe, der verschiedene andere Gruppen folgen. Dort die Entdeckung, daß »ich auch jemand bin«, »daß ich liebenswert bin«, »daß ich eine Frau bin«. Zugänge zu bisher unbekannten Begabungen und kreativen Möglichkeiten öffnen sich. Die Offenheit, die schonungslose Wahrheit, schafft neue Wunden, gibt aber auch eine bisher nicht gekannte Kraft, die das Vergangene in den Schatten stellt. Sie gebraucht diese neue Kraft und Wahrheit zur Konfrontation mit sich selbst und ihrem Mann. Es ist nicht mehr nur das Thema seiner Freundin. Es wird das Suchen nach *Ich* und *Du*. – Ihr Mann ist konsterniert und denkt an Scheidung. Diese Frau ist nicht (mehr) seine Frau, denkt er. Die beiden stehen am Scheideweg.

Diese Häufung ähnlicher Lebens- und Problemsituationen führte mich dazu, mehr davon verstehen zu wollen. Ich entschloß mich zu einer Fragebogen-Untersuchung. Thema war die Wandlung von Frauen, die ihre Ehe im traditionellen Rollenverständnis angetreten hatten und im Laufe der Jahre eine eigene Entwicklung machten. Dabei war der Schwerpunkt der Untersuchung nicht so sehr auf den Wiedereinstieg in den einmal erlernten Beruf oder bei einer neuen Berufsausbildung gelegt, sondern auf die Veränderung des Selbstverständnisses, das dann allenfalls auch berufliche Konsequenzen haben konnte, auf jeden Fall aber die Partnerschaft beeinflußte.

Die Untersuchung hatte zwei Zielrichtungen. Die erste war die

Frage, wieso diese Wandlung überhaupt eintrat und was sie für die Frau bewirkte. Die zweite: Was ist aus der Partnerschaft geworden? Hat sie überlebt, oder hat sie sich sogar vertieft, und welchen Gegebenheiten ist dies zu verdanken? Ist die Partnerschaft gescheitert, dann lautet die Frage, woran sie gescheitert ist und wer die Trennung beziehungsweise Scheidung verlangt hat.

Die Einladung zur Teilnahme geschah strahlenförmig von einem relativ kleinen Zentrum aus. Ich habe in allen meinen Supervisionsgruppen, Aus- und Weiterbildungskursen sowie Eheseminaren von meiner Untersuchung berichtet und die Teilnehmer gebeten, Frauen für diese Untersuchung zu interessieren. Die Frauen sollten nicht Patientinnen der anwesenden Therapeuten sein, sondern vielmehr aus ihrem persönlichen Bekanntenkreis ausgewählt werden. Das vorliegende Buch ist die Auswertung dieser Fragebogen-Untersuchung, an der 103 Frauen beteiligt waren. Den Text des Fragebogens sowie die Beschreibung des Vorgehens finden Sie im Anhang.

Das Lesen der Antworten war für mich zutiefst bewegend. Viele Frauen haben eine Kurzbiographie geschrieben, in großer Offenheit und Ausführlichkeit und in wohlwollender Selbstkritik. Die 103 Antworten ergeben über 1500 Seiten! Ich habe so viele wie möglich in Zitaten zu Wort kommen lassen. Die Zitate sind nur geringfügig verändert worden, wenn es um der Klarheit willen nötig war. Leider war es nicht möglich, allen Raum zu geben. Das Buch sollte einen lesbaren Umfang erhalten, von daher mußte ich auswählen.

Die Auswahl kommt jedoch nicht einer Bewertung oder Benotung gleich. Ich wählte jene aus, von denen ich nach der wiederholten Lektüre aller 1500 Seiten den Eindruck hatte, sie sind repräsentativ oder besonders wichtig für viele Leserinnen und Leser. Außerdem wählte ich einige Berichte aus, von denen in mehreren Kapiteln Ausschnitte zitiert werden. Wenn diese beim Lesen herausgesucht und als Einheit gelesen werden, zeigen sie einen – wenn auch stark verkürzten – Längsschnitt der Erfahrungen dieser Frauen. Es handelt sich um folgende Code-Namen: Rahel, Dora, Ella, Veronika, Trudi, Maude, Anna, Olga.

Dieses Buch ist keine Kampfschrift. Es gibt eine große Anzahl kämpferischer Bücher von Frauen und für Frauen, die bahnbrechend war und immer noch ist und durch die die Veränderungen in der Gesellschaft erst ermöglicht wurden. Mein Ausgangsort ist ein anderer, auch wenn ich selbst viel gekämpft habe. Ich erachte das Patriarchat auch für die Männer als verhängnisvoll. Denn was Mensch-Sein, Mann-Sein heißt, wird den Männern im Patriarchat ebenso verwehrt, wie es den Frauen verwehrt wird, ihr Mensch- und Frau-Sein auszuleben. Ich bin überzeugt, daß eine Gesundung der Partnerschaft nur erreicht werden kann, wenn *Frau und Mann* gesunden.

Dieses Buch handelt zwar größtenteils von Frauen, aber es ist nicht nur für Frauen geschrieben. Da bei der Wandlung nicht nur die Frau, sondern durch sie auch der Partner und die Partnerschaft erschüttert wird, ist es von großer Bedeutung, daß der Mann verstehen lernt, um was es eigentlich geht.

Im Prozeß des Aufbruchs wird der Mann häufig durch die Frau verletzt. Wenn er diese Verletzungen nur als seine Ablehnung durch die Frau interpretiert, wird ihm ein tieferes Verständnis für sie nicht möglich sein. Es geht darum, daß er ihre frühen und späteren Verwundungen zu sehen beginnt und sich in sie einzufühlen versucht. Nicht alles ist seine Schuld. Es geht für die Frau um viel mehr als um eine »Abrechnung« mit dem Mann. Die Geschichte ihrer Entwertung fing schon in ihrer Kindheit an.

Aus diesem Grund ist es mein Ziel, Hinweise auf Heilungsmöglichkeiten zu geben – ohne jedoch die Erniedrigung von Frauen durch die Männer zu verharmlosen. Im Gegenteil, nur nach dem Aufdecken und Benennen des Übels kann über Neues nachgedacht und gesprochen werden.

Zum Schluß bleibt mir noch das Danken. Viele Frauen haben mir bei den Vorbereitungsarbeiten geholfen. Ohne ihre Hilfe hätte ich das Buch nicht in der festgesetzten Frist beenden können. Ihnen allen gilt mein Dank.

Bei den Vorarbeiten zur Auswertung der Fragebögen haben mir Marianne Burckhardt, Margrit Gutknecht, Ines Hofstetter, Jeanne Pestalozzi, Marlies Studer, Madeleine Walder, Doris Walser, Heidi Werder und Elisabeth Wille geholfen. Paula Flückiger schrieb die erste Fassung des ersten Teiles ab, die dann von Regula Knellesen und Katharina Ley wohlwollend kritisch gelesen und mit Korrekturen versehen wurde. Das ganze Buch schrieb schließlich Vreny Sieber, deren Freude und Ermutigung mir wohlgetan haben. – Susi Ramer erstellte die Statistik und wertete sie aus, so daß ich sie kommentieren konnte.

Das fertige Manuskript haben mein Sohn Rainer Bürki, Helene Busslinger, Regula Knellesen, Ursula Stuker und Andreas Wille nochmals kritisch gelesen. Sie alle haben wesentliche Impulse für Änderungen gegeben.

Mein Mann hat mich in den Jahren der Ausbildung und anschließend in Zeiten von Neuentdeckungen, die mich oft zu zuviel Arbeit verführten, unterstützt und sich mit mir gefreut. Auch habe ich all die Jahre laut verkündet, ich würde nie ein Buch schreiben. Er hat mich jetzt daran nicht erinnert, sondern mir seine Zuversicht und seinen Glauben an mein Gelingen zugesprochen.

I. Die Familie als Schicksal

Um eine Familie wirklich verstehen zu können, müßte man einige Generationen zurückgehen und die beiden Linien von Frau und Mann, die sich weit verzweigen, kennenlernen. Großeltern und Urgroßeltern, von beiden Seiten zusammengezählt, ergeben 24 Personen, das heißt zwölf Familien! So viele Einzelbiographien in nur zwei Generationen und so viele Familien mit ihrer einmaligen Zusammensetzung, ihren Regeln, Gesetzen, Verboten, Geboten, ihren eigenen Mythen und Wertsystemen formen jede nächste Generation, wobei die Frau, ihr Partner sowie ihre Kinder als vorläufig letzte Generation dastehen. Diese Frau ist es jeweils, die den Fragebogen für dieses Buch bearbeitet hat. Ungezählte Generationen haben vor dieser Frau ihr Schicksal in der Vergangenheit durchlebt. Alle haben irgendwie, heute kaum oder gar nicht bekannt, auf diese Frau am Ende des 20. Jahrhunderts Einfluß ausgeübt und sie mitgeprägt. Es kann eine Offenbarung sein, wenn man seinen Stammbaum aufzeichnet. Zusammenhänge aus der Herkunftsfamilie werden klar, die eigene Stärken oder auch lebenslange Nöte erhellen. Wenn es uns auch nicht möglich ist, eine solch umfassende Arbeit zu bewältigen, kann ein wichtiger Teil doch beachtet werden: Wir können wenigstens zwei Generationen weit zurückschauen zu den Großeltern. Es geht dann um die Großeltern der Frau, die über sich berichtet. Die Beschreibung geschieht vom Blickpunkt der Frau, als sie noch ein Kind war. Diese Studie beschäftigt sich mit Frauen, mit ihrer Rolle, ihrer Wandlung und mit ihrer Partnerschaft von innen her gesehen. Deshalb sind auch nur die Großmütter und nicht ebenso die Großväter erwähnt, obwohl sie einen ebenso wichtigen Einfluß haben können.

Die Großmutter

Wenn es keine Großmütter gäbe, dann müßte man sie erfinden – sagte mir kürzlich eine Frau über ihre Großmutter. Die Enkelin ist jetzt selbst eine erwachsene Frau in mittleren Jahren. Die Großmutter war die »Lichtfigur« ihrer Kindheit.

Großmütter haben eine wichtige Rolle in der Familie inne. Sie repräsentieren die Generationenfolge, das heißt, die Vergangenheit und die Vergänglichkeit. In den Augen ihrer Enkel, aber auch in denen ihrer Kinder, erscheinen sie alt. Ihnen gehören die Vergangenheit, die Familiengeschichte, die Erinnerungen. Sie sind authentische Vertreter der Familienmythen, Bewahrer angedeuteter Geheimnisse. Sie geben die Generationengeschichten, die wichtig waren, weiter. Nicht nur, weil man im Alter auf die Erinnerungen zurückgreift, sondern weil es für einen selbst wichtig ist, die Biographie der Familie und ihre Werte nicht zu verlieren. »Vergeßt nicht«, sagen Großmütter. Und wirklich, was wären wir ohne Vergangenheit, ohne Geschichte, ohne Erinnerungen?

Großmütter sind auch lebendige Künderinnen der Begrenzung des Lebens: Sie werden zuerst sterben (so nimmt man es wenigstens an). Sie stehen in der vordersten Reihe. Sie werden kränklich, gebrechlich oder pflegebedürftig. Vielleicht muß man sie sogar zu sich in die Familie aufnehmen. Durch ihr So-Sein, durch ihr Altern, sind sie Vorbilder. Für immer bleibt es ihren Kindern und Kindeskindern eingeprägt, *wie* sie alt werden: lebendig, versöhnt, in Frieden oder hadernd. Sie repräsentieren den Mut zum Leben und zum Sterben oder auch die destruktive Angst vor dem Verlust der Leistungsexistenz. Großeltern sehen offensichtlich der Vollendung ihres Lebens entgegen.

Großmütter repräsentieren aber auch die Bilder vom Frausein, das heißt, wie eine Frau sein soll(te) und was sie tun muß(te). Dabei sind diese Sollbilder nicht die Erfindung unserer Großmütter oder Mütter. Ihnen standen auch nur diese Bilder zur Verfügung, und sie haben sie weitergeführt, wie es immer schon war. Die überkommenen Bilder und Rollen waren für sie das schlechthin Normale, denn Kreativität erwacht erst unter massivem Druck und Leid. Und sogar dann braucht es noch viel, um etwas wirklich Neues zu denken und zu wagen. Dies war in der Vergangenheit nur einzelnen Frauen möglich.

Aber es gibt auch eine andere Großmutter: eine Pionierin, die ihrer Zeit und vielleicht auch ihrer Enkelin voraus ist. Sie kennt die Vision der Hoffnung, den Mut und vielleicht sogar ein Stück Realisationskraft. Ihr Bild wird sich unauslöschlich in die Seele der Enkelin einprägen und sie ermutigen, wenn sie einmal Frau geworden ist und Vision, Hoffnung und Mut braucht.

Die Beziehung zwischen der Großmutter und der Familie ihrer Tochter kann für die Eltern, und somit für die Enkelin, eine Quelle der Freude und Sicherheit sein. Oftmals ist aber die Beziehung zwischen Großmutter und Eltern, speziell zwischen der Großmutter und ihrer Tochter, konfliktreich. Dafür gibt es zwei Hauptursachen: Die Ablösung der Mutter von ihren Eltern, insbesondere von ihrer Mutter und umgekehrt, ist (noch) nicht vollzogen, das heißt, die symbiotische Beziehung zur Mutter besteht noch immer. Das bedeutet, daß die Großmutter ihre Tochter noch nicht in ihre Autonomie entlassen hat und die Tochter von ihrer Mutter abhängig ist. Sie wird dann bei ihrer Mutter Rat und Trost suchen. Sie wird über ihre Ehe erzählen, bei ihr über ihren Partner klagen, das Urteil ihrer Mutter erfragen und dieses zu ihrem eigenen machen. Sie wird vielleicht ihren Partner verurteilen, geringschätzen oder auch belehren.

Die Geschlossenheit der Paarbeziehung kann nicht entstehen, wenn die Mutter zu ihrer Mutter die primäre Beziehung ungebrochen weiterführt. Die Folge davon wird sein, daß das Schwiegerkind auf den zweiten Platz verwiesen, vom Ehepartner nicht voll respektiert und akzeptiert wird. Eifersucht, Beziehungsabbrüche, Parteinahmen, Hintenherumreden sind an der Tagesordnung.

Die Autonomieentwicklung, bei der die Ablösung der Mutter von ihrer Mutter einen wichtigen Schritt darstellt, ist ein nicht nur komplexer, sondern auch schwieriger, lebenslanger Prozeß, in dem der Verlust der primären Intimität für die Mutter (mit ihrer Mutter) die harte Seite des Erwachsenwerdens darstellt. Die Großmutter war jahre- oder auch jahrzehntelang Mutter und

Hausfrau. Nun sind ihre Kinder fort, haben ihr eigenes Leben in die Hand genommen. Die Großmutter verliert damit den tragenden Sinn ihres Lebens und findet ihn verändert wieder in der jungen Familie ihrer Tochter.

Die nicht genügend erfolgte Ablösung von der Mutter kann sich auch in Dauerspannung und Auflehnung der Mutter gegen ihre Mutter zeigen. Die Großmutter wird zu einem Projektionsschirm für unbereinigte und unbewältigte Vergangenheitskonflikte aus der Kindheit der Mutter. Es erscheint dann so, als ob die Großmutter an allem schuld wäre, an den früheren Nöten in der Herkunftsfamilie, und die Mutter fühlt sich als ihr Opfer. Schweigender Groll oder Streitigkeiten sind die Folge.

Die dominante Großmutter bietet sich für diese Rolle an. Sie mischt sich ein, beurteilt, belehrt, gibt Anweisungen, weist jedem seinen Platz und seine Grenze zu, hilft ohne Unterlaß. Auf diese Weise hält sie die Ablehnung gegen sich wach und wird immer wieder zurückgewiesen und abgelehnt. Obwohl ihre Absichten nur gut sind, erntet sie nichts als eine wachsende Mauer gegen sich. Die Großmutter fühlt sich als Opfer ihrer Tochter. Sie zieht sich zurück, um dann mit frischem Elan neu zu beginnen. Die dominante Großmutter ist das Gegenstück zur demütigen Frau und Mutter, die sich für ihre Familie aufgibt, das traditionelle, sentimentale Mutterbild.

Oft entsteht eine stabile Solidarität des Ehemannes und seiner Frau gegen die mächtige oder zumindest störende Großmutter. Diese Stabilität wird erschüttert oder aufgelöst, wenn die Großmutter stirbt und der gemeinsame Feind keinen Zusammenhalt mehr bietet. Ehekrisen sind dann die Folge.

Es soll auch noch eine dritte Möglichkeit erwähnt werden: Wenn die gegenseitige Ablösung und dadurch eine neue Großmutter/Mutter-Beziehung gelingt, werden sich zwei erwachsene Frauen neu begegnen, in gegenseitiger Achtung und einander ernstnehmend. Die Jüngere kann von der Älteren lernen, kann sie fragen und sie an ihrer Welt, ihren Freuden und Kämpfen teilnehmen lassen und auf diese Weise die Welt der Großmutter erweitern und bereichern.

Auch umgekehrt wird es ähnlich sein: Die ältere Frau wird gerne die Sprache, die Werte und Denkweisen der jüngeren hören und lernen wollen. Ihre Welt wird dadurch erweitert, und sie wird geben können aus den Einsichten und Früchten ihres langen Lebens: Gutes und Bitteres. Und das wird das Leben der Jüngeren vertiefen. Die Großmutter hat eine direkte Beziehung und somit Einfluß auf ihre Enkelin. Es entsteht ein Beziehungsdreieck: Mutter – Enkelin – Großmutter. Wenn die Beziehung Mutter – Großmutter gut ist, bedeutet die Großmutter für die Enkelin ein Leben lang helle Erinnerungen an die alte Frau, die ein wichtiger Mensch für sie ist.

Ein Beziehungsdreieck bietet aber immer auch Fallen: Wen soll das kleine Mädchen mehr lieben, wenn die beiden Erwachsenen Streit haben sollten? Wem soll es treu sein, wessen Partei soll es ergreifen? Ihre Spannung, die Unlösbarkeit für das Mädchen ist genau die gleiche, wenn das Beziehungsdreieck Vater – Mutter – Tochter heißt. Es geht um Loyalität zwischen Menschen, die dem kleinen Mädchen wichtig sind, die es liebt, und über die es kein Urteil fällen kann, weil sie keinen verlieren will.

Großmutter zu sein erfordert Verzichte. Man lebt nicht mehr direkt in der Familie, wo die Kinder leben, man darf aushelfen, beitragen, aber man hat keine Rechte, keinen direkten Einfluß, keine Verantwortung und auch keine Macht. Wenn man entsprechende Ansprüche anmeldet, dann übertritt man bald die Grenze des Willkommenseins – und auch die Grenzen dessen, was der Enkelin dient. Allerdings ist die Belohnung für den Verzicht groß: Willkommene Großmütter haben eine freie, gelöste Ausstrahlung. Sie können gerne und zufrieden kommen und ebenso wieder gehen. Es ist schön, die Familie, die Tochter samt Enkelin bei sich zu haben, aber es ist auch schön, wenn sie wieder gehen und die Großeltern wieder ihre ganze Freiheit genießen können.

Annemarie (44):
Meine Mutter rühmte immer, wie sehr ihre Mutter nur für die Familie gelebt, sich aufgeopfert hätte, Dienerin gewesen sei. Sie selbst (meine Mutter) bringt dies nicht ganz so stark fertig, leider. Sie (die Großmutter) hätte nur für den »Pappeli« (meinen Großvater) gelebt. Sie sei die Liebe und Güte selbst gewesen.

Dieses Lob wirkt heute eher als Ärgernis, es würde als abschrekkendes Beispiel angeführt. Es gab manche dieser Großmütter, und es gibt manche Mütter, die sich heute noch so verstehen. Das Reizwort heißt Aufopferung und Selbstaufgabe, nur für die Familie leben. Der Selbstverlust als Ideal in der Zeit der Selbstfindung kann nichts anderes als Ablehnung und Verachtung hervorrufen. Vielleicht zeigt deren Heftigkeit zugleich auch noch letzte (?) Reste dieser gleichen inneren Anforderung an sich selbst, die man ausrotten will, aber noch nicht überwunden hat.

Unsere Welt wird eng bleiben, wenn wir vergangenheitslos und damit geschichtslos leben wollen, um diese anstößigen Frauenbilder zu verleugnen. Ohne Zugang zur Geschichte der Frauen und der Männer, die vor uns gelebt haben, wird unser eigener Aufbruch zu wenig verwurzelt sein. Die Beurteilung ihres Lebens nach heutigen Kriterien kann nur zu Fehlurteilen führen. Die Bilder, die sie uns vermittelt haben, wurden von vielen Generationen, die schon vor ihnen lebten, an sie weitergegeben. Wir lehnen diese alten Lebensformen ab und suchen andere, die besser zu uns passen. Die Mühe, die Ängste und tiefe Verunsicherung, dies wirklich tun zu können, zeigen an, um welche Kräfte es geht.

Ruth (69):
Vor- und Schreckbild ist mir die Mutter meines Vaters. Sie führte klar, eindeutig und offenbar auch mit kritischer Intelligenz begabt »ihre vier Männer«. Dem Ehemann hielt sie jeweils nach dem Gottesdienst vor, wie er seine Predigten besser hätte aufbauen können. Den »Buben« redete sie, als sie schon im Studium waren, noch in alle Details drein. Ich besitze eine Reihe ihrer Briefe, die sie an meinen Vater und meinen Taufpaten geschrieben hat. Sie versuchte ihnen als gebürtige Elsässerin »Savoir-vivre« beizubringen.
Ich war die Tochter, die der verstorbenen Großmutter auch äußerlich am ähnlichsten war und auch sein sollte.

Frauen, denen ein Stück Selbstwerdung und Selbständigkeit gelingt, werden oft als dominant empfunden. Aber manchmal bevormunden sie ihre Männer und Kinder tatsächlich. Sie werden ein Schreckbild, nicht nur für die Männer, auch für die Frauen in der Familie. Es ist nicht leicht, ein neues, ausgewogenes Maß zu finden.

Gabi (41):
Die Mutter meiner Mutter lebte nach dem Tod des Großvaters (ich war
damals fünf Jahre alt) mit ihrer jüngsten Tochter, deren Freundin (die
beide nicht heirateten) und der Mutter der Freundin in einem sehr lebendigen und unkonventionellen Frauenhaushalt zusammen. Bei ihnen war
ich als Kind oft in den Ferien, da bekam ich, was ich brauchte, da war
Lachen, Freude und Glück. Ich erhielt auch Anregungen, mich musisch
zu betätigen.

Was für eine Großmutter! Sie erinnert an Bert Brechts »Unwürdige
Greisin«. Eine Witwe in einer Frauengemeinschaft: eine lebendige
Frau. Es braucht immer Mut, den Lebensstil, der zu einem paßt,
wirklich zu leben. Zu Großmutters Zeiten war es noch viel unge-
wöhnlicher, als Witwe das eigene Leben zu entfalten. Welche Farbe
paßt zu einer Witwe? Diese Witwe wählte bunte, helle Farben, auch
wenn es wohl nicht alle angemessen fanden. Sie hat ihrer Enkelin
vorgelebt, daß es gut und befreiend ist, sich an sich selbst zu
orientieren.

Zum Abschluß dieses Kapitels Auszüge aus einem nicht veröffent-
lichten Manuskript von Regula Knellesen, mit ihrer freundlichen
Erlaubnis:

»Du sollst nicht ehebrechen«
»wie schnell die enkel erwachsen werden«, sagt die großmutter, und
schlägt die hände über dem kopf zusammen.
ich bin verheiratet und gelte als erwachsen. ich bin ehefrau und habe, bis
daß der tod uns scheide, einen ehemann.
»ich muß weg von ihm« sage ich, »ich ersticke, ich kriege keine luft
mehr.«
die tanten sind entsetzt. sie stecken die köpfe zusammen. »sie will ihn
verlassen«, tuscheln sie, »die großmutter darf nichts erfahren. es muß ein
geheimnis bleiben«, beschließen sie, »die großmutter würd's nicht überleben.«
ich besuche die großmutter im haus am see. das tischtuch ist weiß und
sauber, die bretzeln sind knusprig. »ich bin weg von ihm«, sage ich zu
ihr, »da war kein licht mehr«. die großmutter hält die kaffeekanne in der
hand. »gut so«, sagt sie, und gießt mir heißen kaffee ein.

Es gibt Großmütter, die Mut machen zum Leben. Ihre Botschaft heißt:»Geh und versuche es, hier ist heißer Kaffee. Ich verurteile dich nicht. Es kann dir, es wird dir gelingen.« Eine Botschaft des Lebens. Diese sitzt ebenso tief und ebenso stark wie die andere, viel häufigere:»Es geht nicht, du kannst es nicht, du sollst es nicht, du bist schuld.«

Vorbilder in der Herkunftsfamilie

Junge Menschen sind beeindruckbar und deshalb auch verführbar, stärker als Erwachsene. Diese Beeindruckbarkeit ist ihre Stärke: offen und erlebnisfähig zu sein, Menschen und Dinge zu entdecken, auszuprobieren, auf Sicherheit zu verzichten. Die Begegnung mit dem Vorbild setzt Offenheit voraus: Man läßt sich beeindrucken von etwas, das neu und unbekannt ist, einladend oder auch faszinierend. Nur so kann das Vorbild Einfluß nehmen. Aber diese Offenheit ist auch eine Gefährdung, denn es fehlt den Jungen an Erfahrung, Maß und Urteil. Je mehr man erwachsen wird, desto schwächer wird der Drang oder Wunsch, ein Vorbild zu finden.
Eine Frau berichtet über eine Begebenheit mit ihrer 17jährigen Tochter. Die Tochter äußert radikale politische und soziale Ideen: Diese Leute müsse man einsperren, jene aus den Leitungsposten entlassen; Frauen, die Pelze tragen, müsse man den Mantel ersatzlos einziehen; man solle Sparbeträge über eine gewisse Höhe in den Banken beschlagnahmen und unter den Armen verteilen und so weiter. Die Mutter hört zu und versucht zuerst ein »vernünftiges« Gespräch; dann geht ihr aber die Luft aus, und sie sagt zu ihrer Tochter:»Du kannst doch die Welt nicht so auf den Kopf stellen, du mußt langsam und vernünftig, schrittweise vorgehen.« Worauf ihre Tochter antwortet:»Du bist eben alt und vernünftig. Ich bin halt noch jung und wage, Neues zu denken.«
Die Tochter orientiert sich an ihrer Altersgruppe und deren revolutionären Vorbildern, die Mutter an konventionellen Normen.
Eine Frau, die anderen zum Vorbild wird, ist in sich stärker verwurzelt, kann ihre Gefühle und ihren Verstand gebrauchen. Eine

junge Frau, auf dem Weg, noch suchend, erkennt in dieser – wahrscheinlich älteren – Frau das »Etwas«, das sie sucht. Sie wird ihr Vorbild, sie wird sich an ihr orientieren, sie wird mehr von ihr erkennen und verstehen wollen, vielleicht wird sie ihren Rat suchen. Dieses Sich-seiner-selbst-Innewerden ist das Entscheidende: Ich merke, das ist es ja, was ich meine. Jemand hat es schon vor mir gefunden, ich kann sie anschauen, von ihr lernen.

Es gibt Berichte über frühe Pionierinnen. Große Geister, die ohne geringste Hoffnung auf Realisierung in die Zukunft blickten und Dinge dachten, die noch niemand zu denken wagte. Wenn sie sich darüber äußerten, dann bezahlten sie es mit Ächtung, Lächerlichkeit und oftmals auch mit ihrem Leben. Auch wenn ihr Name meist unbekannt blieb, gehören sie zu den Großen der Menschheit. Daneben gab und gibt es auch noch heute die Pionierinnen des Alltags. Auch ihre Namen sind nicht bekannt. Sie werden nicht mehr gefoltert und auf Scheiterhaufen verbrannt. Ihr Leiden ist das Leiden des Alltags, der Trivialitäten, die »kleine« Verachtung, die geleugnete Erniedrigung, die indirekte Festlegung auf die alten Rollen. Ihr Kampf ist der Kampf des Alltags, daheim oder am Arbeitsplatz. Sie kämpfen um Respekt, Ebenbürtigkeit und um die Freiheit der Lebensgestaltung.

Aber auch wenn der Preis, den sie in unserer Kultur zu zahlen haben, nicht mehr so hoch ist wie damals, stehen sie immer noch allein an der Front. Denn um Neues zu denken und Neues zu wagen, ist auch heute noch eine Vision und der Mut zum Risiko nötig.

Leider gibt es immer noch nicht viele Frauen, die ein Vorbild für andere Frauen sind, an denen sie sich orientieren können. Es ist ein Privileg, einer solchen Frau zu begegnen, oder auch eine solche zu sein. Möglicherweise erschreckt die Vorstellung, von anderen, jüngeren Frauen als Modell angesehen zu werden. Vorbilder sollten aber kein Schema sein, das kopiert werden soll, sondern den Jüngeren Mut machen, ihr So-Sein zu finden.

Charlotte (45):
Die Schwester meines Vaters, Tanti, und ihre Mutter lebten in unserer Familie, bis ich circa acht Jahre alt war. Mein Vorbild als Frau für mich,

bis heute unerreichbar, ist Tanti: rothaarig, hübsch, geschmackvoll ange-
zogen, kulturbezogen (spielte Klavier, besuchte regelmäßig das Stadtthea-
ter, sprach Französisch, Englisch, las viel, war kontaktfreudig, weich, lieb,
lebenslustig). Aber: unfähig, ihr Leben in die Hand zu nehmen, den
»Lebenskampf zu bestehen«.

Prototyp-Frau auch meine Großmutter. Wie Tanti, dazu auch großzügig,
verschwenderisch, privatisierte als vorerst reiche Witwe schon mit 50
Jahren: tat nichts mehr, lebte am Schluß als alte Frau in unserer Familie
bis zu ihrem Tod.

Ich liebte und bewunderte beide Frauen heiß, haßte sie aber auch, weil
meine Mutter wegen diesen zwei Frauen litt.

Die Erfahrung liegt weit zurück, vor dem achten Lebensjahr. »Tanti« ist ledig, rothaarig – anders –, hübsch, kann vieles, das die Eltern
offenbar nicht können oder zumindest nicht tun, und ist dazu auch
noch lebenslustig. *Aber* unorganisiert, sie kann ihr Leben nicht in
Ordnung bringen. Lebensuntüchtig würde man heute sagen. Und
trotzdem, ihre Faszination ist bis heute für Charlotte ungebrochen.
Es erscheint ihr wie ein Kaleidoskop im Reichtum des Lebens. Eine
tiefe Sehnsucht nach Leben zeigt sich da und zugleich das Risiko:
die Möglichkeit des Scheiterns. Die Notwendigkeit der Wahl stellt
sich bis heute, und nicht nur für Charlotte.
Bis heute wohnt »Tanti« an einem besondern Platz bei Charlotte.
Bis heute lockt sie sie immer wieder hinaus in die »große Welt«,
ja vielleicht ist sie an der Scheidung von Charlotte mitbeteiligt,
vielleicht hat ein unbewußtes Vergleichen bis heute nachgewirkt.
Aber auch die Großmutter ist ein Modell. Als Witwe ist sie frei,
sie ist schillernd wie »Tanti«, ihre Tochter, dazu noch großzügig,
verschwenderisch. Sie hat die freien Jahre ihrer Witwenschaft voll
ausgenützt, aber nicht vorgesorgt. Zuletzt wird sie voll von ihrem
Sohn und seiner Frau abhängig. Auch sie zahlt den Preis der Freiheit. Ob sie es schon früher wußte?
Ein wichtiger Satz im Kommentar von Charlotte: »Ich liebte und
bewunderte beide Frauen heiß, haßte sie aber auch, weil meine
Mutter litt.« Ein unlösbarer Konflikt für das Mädchen. Wem gegenüber soll sie loyal sein: der Mutter oder den Bewunderten?

Martha (47):
Dann gab es auch noch eine Frau: Die Schwester meines Großvaters mütterlicherseits, sie war ledig. Es schwang in der Familie immer ein leichter Ärger mit, wenn von ihr die Rede war, sie war frei und ungebunden, konnte machen, was sie wollte. In die Erinnerung mischt sich auch ein Gefühl von Lächerlichkeit. Man redete nicht darüber, aber ich glaube, da gab es auch Liebschaften, die der Familie nicht so paßten.

Wieder eine unverheiratete Frau, sie ist frei und ungebunden und nutzt ihre Freiheit voll. Etwas Ärger in der Familie, vielleicht auch Neid? Und darum etwas lächerlich machen und sie nicht ernst nehmen? Für »Emanzen« waren es in den Augen der Konservativen und Etablierten immer schon die Liebesbeziehungen, die die Unmöglichkeit ihres Lebensstils beweisen sollten. Man muß die, die man beneidet, klein und unwürdig machen, damit das eigene Recht gestärkt wird.

Maude (57):
Zwei Schwestern meines Vaters haben Medizin studiert. Eine starb während des Studiums, die andere führte zusammen mit ihrem Mann eine Allgemeinpraxis, wobei sicher er das Sagen hatte und sie eher Hilfsfunktion übernahm. Sehr schwierige eheliche Beziehung, wobei sie in der Familie als leidender Engel viel höher gewertet wurde als er.

Ein guter Anfang für zwei Frauen: Medizin war damals, noch mehr als heute, ein ungewöhnliches Studium für eine Frau. Die Eltern gewährten es beiden Schwestern. Aber es ist fast wie im Märchen: Die eine stirbt, sie geht fürs Leben verloren. Vielleicht wird sie zu einem »toten Engel« in der Familie. Als solche hat sie keine Chance zum Scheitern.
Aber die andere, die sich als Ärztin etabliert, kann in eigener Kraft die neu gewonnene Freiheit und Selbständigkeit nicht realisieren. Da der Schutz der Eltern, einschließlich des finanziellen Schutzes, wegfällt, zeigt sich, daß sie ihren eigenen freien Raum nicht aufrechterhalten kann. Vielleicht mußte sie, wie so viele auch heute noch, zwischen Ehe und Beruf wählen. Vielleicht war der Ehemann zunächst sogar grundsätzlich einverstanden und gewährend, aber als es an die Realisierung ging, wurde es ihm zuviel und zu bedroh-

lich. Vielleicht mußte er sich durch die alte Hierarchie schützen. Aber es könnte auch sein, daß die Frau das rauhe Klima der ebenbürtigen Belastung nicht ertragen konnte und sich lieber wieder in Sicherheit brachte. Es ist um einiges angenehmer, als leidender Engel von der Herkunftsfamilie getragen zu sein.

Hanna (50):
Das weibliche Vorbild war meine Großtante. Sie hat in unserer Familie die Stellung einer Clanchefin. Nach dem Tode ihrer Schwester (meiner Großmutter) riß sie sich deren Kinder (meinen Vater und meine Tante) »unter die Nägel«. Sie ging als Siegerin gegenüber anderen kinderlosen Verwandten hervor. Sie war für die damalige Zeit, geboren 1873, sehr emanzipiert, blieb bis zu ihrem Tode mit über neunzig Jahren eine sich selbst bestimmende Frau. So bestimmte sie auch, wann sie genug gelebt hatte, legte sich ins Bett, was bewirkte, daß sie in wenigen Wochen abschwächte und starb.
Mit 30 Jahren wählte sie per Heiratsinserat ihren Ehemann aus, vorher war sie Sekretärin bei einer Schriftstellerin. Mit ihrem Ehemann gründete sie unser Familienunternehmen, dem sie nach dem Tod des Ehemannes bis zu ihrem Ableben vorstand (also bis sie 90 Jahre alt war).
Durch sie kam ich von frühester Kindheit an mit Schriftstellern, Künstlern, Geschäftsleuten in Berührung. So lernte ich Soldatenmutter Kurz bei ihr kennen, Juden in der Emigration und viele andere. Durch sie kam ich mit Vorkämpferinnen für die Sache der Frau in Berührung.
Ab meinem 13. Lebensjahr war ich meistens zwei Nachmittage pro Woche bei ihr, und einmal pro Jahr verbrachte ich Ferien mit ihr. Bei ihr lernte ich auch »ein Haus führen, wie die Töchter des letzten Jahrhunderts«.
Sie war die prägendste Gestalt meiner Jugend. Hier war die Frau die Führerin, die geistig aufgeschlossene. Bis ins höchste Alter besuchte sie Theater und Opern in allen größeren Städten.
Aber von meiner Mutter wurde sie gehaßt.

Allein hat sie das geschafft, die 90 Jahre Autonomie und ein Leben mit Stil. Nicht billig, nicht nur nach außen betörend, sondern von kompakter Substanz. Hanna war seit ihrem 13. Jahr jede Woche zweimal bei der Tante und dann auch in den Ferien. Welchen bewußten und auch unbewußten Einfluß hatte diese Tante auf Hanna ausgeübt!
Die Überlegenheit einer kinderlosen, also freien Frau, mußte die

Mutter von Hanna wie ein Dorn stechen. Ihre Mutterschaft konnte es in ihren Augen nicht aufnehmen mit so viel Reichtum eines Lebens, das ihr schon aus äußeren Gründen unerreichbar blieb. Aber wahrscheinlich ist der Stachel noch schmerzvoller, wenn er die Einsicht beinhaltet, daß sie für ein »großes« Leben nicht das Format hat. »Gegen die Vorzüge (Überlegenheit) eines anderen gibt es kein anderes Mittel als die Liebe.« Wenn diese fehlt, dann bleibt der Neid, die Eifersucht und der Groll.

Es ist eindrücklich zu sehen, daß die erwähnten Vorbilder Ähnlichkeiten haben: Die gewählten Frauen sind meistens unverheiratet oder Witwe, also alleinlebend und berufstätig. Jedenfalls immer finanziell unabhängig und deshalb frei in der Lebensgestaltung. Oft sind sie auch etwas »verrückt«, indem sie Unkonventionelles »einfach« oder bewußt provozierend tun. Das Mädchen spürt den Zug hinaus in die Freiheit, das heißt zu einem Ideal, das sie später so verändern muß, damit es zu ihr paßt.

Andererseits lernt das Mädchen auch ein Lebensgefühl kennen, das es nie mehr ganz verlieren wird: die Liebe zum Leben schlechthin, die Liebe zu Büchern, Musik und Theater, zu anderen Menschen. Und vielleicht das Bedeutungsvollste: das Ahnen, daß es ein Einssein mit sich selbst gibt, von dem sie gar nichts wußte. Auch wenn die reale Erinnerung verblaßt, kann diese Ahnung weiterleben und weiterwirken.

Der Start daheim – wo die Werte über die Familie wachen

Wo Familie ist, dort ist daheim. Wo daheim ist, dort lebt die Familie. Daheim ist ein Ort, eine Wohnung, ein Haus – ein Wohnwagen. Daheim ist da, wo mein Bett steht und ich unter meiner Decke liege, wie sonst nirgendwo. Daheim ist der Ort, wo ich den Schlüssel zur Eingangstüre habe. Daheim ist, wo ich im Dunkeln den Schalter finde, das Kleid im Schrank, den Löffel in der Küchenschublade, den ich selbst dorthin gelegt habe. Ohne Licht findet man die Türe, die man sucht. Wenn eine andere Türe aufgeht, weiß man, welche es ist. Ja vielleicht erkennt man sogar, wer die Türe geöffnet und geschlossen hat.

Daheim hat die Luft eine zusätzliche Qualität, eine eigene Atmosphäre. Jedes Daheim hat eine Ausstrahlung, auch für Fremde wahrnehmbar. Diese Atmosphäre faßt gleichsam die Ausstrahlung der Familie zusammen. Es gibt Wohnungen, in denen man sich wohl fühlt, sobald man eintritt, auch als Fremder oder Fremde. Man kann atmen, darf sich umsehen, sitzen oder stehen, um Kaffee bitten oder ein Angebot ausschlagen.

Es gibt aber auch Wohnungen, in denen man schnell verstummt, als Fremder oder auch als Familienmitglied. Man wird »höflich«, achtet darauf, wie man sitzt, trinkt und redet. Es hat niemand etwas ausdrücklich gesagt, »es« ist von selbst so.

Es ist das Selbstverständliche, sich *so* zu fühlen, *so* zu reden, sich *so* zu bewegen, »bei uns ist es so«. Ein Kind kennt nichts anderes, so ist es geboren und aufgewachsen. Es ist der einzige Rahmen, in dem es sich mit Sicherheit bewegen kann. Erst später wird es ein andersgeartetes Daheim von andern Leuten überhaupt wahrnehmen können.

Dieses einzige, das das Kind kennt, bestimmt sein Selbstwertgefühl und seinen Umgang mit anderen Gleichaltrigen und Erwachsenen. Dies ist sein Urverhalten – und sei es ein Fehlverhalten –, es ist das einzige, das es zuverlässig kennt, wo es auch die entsprechenden Reaktionen der Eltern vorausberechnen kann. Erst viel später kann es sein eigenes, ihm verständliches Verhalten, als Fehlverhalten erkennen, benennen und zu verändern suchen. Es wird erleben, daß andere auf sein »Stichwort« anders, befremdet oder mit Unverständnis reagieren. Dann wird es versuchen, neues Verhalten zu üben.

Daheim ist der Ort der ersten, tiefsten Beziehungen, der Bilder, die für immer haften bleiben, und der Erfahrungen, die ohne Worte wirken. Die Worte bekräftigen oder entwerten dann nur, was man erfahren hat. Hier sind die Wurzeln tief verankert. Hier wachsen die Mädchen auf, hier erhalten sie ihre Leitbilder, ihre Ideale und Bremsklötze. Hier wird ihnen ihr Platz zugewiesen, hier leben sie viele Jahre, ohne nachzufragen, warum es so ist, wie es ist.

Das Daheim hat Namen und Gesichter: Es trägt die Namen und Gesichter von Mutter, Vater, Schwester, Bruder – sie sind zusammengehalten durch starke Bande: Liebe und Haß, Treue und Verrat, Sehnsucht und Verzweiflung, Erfüllung und Verlust. Daheim ist auch der Ort, wohin man zurückkehrt. Das kleine Mädchen rennt vom Spielplatz weinend heim, wenn es sich verletzt hat oder angegriffen worden ist. Daheim erfährt man, ob man gehört wird oder ob die Mitteilungen unwichtig sind.

Später zieht die Tochter weg an einen neuen Wohnort, und sei es nur ein gemietetes Zimmer in der gleichen Stadt. Sie hat einen anderen Schlüssel. Eine neue Lebensphase beginnt. Möglicherweise lernt sie nun Heimweh kennen. Dabei beschränkt sich dieser Schmerz keinesfalls auf das glückliche Heim, sondern dorthin, wo man den Schlüssel hatte, wo man die Schlüsselworte kennt und die Zeichen versteht, wo man daheim und vertraut war.

Es gibt aber auch Entdeckungen: Der »Daheim-Geist« ist mit umgezogen. Ohne es zu merken, setzt die junge Frau das bisherige fort, oft viele Jahre, bis in ihre eigene Familie hinein. Irgendwann wird ihr dies bewußt, und sie spürt, daß sie eigentlich anderes meint. Sie bemerkt ihr eigenes Profil und auch ihre Gaben. Sehnsüchte und Wünsche erwachen. Sie fängt an zu spüren, was und wie das Ihre ist, das zu ihr paßt. Und – ganz wesentlich – daß sie Wert und Würde hat, daß sie Respekt fordern darf und soll.

Wenn dieser Prozeß eingesetzt hat, handelt es sich nicht mehr um eine neue Lebensphase, sondern um ein neues Leben. Dann wird ein eigenes authentisches Daheim entstehen.

Gehen wir noch einmal an den Anfang unseres Lebens zurück: Jeder Mensch ist auf die gleiche Art auf die Welt gekommen: Eine Frau wurde schwanger und hat ihr Kind geboren. Jede Frau geht durch die Schmerzen der Geburt, jede Frau weiß sich vom Tod begleitet am Quell des Lebens, jede Frau erfährt etwas von der Würde trotz des Schmerzes – eine Grenzerfahrung.

Jede Mutter wird anders Mutter werden und Mutter sein. Jede Frau wird ihr Kind anders in den Arm nehmen, anders anschauen, anders nennen. Jede wird es anders führen. Jede wird ihr Kind lieben, gelegentlich auch Abneigung empfinden und mit ihm Probleme haben. Diese Verschiedenheiten im Erleben der Mutter machen jede Kindheit zum einmaligen Schicksal.

Alle befragten Frauen beschreiben ihre Mütter als Frauen, die meistens mit einem typischen »Frauengefühl« angetreten sind (das heißt zum Dienen berufen) und sich entsprechend arrangiert haben. Sie entwickelten ihre Methode zum Überleben oder nahmen »gerechte Rache« an ihren Männern. In diese Familie und mit diesen Mustern wird das Mädchen geboren, und damit muß es leben.

Die Frauen beschreiben ihre Väter. Die meisten wollen Patriarchen sein, ihr Selbstgefühl ist bestimmt durch ihre Führungsrolle, sie *müssen* führen, sie müssen zumindest nach außen zeigen, daß sie der Herr im Hause sind. Viele Männer müssen es auch ihren »Frauen zeigen«. Sie schränken ein, entwerten, lassen die Frauen spüren, daß sie weniger Rechte und Lebensraum haben. So viel, wie der Mann ihnen zugesteht.

Andere Väter sind gar nicht stark. Im Gegenteil, sie müssen von ihren Frauen, der Mutter des Mädchens, gestützt und getragen werden, sind ständig überfordert, man muß sie schonen. Die Mutter ist die Starke.

Frauen beobachten ihre Mütter: Wie stehen sie im Leben, was nehmen sie hin, wie leben sie damit oder wie wehren sie sich, mit welchen Waffen und welchem Erfolg. Früh ist das Mädchen in den Kampf zwischen Frau und Mann einbezogen.

Die Mutter kann aber auch ein Vorbild sein für Lebensfreude und Kraft, Spiel und Kreativität. Eine zufriedene Mutter vermittelt der Tochter: Es ist gut, eine Frau zu sein.

In vielen Frauen erwacht die Sehnsucht früh, anders zu leben als ihre Mütter, eine andere Art von Mann zu suchen als ihre Väter.

Die Mehrzahl der Frauen beschreibt sich und auch ihre Mutter und ihren Vater als nicht sehr glücklich. Es sind nur wenige Familien, zu denen man am liebsten hinziehen möchte. Dies ist sicher nicht die Ausnahme. So sind Familien. Man weiß es nur nicht.

Andererseits sind auch nicht viele besonders unglückliche Familien erwähnt. Es sind Familien, wie wir sie alle kennen. Die Familie ist nicht der Ort der Vollkommenheit, wo das Kind alles bekommt, was es braucht. Aber die Familie ist meistens auch nicht der Ort des Unglücks, an dem man untergeht. Die Familie ist das unabwendbare Schicksal eines jeden Menschen. Die Biographie ist unveränderbar. Trotzdem ist dieses Schicksalhafte kein Fluch. Die Chance, die wir haben, unser Leben sinnvoll zu gestalten *mitsamt dieser Biographie* eröffnet sich erst, wenn wir diese akzeptieren. *Diese Familie* ist die *meine*, es gibt dafür keine Alternative. Die Perspektive des Neuen und die Kraft dazu wächst aus der Versöhnung mit dem Vorgegebenen.

Und noch etwas: Nur mit dieser unverwechselbaren Biographie bin ich *Ich*. Mit jeder anderen Geschichte wäre ich jemand anders!

Einige Lebensgeschichten haben mich sehr erschüttert, und ich konnte nur staunen, was Mädchen und Frauen aushalten müssen und können. Es grenzt an ein Wunder, daß sie später in ihrem Leben noch in einem Heilungsprozeß Fortschritte machen konnten.

Die Familie ist also keine Insel der Seligen im Meer oder eine Oase in der Wüste. Sie scheint eher ein Stück im großen Handwebteppich des Menschseins zu sein. Die Familie ist der Ort des Zusammenlebens in nächster Nähe, der Ort der größten Intimität und auch der größten Fremdheit.

Nirgendwo sonst geht der Kampf so sehr um das Eigentliche: um sich selbst, um die Selbstfindung und um den eigenen Lebensraum. Die später eindringliche Frage »Wer bin ich eigentlich?« ist verwurzelt in der Familie, in der Kindheit. Die Primärbeziehungen sollen nicht zerbrechen, sondern tiefer und freier werden. Der Übergang zum Erwachsenwerden und zur Selbstfindung wird zwar kaum ohne Verletzungen möglich sein. Aber solche Verletzungen gehören zu diesem Prozeß und zerstören die Beziehung nicht. Und sogar, wenn später zwischen Eltern und Kindern ein Bruch unvermeidlich wird: Mutter und Vater bleiben die Eltern bis ans Ende ihres Lebens. Ihr Verlust ist für die Tochter unersetzlich.

Frauen berichten über ihr Leiden in ihrer Familie, aber auch über ihre Freuden. Die meisten Mütter und Väter liebten ihre Töchter auch dann, wenn sie ihnen durch Unwissenheit oder Schwachheit Schaden zufügten und Lasten auferlegten.

Trotzdem traten die meisten Frauen mit einem schlechten Selbstwertgefühl an, sahen sich als kleiner, weniger wert und weniger wichtig an als ihre männlichen Altersgenossen. Sie können und dürfen weniger. Kaum eine Frau, die dieses Leiden am Frausein nicht kennt. Der Groll allein dagegen bringt das Neue noch nicht. Die Schuldigen sind nicht nur in der Gesellschaft, sondern in jeder Familie und sogar im eigenen Unbewußten zu finden. Es gibt noch kein Land auf der Erde, keine Gesellschaft, die die Ebenbürtigkeit zwischen Frau und Mann verwirklicht hätte. Unterwegs sein zum Ziel ist der beste Ort im Leben. Und das Beste ist, unterwegs zum Ziel zu sein.

Familie ist auch der Ort, wo Frau- und Mann-Sein, vor allem durch das Vorbild der Eltern, aber auch durch ihre Rollenanweisungen, definiert wird. Darüber hinaus wird die Familie von Werten getragen, die zur grundlegenden Orientierung dienen. In Tat und Wahrheit beruht auch die Rollenzuweisung auf einem geschlossenen Wertsystem, wo Frauen, Männer, Kinder, Arbeit, Spiel, Vergnügen, Geld usw. eingeordnet werden. Die Wertprioritäten in der Familie gehören so selbstverständlich zum Alltagsleben, daß man – wenn überhaupt – erst im Vergleich mit anderen erkennt, daß es sie gibt und in welchem Maß sie verpflichtend sind.

Werte zeigen sich darin, wie »es« ohne zu fragen *ist*, wie »man« sich selbstverständlich benimmt und wie »man« handelt. Bitten und Danken sind erste Werte, die Kindern beigebracht werden. Sei lieb und nicht böse. Böse Kinder machen Mutter traurig. Die Wahrheit zu sagen wird gelobt, und Lügen wird bestraft. Bescheidenheit oder Erfolgssuche um jeden Preis können einer Frau oder einem Mann ein ganzes Leben lang als höchstes Ziel erscheinen und ein entsprechendes Gefühl von Erfolg oder Versagen vermitteln.

Werte, nur als Tradition verstanden, geben zu wenig Kraft. Sie müssen von der Frau und dem Mann, wenn sie erwachsen geworden sind, bewußt gewählt und gefüllt werden. Die erwachsene Frau muß, wenn sie innerlich stark werden will, ihre überkommenen Werte frei und neu definieren oder aber sie verändern oder ersetzen. Im folgenden werden wir von frühen, entscheidenden Eindrücken von Frauen hören. Manchmal erscheinen sie als Willkür der Eltern. Aber immer sind sie von der Überzeugung getragen, die in ihren

Wertvorstellungen verwurzelt ist. Ich werde die Zitate in diesem Sinne zu beleuchten versuchen.

Maria (52):
Sätze meiner Mutter zu mir, der sich widersetzenden Tochter: »So wie du kann man sich nicht aufführen, jedermann muß sich unterordnen, sonst geht ein Zusammenleben nicht, *dich bringt das Leben schon noch auf die Knie!*« Daheim hatte ich Frauenarbeit zu leisten. In Abwesenheit meiner Mutter besorgte ich den Haushalt. Mein Bruder mußte nichts helfen. Später empfand ich die Rollenverteilung und die dazu gehörenden Privilegien als ungerecht.

Welch eine Perspektive einer Mutter für ihre Tochter! Wieviel eigene Frustration muß die Mutter erfahren haben, wenn sie ihrer Tochter die Freiheit mißgönnt. Aber Erklärung und Verständnis für die Nöte solcher Mütter können die Tatsache nicht entschärfen, daß sie ihre Tochter schwer belasten für ihre Zukunft.
Die Situation von Maria demonstriert einerseits die übliche Rollen- und Aufgabenteilung. Aber noch mehr und eindrücklich zeigt sie, daß dieser Rollenzuweisung ein Wertsystem zugrunde liegt. Dieses wird und soll Maria auf die Knie bringen und sie zur Anerkennung dieses Wertsystems führen. Die übliche Benachteiligung dem Bruder gegenüber ist nur die Folge. Die Rollenverteilung erscheint dann als die »natürliche Ordnung«. – Es gibt Mütter, die sich freuen, als erstes Kind ein Mädchen zu haben, weil es dann bald eine Hilfe im Haus sein wird.

Karin (39):
Das Zimmer meiner Brüder wurde sehr für Buben eingerichtet, ich erinnere mich vor allem an die Vorhänge mit tollen Dreimastern, die mit vollen Segeln auf dem Meere fahren. Mein Zimmer war in Rosa gehalten, mit liebevollen Blumendessins. Auch Spielzeuge waren sehr geschlechtsspezifisch. Mich hat dies nicht geschmerzt, ich war seit jeher ein sportliches und intellektuelles Mädchen, habe viel draußen gespielt, viel gelesen, das spezifische Mädchenzeug hat mich eigentlich selten groß interessiert. Ich bin immer zur Mithilfe im Haushalt angehalten worden und habe diese im großen und ganzen auch gern und selbstverständlich gemacht. Gestört

hat mich aber dabei immer, daß meine Brüder nie im selben Maße herangezogen wurden.

Sehr oft und in vielen Varianten habe ich den Grundsatz gehört, die Männer seien für die Welt da und die Frauen für die Männer. Diesen Unterschied zwischen den Erwartungen an Frau und Mann habe ich immer gespürt und zunehmend rebellischer darauf reagiert. Da Gefühle von Wut keinen Platz haben durften, habe ich innerlich viel Haß und Verachtung entwickelt.

Eine Kurzformel für Frauen: Die Männer sind für die Welt da und die Frauen für die Männer. Die Konditionierung fängt früh an: zartes Rosa gegen Dreimaster im Kampf mit den Elementen. Es ist ja nicht gesagt, daß jede Frau mit Sehnsucht an einen solchen Kampf denkt; nur, sie darf nicht wählen.

Es wird Karin *daheim* ohne viele Worte gezeigt, was sie soll: zartes Rosa mit Blumen und Hilfe im Haushalt. Die Folge ist entsprechend: Karin mag das »spezifische Mädchenzeug« nicht. Sie lebt wie ein Bub mit Buben. Wie kann sie ihr Frau-Sein entdecken?

Charlotte (45):
Mädchen sind lieb, anschmiegsam, Buben dagegen sind Lausejungen, manchmal auch böse, das gehört dazu.
Mädchen sind kuschelig, sauber, fleißig, friedfertig. Buben dürfen streiten.
Der Mann ist ein Jäger, auch in bezug auf Frauen. Mädchen haben viel Langmut und ertragen viel.
Die Unterschiede realisierte ich klar mit neun Jahren. Bis dahin war ich oft böse, spielte und kämpfte viel mit Buben, war wie ein Bub. Dann bekam ich Bauchkrämpfe, Angstzustände. Ich kam ins Spital, dann für drei Monate ins Kinderheim, und war fortan das Mädchen, wie es in Vaters und Mutters Büchlein stand, mit wenigen »Ausrutschern«.

Als Titel könnte man schreiben: Der Widerspenstigen Zähmung. In ihrer Familie ist es klar, wie Mädchen sein sollen. Nur: Dieses Mädchen ist anders, sie ist »böse«, spielt und kämpft wie ein Bub.
Aggressivität ist ein Vorrecht von Buben beziehungsweise Männern. Man möge sich die Kommentare der Eltern von Charlotte vorstellen. Später aber wird das Mädchen anstatt zu kämpfen krank.

So ist der Weg von unzähligen Frauen, die die direkte Konfrontation scheuen, weil sie ihnen nur Kummer gebracht hat: Sie werden krank. Die Liste psychosomatischer Krankheiten ist sehr lang. Aber auch das Krankwerden hilft keinesfalls immer. Charlottes Symptome, Bauchschmerzen und Angstzustände, sind bezeichnend für Mädchen, die mit Problemen überfordert sind. Nach dem Spital das Kinderheim. Dem Mädchen wird mit dem Zaunpfahl gedroht: Wenn du nicht wirst, wie du sollst ... Zurück kommt ein gezähmtes, dressiertes, wohlerzogenes, profilloses Mädchen, »wie es im Büchlein der Eltern steht«. Es gab nur noch wenig Ausrutscher. Sie hat ihre Lektion gelernt. Sie ist zurechtgestutzt worden auf das Maß der Eltern. Daheim wird man geformt. Aber wie? Und wie kann die Heilung aussehen?

Sibilla (46):
Die Frau mußte schön und edel sein in unserer Familie, nach Höherem streben, der Körper war enorm wichtig, man durfte ihm nicht die Lust lassen, sondern mußte ihn edel halten und rein. Die Frau ist dem Mann nicht untertan, eher überlegen, der Mann strebt auch nach Höherem, seine Triebhaftigkeit tapfer bekämpfend.

Die Frau soll keimfrei sein und rein. Es sieht so aus, als wäre sie dem Mann überlegen. Aber in Wirklichkeit wird ihr das Recht auf Leben abgesprochen. Die Verlogenheit von Schein-Werten (im Sinne des Wortes: Schein-Heiligkeit) hebt die Frau in irreale Höhen hinauf, von wo sie nur abstürzen kann. Dann aber ist ihre Entwertung »gerechtfertigt«, und nie wieder kann es ihr gelingen, ihren realen Wert darzustellen. Dieses ist eine der Varianten, mit der Frauen schwere Schäden ihres Selbstwertgefühls zugefügt werden. Die Drosselung gesunder Vitalität kann aber auch zu einem Panzer werden. Hier finden wir die Quelle von vielen späteren sexuellen Störungen. Es geht um mehr als Rollenbilder, es sind Ideale, die zu Wert-Gesetzen erhoben werden und deshalb sehr schwer korrigierbar sind. Man verstößt gegen »höhere« Gesetze.

Veronika (39):
Ich wurde wie ein Mann zum Arbeiten erzogen. Als Frau aber sollte ich mich mit all den Tabus nicht ausleben dürfen. Es wurde mir von meinem

Vater vorgeschwatzt, was Etikette ist. Er hat jedoch verschwiegen, wie er ununterbrochen gegen diese Etikette verstieß und nach welchen Regeln er lebte.

Ich kannte kein gesundes Selbstwertgefühl, weder als Mädchen noch als Erwachsene. Ich lebte *durch* meine Mitmenschen.

Flucht als Erwachsene, Flucht in die Arbeitswut, die sozial so angesehen ist. Mein »Workaholismus« hörte bei mir erst langsam auf bei schrittweisem Erkennen dieser Arbeitssucht und der Konzentration auf mein höheres Selbst. Vorher suchte ich fluchtartig Ablenkung in Äußerlichkeiten, Perfektionismus, Anerkennung, Kaufsucht, Machtgier, Herrschsucht und Alkohol.

Nur keine Frau sein!

Die doppelte Moral ist noch lange nicht ausgestorben. Vater sagt, wie die Tochter sein muß, denkt aber nicht daran, sich an die gleichen Maßstäbe zu halten. An die Arbeit soll sie wie ein Mann rangehen. Aber selbstverständlich gibt es keine Privilegien für sie. Das Resultat: selbstzerstörerischer Lebensstil, Arbeitswut, bis hin zum Alkohol. Flucht. Es ist die Flucht vor sich selbst: *Nur keine Frau sein.* Es ist schrecklich, wenn man das nicht sein will, was man ist, wozu es keine Alternative gibt. Vor sich selbst fliehen – wohin? Die Rettung kann nur im Heimfinden zu sich selbst liegen. Das würde heißen: Ich bin wert, ich bin wertvoll, einmalig und würdig, auch ich habe ein Recht auf Leben.

Maria (52):
Ich verachtete meine Mutter, daß sie sich das alles gefallen ließ. Ich verachtete mich selbst, wenn ich mich erpressen ließ, durch Liebesentzug oder mit Gewalt. Ich hatte zeitweise das Gefühl, nichts und niemand zu sein.

Zur Atmosphäre daheim gehört auch ein Ton. Wie redet man zu wem? Oft liegt die Erniedrigung von Frauen nicht im Inhalt, sondern im Ton. Es läßt sich nicht immer genau definieren, was es war, obwohl es vernichtend wirkte. In welchem Ton redet man daheim mit der Frau? Was nimmt sie hin, ohne sich zur Wehr zu setzen? Die Tochter lehnt sich dagegen auf, daß die Mutter schwieg. Aber wie eigenartig, sie macht es später genauso wie ihre Mutter.

Auch sie wird erpreßbar. – Daheim wird man gestärkt und ausgerüstet oder in Frage gestellt und geschwächt. Auch das Lebensgefühl ist daheim verankert. Wem die Selbstachtung fehlt, kann sich gegen Mißachtung und Erniedrigung nicht wehren. Und dabei fängt die Heilung innen an, bei der Selbstachtung, und nicht durch die Bestätigung von außen.

Das Mädchen zwischen Mutter und Vater

Frau und Mann sind bei ihrer Heirat keine »unbeschriebenen Blätter«. Sie kommen aus zwei verschiedenen Familien, die ihnen beiden verschiedene Beziehungsmuster, Spielregeln, Gebote und Verbote eingeprägt haben. Die zwei, die da schon »beschriebene Blätter« sind, werden ihrerseits an ihrem Ehe- und Familienbuch ein ganzes Leben lang weiterschreiben.

Dann wird ihnen ein Kind geboren. Das Kind bringt seinen Charakter, seine Begabungen und Schwächen mit. Es sind die Eltern, die lenken und prägen. Sie beschreiben dieses erst in den Grundzügen vorgegebene Blatt. Bei einer anderen Prägung würde sich das Kind in manchem anders entwickeln.

Ein Kind ist da, ein Mädchen. War ein Kind überhaupt schon erwünscht? Vielleicht war es eine Muß-Ehe, das Kind, diese Tochter, erzwang es die Legalisierung einer nicht unbedingt bejahten Beziehung?

Machen sich die Eltern gegenseitig Vorwürfe, daß es diese Tochter überhaupt gegeben hat und sie nun eine Familie werden mußten? War vielleicht eine Abtreibung erwogen und erst nach Kämpfen abgelehnt worden? Hat die Frau befürchtet, vom Mann verlassen oder von ihrer Familie verschmäht zu werden? Vielleicht kommt das Kind einfach zu früh, das Paar ist noch nicht bereit, die Ausbildung noch nicht abgeschlossen? Der Beruf des Mannes ist noch nicht stabilisiert. Vielleicht hat das Paar noch nicht genug Freiheit gelebt und das Leben genossen? Die Frau ist mit ihrer beruflichen Entfaltung noch nicht gesättigt, noch nicht bereit, so viel Zeit, Kraft und Aufmerksamkeit ihrem Kind zu geben.

Es könnte auch sein, daß dieses Kind an sich erwünscht ist, aber ein Junge werden sollte. Und nun ist es ein Mädchen. Wer ist enttäuscht? Mutter oder Vater oder vielleicht die Großeltern? Wer freut sich? Aber vielfach sind die Töchter auch willkommen und werden mit Freude aufgenommen, sowohl vom Vater wie von der Mutter. Die Jahre mit den Kindern bringen eine hohe Belohnung. Ihre einfache Freude, ihr Kummer, ihr Zutrauen, ihre durch nichts verhüllte, nicht zerstörbare Liebe und uneingeschränkte Hingabe können eine Frau und auch einen Mann so tief berühren wie kaum etwas anderes. Diese tiefste Betroffenheit zeigt sich im Extremfall bei einer Scheidung, wo beide Eltern bis zum Letzten um die Kinder kämpfen. Kinder sind wirklich ein Stück ihrer selbst, mit nichts anderem vergleichbar. Aber im Scheidungskampf werden die Kinder nicht selten im Machtkampf der Eltern mißbraucht, um den Partner auszubooten.

Anderseits nehmen kleine Kinder die ganze Kraft von Mutter und Vater in Anspruch, so daß für das Paar kaum mehr Zeit und Kraft übrigbleiben. Hier bleiben oft wichtige Themen liegen und werden später zu Zündstoff. Störungen in späteren Jahren haben ihre Wurzeln oft in der Zeit, als die Kinder klein waren, weil die Probleme, die die Partner miteinander hatten, keinen Raum bekamen.

Es gibt keine Ehe und keine Familie ohne ernsthafte Probleme. Der überwiegend größte Teil der hier berichtenden Frauen sieht sich als »Eltern-geschädigt«, obwohl sie von ihnen *auch* geliebt worden sind. Vielleicht sind wir alle *auch* »Eltern-geschädigt«, und unsere Kinder werden es auch sein durch uns, obwohl wir von solchem Leiden etwas wissen und es besser machen möchten. Denn auch wir sind »beschriebene Blätter« und beschriften nun das Leben unserer Kinder.

Ist das hoffnungsloser Pessimismus? Ich denke nicht. Im Umgang mit so vielen Paaren und beim Lesen von über hundert Frauenschicksalen in den Fragebögen habe ich eher gestaunt darüber, daß Frauen wie du und ich, auch belastete, mißverstandene, oft sogar mißhandelte Frauen, den Weg aus dem Schatten hinaus finden zum Leben.

Denn wir sind alle *auch* geliebte, mit Fürsorge umgebene Kinder gewesen, unsere Wurzeln sind *auch* in guter Erde versenkt, sonst hätten wir nicht überlebt und wären nicht fähig, unserem Partner und unseren Kindern etwas zu geben, das bleibenden Wert hat.

Es ist schwer zu akzeptieren, daß wir als Eltern es nicht vermeiden können, unseren Kindern, die wir am meisten lieben, Lasten mitzugeben und ihnen selbst auch eine Last zu sein. Es ist schon ein großer Schritt, diese Tatsache zu erkennen und zu akzeptieren. Man muß dann nicht jedes (offensichtliche) Zeichen dafür erklären oder zu rechtfertigen versuchen.

Töchter leiden darunter, nicht geschätzt oder nicht geliebt, Brüdern gegenüber benachteiligt, ja mißbraucht, oder zu Gratis-Haushaltshilfen degradiert zu sein. Darüber hinaus werden sie oft von ihren Eltern in unlösbaren Streitigkeiten und Machtkämpfen als Puffer gebraucht. Die Tochter ist in der Regel – nicht nur von außen betrachtet – mit allen Fasern abhängig und an die Eltern gebunden.

Es braucht viele Jahre, um sich des eigenen Leidens bewußt zu werden und es zu verstehen. Und nochmals Zeit, um Neues zu denken. Auf diesem Hintergrund erscheint die Biographie vor allem in diesem Abschnitt der Lebensbilanz der befragten Frauen düster. Wieso ist der negative Eindruck so stark? Ich sehe dazu drei Gründe: Durch den Auf- und Umbruch von Frauen findet eine Veränderung in der Beurteilung des Vergangenen statt. Dadurch, daß Frauen sehr lange schmerzliche Zusammenhänge nicht erkennen und zugeben konnten oder wollten, rücken diese dann bei ihrer Entdeckung und Benennung stark ins Zentrum der Aufmerksamkeit.

Eine andere Möglichkeit zur Deutung ist die, daß der Aufbruch und die Veränderung um so stärker und klarer sein werden, je schwerer die Familiengeschichte der Frau war. Das würde heißen, daß die negativen Erfahrungen der Kindheit und Jugend den Aufbruch begünstigen. Hinzu kommt als wesentliche Schubkraft die Erfahrung aus der Partnerschaft, in der die elterliche Beziehungskonstellation oft weitergeführt beziehungsweise wiederholt wird.

Eine dritte mögliche Deutung: Negative Erfahrungen haften sehr viel schärfer und stärker in der Erinnerung als positive. Die positiven Erfahrungen haben die Tendenz, zum »Grundwasser« (also lebensspendend und erhaltend) abzusinken, während die nicht verkrafteten oder nicht verkraftbaren negativen Erfahrungen bewußt oder unbewußt störend bleiben, ähnlich einem Dorn im Fuß. Bei jeder Berührung tut es weh.

Antonia (40):
Ich wollte es in meinem Leben so machen wie meine Eltern: einen Beruf erlernen, von zu Hause wegziehen, den Beruf an verschiedenen Arbeitsstellen ausüben, in verschiedenen Ortschaften und Ländern leben und mit etwa 30 heiraten. Ich sah es als normal an, daß Eltern auch ein Eigenleben haben, zum Beispiel alle zwei Wochen abends ausgehen, zu zweit in die Ferien fahren usw. Mit 17 war mir klar, daß es für mich nicht nötig ist, das Kragenkehren (Flickarbeit der Herrenhemden) zu lernen, da ich nie einen Mann heiraten würde, der solche Hemden trägt.

Hier das Geheimnis: Die Eltern leben gut allein und miteinander. Sie brauchen ihre Kinder nicht als einzigen Lebensinhalt. Diese dürfen sich ungestört von den Eltern entfalten. Und so weiß Antonia schon früh, wie ihr zukünftiger Mann nicht sein wird.

Brigitt (57):
Offensichtlich war mein Vater der Starke, der Held, der für alle da war; meine Mutter war ihm in Liebe untergeben und ergeben. Verborgen – so denke ich – übte sie durch Zartheit und Kränklichkeit Macht aus, war schonungsbedürftig und schien unselbständig, manipulierte aber geschickt und massiv (unbewußt natürlich). Die beiden traten immer als »ideales Paar« in Erscheinung.
Ich kann mich nicht erinnern, daß sie sich je gestritten hätten.
Meine Eltern führten eine sehr glückliche Ehe – aber mein Vater starb mit 47, nach 17jähriger Ehe, ich war damals sechs.
Meine Eltern hatten sich die Kinder aufgeteilt: Mein älterer Bruder war Mutters Kind (und ist es noch), ich Vaters Kind (also sehr allein nach seinem Tode).
Ich war aber von Geburt an ein »Winner« und ging früh meine eigenen Wege, was mir auch zugestanden wurde, da ich in der Schule erfolgreich war, im Gegensatz zu meinem Bruder. Ich galt als »hart, herzlos, nicht treu«, er als »lieb, treu, gut, weich« (so meine Mutter). An Einteilungen meines Vaters erinnere ich mich nicht. Ich weiß aber, daß ich sein »ein und alles« war, ich vermute, ich hätte ihm meine Mutter streitig gemacht, wenn er länger gelebt hätte; vielleicht wäre ich auf ihn fixiert geblieben.

Eine Sechsjährige verliert ihren Helden. Und nicht sie ist Mutters Schatz, sondern ihr Bruder. Trotzdem wird sie eine, die das Leben gewinnt. Vielleicht hat sich die Kraft der Liebe des Vaters tief hineingesenkt in ihr Wesen, sie wußte, daß sie ein »ein und alles« ist und es wieder sein kann.

Zu Lebzeiten des Vaters war diese ideale Paarbeziehung der Eltern nicht ganz ausgewogen. Der Held wurde mit unsichtbaren Fäden auch gelenkt. Und vielleicht war die Tochter ein Stück Partnerersatz für den Vater. Die manipulative Macht ist zwar zart und nicht offensichtlich, aber wirksam. Es ist die Machtausübung vieler Frauen, die nicht die offene Konfrontation wählen, sondern die oft kaum faßbar aus dem Hintergrund lenken.

Diese Eltern stritten nie. Wie haben sie wohl Unstimmiges geregelt? Nach den heutigen konfliktorientierten Beziehungsvorstellungen entspricht eine solche Partnerschaft sicher nicht dem Ideal. Der Test ist die Tochter: Sie ist aus dieser Familie als eine »starke Frau« hervorgegangen.

Rahel (37):
In unserer Familie war die Rollenverteilung klar. Mein Vater war der Geldverdiener, meine Mutter war für den Haushalt zuständig. Wenn er aber Feierabend hatte, dann nahm er sich sehr viel Zeit für mich und meinen jüngeren Bruder. Er unternahm sehr viel mit uns. Doch im Haushalt tat er wenig bis gar nichts.

Meine Mutter erlebte ich als recht dynamische, unternehmungslustige, fleißige Frau. Sie gab uns sehr viel Liebe, physisch wie auch psychisch. Wir wurden, nachträglich gesehen, fast überbehütet und waren leider dadurch sehr unselbständig. Ich hatte nie das Gefühl, daß meine Mutter unter ihrer Rolle litt, sie machte das Beste daraus. So empfand ich selber die Rolle als Frau, respektive Hausfrau, nie als negativ.

Meine Mutter war immer recht bestimmt, eher ehrgeizig, mein Vater dagegen nahm alles sehr gelassen. Beruflich hatte er überhaupt keine Ambitionen, obwohl meine Mutter immer unzufrieden über seine Stellung in der Firma war. Ihm reichte das, was er erreichte, im Gegensatz zu ihr. Manchmal gab es Streit, wenn meine Mutter mit dem Verhalten ihres Mannes nicht einverstanden war. Sie konnte die Art, wie er das Leben meisterte, oft nicht akzeptieren.

Diese Streitgespräche waren uns Kindern ein Greuel.

Eine ganz alltägliche, unvollkommene und gesunde Familie. Es ist fast langweilig, darüber zu hören. Und es ist ein Trost zu erleben, daß nicht die Vollkommenheit das Leben lebenswert macht, sondern das »kleine Glück«. Es braucht offene Augen, um es überhaupt zu erkennen, und Sorgfalt, es nicht zu zerstören.

Probleme innerhalb der Familie finden sich unter anderem in zwei Bereichen:
– zwischen den Eltern,
– zwischen Eltern und Tochter,
wobei die beiden Problembereiche eng miteinander verbunden sind, denn die Rolle der Tochter in der Familie und die Beziehung der Eltern zur Tochter wird maßgeblich von der Beziehung der Eltern untereinander bestimmt.

Eltern, die ihre Konflikte miteinander regeln können, werden ihre Kinder nicht miteinbeziehen. Eltern, die statt Lösungen und Versöhnungen Groll oder gar Feindschaft aufbauen, werden versuchen, ihre Kinder auf ihre Seite zu ziehen und gegen den andern Elternteil einzusetzen. Kinder kommen dabei in eine für sie unerträgliche Situation, da sie sogar in schlimmen Situationen beide Eltern lieben. Für sie ist eine offene Parteinahme für den einen und somit gegen den andern Elternteil Verrat, auch dann, wenn die Verurteilung des schuldigen Elternteils objektiv gerechtfertigt ist. Kinder sind nicht fähig, und es ist nie ihre Aufgabe, den Eltern zu helfen, sie zu beraten oder zu betreuen, sie zu beurteilen oder einen Elternteil zu verurteilen. Im Gegenteil, sie brauchen *beide* Elternteile zu ihrer Entwicklung, und es braucht viele Jahre, bis sie die Hoffnung für den schuldigen Elternteil loslassen können.

Im Kind wird oft der andere Elternteil verfolgt und bestraft, weil es jenem in den Eigenschaften, die man haßt, ähnlich ist oder weil es dem andern Elternteil nähersteht und dieser das Kind schützt oder seinerseits gegen den Partner einsetzt.

Kinder versuchen unter Einsatz ihrer Gesundheit oder Existenz, den Eltern zu helfen, sich zu versöhnen und eine Trennung zu verhindern. Sie entwickeln oft Symptome, um die Eltern von ihren Kämpfen abzulenken oder ihnen Gelegenheit zu einer (letzten?) Gemeinsamkeit in der Sorge um sie zu bieten. In dieser destruktiven Helferrolle geraten sie in den Mittelpunkt des Interesses, sie beherrschen die Szene und übernehmen die Macht für die ganze Familie. Diesen Anforderungen sind sie jedoch nicht gewachsen, die Situation wird chaotisch, und die Kinder selbst verlieren jede Orientierung.

Kinder verzweifeln im Loyalitätskonflikt zwischen den Eltern, weil sie nicht wählen können, wem sie recht geben sollten, und sie verstehen auch nicht, worum es geht. Die Schulleistungen fallen bei guter Intelligenz ab, oder sie verwahrlosen sozial, werden Bettnässer, stehlen oder lügen und vieles andere mehr. Sie werden aggressiv gegen sich und andere oder depressiv und denken an Suizid.

Sicherlich kann man vom *Versagen* der Eltern sprechen, wenn es so weit kommt. Aber, und das ist wichtig, es ist *nicht immer* ihre *Schuld*, sondern auch ihre Hilflosigkeit und Verzweiflung. Wenn man den Kindern wirklich helfen will, muß man zuerst den Eltern helfen. Schuldverteilung allein – auch wenn es gerechtfertigt scheint – bringt keinen Fortschritt, sie steigert das Elend nur. Einsicht in Wahrheit kann ebensoviel zerstören wie vielleicht helfen, wenn die Betroffenen keine Kraft haben, das Nötige zu tun.

Olga (47):
Der Ehekrieg meiner Eltern ist ein Dauerkrieg, ein Schlachtfeld. Die Ehe ist verlogen, ein Gefängnis auf Lebzeit. Der Vater hat das Sagen, die Mutter wehrt sich erfolglos. Sie entwickelt psychosomatische Störungen, sogar bis zu einer Lähmung. Ich war Puffer zwischen ihnen, die Retterin, überall einsetzbar.

Christine (48):
Was die Beziehung meiner Eltern anbelangt, so war sie geprägt durch pausenlose Machtkämpfe. Als Kind hatte ich immer den Eindruck, daß meine Mutter die Stärkere war, aber sie hat den Kampf nicht überlebt. Meine Mutter hat endlos gestritten und mein Vater hat sich entzogen durch Schweigen und außereheliche Beziehungen. An Wertschätzung und Achtung zwischen meinen Eltern kann ich mich nicht erinnern. Ich habe nur abgrundtiefen Haß und Verachtung wahrgenommen.
Meine Mutter hat endlos gedroht, sie werde nach der Geburt meines Bruders davonlaufen. Einige Monate nach der Matur meines Bruders ist meine Mutter an Bauchspeicheldrüsenkrebs gestorben.

Bis zum Alter von 15 Jahren war ich Papis Tochter, mein Bruder Mamis Sohn. Ich fühlte mich jedoch von beiden geliebt. Im Alter von 15 Jahren eskalierten die Schwierigkeiten zwischen meinen Eltern, und ich versuchte ständig zu vermitteln. Das ging so weit, daß ich während der Mittelschule Alpträume hatte, die Eltern würden sich umbringen, wenn ich nicht bei ihnen sei. Meine Mutter schimpfte bei mir über meinen Vater und umgekehrt. Ich mußte einen Termin (zwecks Scheidung) beim Anwalt vereinbaren und wieder absagen wegen Erkältung. Ich fühlte mich überfordert und lebte dauernd in einem Angstzustand.

Bei Christine war die Mutter die Stärkere, aber sie ist daran gescheitert, ja gestorben. Die Starken brechen oft. Die schrecklichste Dauerwaffe sind Verachtung und Haß, sie unterminieren die Selbstachtung, die einzige Grundlage, auf der ein konstruktiver Aufbau und die Bewältigung des Lebens möglich sind. Was soll der Machtkampf bringen? Den Sieg des einen und die Niederlage des anderen? Aber in der Ehe gibt es einen solchen Sieg nicht. Entweder gewinnen beide oder beide verlieren.
Das Kind wird eingesetzt. Das Mädchen wird zum Puffer – sie kommt unter einen andauernden Druck, ist überfordert, hat Alpträume und Ängste. Sie soll die Verantwortung für eine Scheidung teilen – den Anwalt anrufen. Die schulische Leistung ist gefährdet, eine gesunde Entwicklung zur Frau bedroht. Die Eltern fliehen in Krankheit und Außenbeziehung, jeder auf seine Art. Das Mädchen bleibt auf der Strecke. Eine verkehrte Welt.
Für Olga scheint sich das folgende Bild einzuprägen: Die Ehe ist ein Gefängnis auf Lebzeit. Wie soll ein Mädchen ins Leben hinaustreten, einen Partner suchen, wenn sie solch negative Vorbilder hat? Ein langer Heilungsprozeß wird nötig sein!

Anni (45):
Die Beziehung meiner Mutter zu meinem Vater: starke sexuelle Abhängigkeit, Ablehnung, Angst, Faszination. Vater zu Mutter: von Verachtung bis zu Erhöhung, starke Spannung, Liebe, Sex; Gewalt, auch Zärtlichkeit. Große geistige Übereinstimmung, Intelligenz und Weltanschauung. Meine Mutter: ethische Werte sehr wichtig. Vater: Außenseiter der Gesellschaft, Original (Genie?), kümmert sich nicht um Normen und Vorschriften.

Typische Reaktionen: Mutter: weint, verzweifelt. Vater: brutal, hilfesuchend, aggressiv, zärtlich.
Scheidung. Folgen davon oder Ursache? Alkoholmißbrauch des Vaters, sexuelle Ausschweifungen. Mutter: Tablettenmißbrauch. Beide: Selbstmordversuche.
Ich war Mutters Liebling, ich war Vaters Liebling, dennoch unerwünscht. Spielball in der Gefühlssuppe der beiden. Tröstete als kleines Kind meine Mutter immer wieder, hatte Angst vor dem Vater. *Puffer zwischen den Eltern.* Die Extreme lösen sich ab: Abhängigkeit und Übereinstimmung mit Verachtung und Verzweiflung. Zwei widersprüchliche, starke Gefühle, die sich ausschließen. Eine Zerrissenheit. Unauflösbare Zweideutigkeit.

Diese beiden letzten Berichte mögen den Einwand hervorrufen, sie seien extrem. Es trifft zu, daß sie nicht dem entsprechen, was sich im allgemeinen in Familien abspielt oder zumindest bekannt wird, denn sie zeigen außergewöhnliche Härte und Destruktivität. Aber gerade in den Extremen lassen sich Regeln erkennen, die die gleichen sind, wie sie in gemäßigter Form zum Alltag gehören.
Der Machtkampf im gutbürgerlichen Alltag wird weniger spektakulär, jedoch ebenso verletzend und entwertend geführt. Das Vokabular ist vielleicht dezenter (?), soll aber den anderen ebenso an seiner empfindlichsten Stelle treffen: an seinem Selbstwert. Die ambivalente Abhängigkeit ist für jeden Menschen, ob Frau oder Mann, qualvoll, demütigend und führt zu entsprechenden unberechenbaren Ereignissen. Zum Beispiel das weitverbreitete Spiel: übertriebene Hinwendung, dann übertriebener Rückzug bis zu völligem Beziehungsabbruch, und dann dasselbe wieder von vorn.
Wir haben gesehen, daß sich Eltern bei ihren ehelichen Schwierigkeiten oft hilfesuchend an ihre Kinder wenden. Warum wählen sie meist zuerst die Tochter? Ich nenne einige Punkte zum Nachdenken:
- Die Tochter ist eine Frau. Helfen und Pflegen gehören zu ihrer traditionellen Frauenrolle.
- Die Tochter ist für die Eltern oft emotional leichter erreichbar als der Sohn, sie leidet offensichtlicher mit.
- Die Tochter kann sich dem Appell der Eltern schlechter entzie-

hen, darum wird sie in den emotionalen Strudel der Eltern leichter einbezogen, bis sie in Gefahr kommt, sich selbst darin zu verlieren. Die Gefahr, das eigene Leben für die Beziehung aufzugeben, fängt für viele Frauen in ihrer frühen Jugend an, und so führen sie es dann weiter in ihrer eigenen Familie.

Es entsteht also ein »Beziehungsdreieck«, umgekehrt zum Anfang: Zu Beginn sind es Mutter, Vater und ein Kind. Vater und Mutter sorgen für das Kind, dieses ist zwischen den Eltern, es verbindet und trennt sie gleichzeitig.

Dieses Beziehungsdreieck steht in der beschriebenen Konfliktsituation auf dem Kopf. Das Kind ist zwar immer noch zwischen den Eltern, aber in umgekehrter Funktion: *Es soll für die Eltern sorgen, sie retten, für die Eltern als Helferin da sein.* Die Rollen werden vertauscht und ins Gegenteil verkehrt. Die Umkehrung ist der Mißbrauch der Tochter im eigentlichen Sinn: Sie verliert ihren Existenzstatus als Kind. Hier wird es offensichtlich: Wenn man dem Kind helfen will, muß man zuerst den Eltern helfen.

II. Die Anfänge der Partnerschaft

Hypotheken des Anfangs

Keine Beziehung ist mit so viel Hoffnungen, Erwartungen, Träumen und Befürchtungen besetzt wie jene der Partnerschaft. Es ist die einzige primäre Beziehung, die man frei wählen kann. Die Eltern sind »vorgegeben«, ebenso die Großeltern und Geschwister – und auch die eigenen Kinder.

Ein wichtiger Teil der Arbeit, um erwachsen zu werden, bezieht sich auf die Bewältigung dieser primären Beziehungen und ihrer Folgen. Kaum ein Erwachsener, der sich nicht mehr oder weniger ausgeprägt wünscht, die eigene Partnerschaft besser zu machen, oder jedenfalls anders als die Eltern. Aber wie denn? Hier entwickeln sich sehr spezifische, individuelle Bilder. Sie haben ihren Ursprung in der Biographie jedes einzelnen.

Jürg Willi beschreibt in seinem Buch *Die Zweierbeziehung*, wie jeder Mensch schon ganz früh im Leben eine Existenzentscheidung fällt. Dabei gibt es zwei Möglichkeiten: Man kann die »starke« oder die »schwache« Lebensrolle wählen.

Der eine wählt, sich gegenüber den Mängeln und Schäden der Kindheit stark (überstark) zu machen. Dann wird er im weiteren Leben als »stark« erscheinen und vielleicht ein Leben lang das »starke Kleid« tragen: belastbar und gesund sein, unerschütterlich und optimistisch. An frühere Verletzungen, Traurigkeit oder Verzweiflung denkt er nicht, sie sind vergessen, verdrängt. Aber ganz tief innen sind sie nicht geheilt oder gelöscht. So gibt es also auch in dem »Starken« viel Trauer und Sehnsucht nach Geborgenheit. Das alles aber ist »vergraben«.

Ein anderer wählt den umgekehrten Weg: Der Schaden erscheint ihm so groß, daß es ihm den Mut nimmt, für irgend etwas zu kämpfen. Ein solcher Mensch wird als »schwach« erscheinen und vielleicht ein Leben lang hilfsbedürftig, wenig belastbar und schnell verzagt sein und zu Depressionen neigen. – Daß auch dieser Mensch einen starken, ja sogar aggressiven Anteil in sich trägt, ist vergessen, verdrängt. Ganz tief innen gibt es ein großes Kraftpotential, das aber nicht zum Tragen kommt, es ist »vergraben«.

Da ist also ein Mensch, der zwar wegen ganz bestimmter Traumata und Mängel in der Kindheit einen verletzten, traurigen, schwachen Anteil in sich trägt, ihn aber nicht zulassen will, sondern verdrängt. Und da ist ein anderer, der mit dem gleichen Schaden gerade das Umgekehrte versucht. Und auch dieser verdrängt ein wesentliches Stück seiner selbst.

Wenn sich diese beiden Menschen begegnen, ist es, als würde man einem Teil von sich selbst begegnen. Jeder trifft im anderen den Anteil, den er selbst nicht lebt, ja nicht einmal kennt. Darin liegt etwas tief Anziehendes, Beglückendes, Einmaliges, das sich nicht erklären läßt. Liebe auf den ersten Blick. Die große Begegnung. Nie hat mich jemand so verstanden, nie ist mir jemand so nahe gekommen.

Dich will ich, ich kann gar nicht anders. Mit dir wird das Leben sinnvoll, es wird *anders*. Wir sind eins, so wie ich es nie erlebt habe. So ganz eins miteinander werden wir durchs Leben gehen, nichts kann uns trennen. Du hast, was ich nicht habe. Ich habe, was dir fehlt. Zusammen sind wir ein Ganzes. Die symbiotische, große Liebe erscheint wie das vollkommene Glück.

Die beiden beginnen in einem stabilen Gleichgewicht, wobei die Rollen im Leben klar verteilt sind. Zum Beispiel, daß der eine stark, der andere schwach ist. Und beide finden ihr Glück darin, so wie sie sind willkommen zu sein und eine genau passende Ergänzung in ihrem Partner gefunden zu haben.

Neben diesen unbewußten Anteilen spielen auch bewußte eine wichtige Rolle, wie gemeinsame Interessen, gemeinsame Werte, gemeinsame Lebensausrichtung und Ziele. Der verdrängte Anteil ist still. Nur: Jahre später kommt er wieder. Der »schwache« Partner entdeckt, daß er sehr wohl auch führen kann und will. Der »Starke« merkt, daß er auch betreut und verwöhnt sein möchte. Das Gleichgewicht wird erschüttert. Die Partnerschaft gelangt in eine grundlegende Krise. Was entsteht, ist nicht *primär* eine Auseinandersetzung zwischen Frau und Mann, sondern eine *Begegnung mit sich selbst*.

Neben diesen tiefenpsychologischen Faktoren gibt es aber noch starke sozio-kulturelle Beeinflussungen der Partnerwahl. In unserer westlichen Kultur ist die romantische Liebe die wichtigste Erwartung an einen guten Anfang der Partnerschaft. Diese Anforderung ist ein Produkt des Wohlstands und psychischer Ansprüche. In Kulturen mit materiellem Mangel richten sich die Erwartungen an die gemeinsame Bewältigung eines äußerlich schweren Lebens. Die romantische Liebe dagegen gewährt Hochgefühle und Glück – aber sie täuscht: Sie erhebt den Anspruch auf Dauer, die sie jedoch nicht erfüllen kann. Die romantische Liebe ist wie ein Schmetterling, wunderbar, aber zerbrechlich und kurzlebig. Was folgt nachher?

Die meisten Paare, die in Therapie kommen, sagen, sie empfinden nichts mehr für ihren Partner.»Nichts« heißt: keine »großen« Gefühle, keine Romantik. Etwas ging verloren, wovon man meinte, so müßte die Ehe sein.

Das romantische Eheideal ist wohl eine der großen Herausforderungen und Gefährdungen der Ehe. Es verführt zu idealisierten Erwartungen, oder besser zu Forderungen, es macht taub und blind für das wirkliche reale Du. Aus Hoffnungen und Erwartungen werden Forderungen und Ansprüche, die in dieser Art unerfüllbar sind. Sie schieben die Verantwortung immer dem anderen zu. Jeder hat das Gefühl, betrogen worden zu sein und zu kurz zu kommen. Die Enttäuschung, die der Verliebtheit folgt, ist zunächst ein ernüchternder Rückschlag. Nicht wenige Ehen zerbrechen an ihr. Eigentlich aber ist sie Anforderung zu Reifungsschritten, die vielleicht erstmals zu einem Dialog führen. Es ist die Chance, den Prozeß der Ganz-Werdung bewußt zu wählen und sich darauf einzulassen.

Zum Gelingen der Ehe ist die Frage entscheidend: Welche Beziehungsart, welche Verbindung kann dem Anfangstraum folgen? Oder: Was ist Liebe?

In praktisch allen Gesellschaften waren die Rollen von Frau und Mann klar definiert, und sie sind es zu einem großen Teil heute noch. Je mehr sich ein Individuum an diese Rollenzuteilung hält, desto einfacher ist das gemeinsame Leben. In unserer Kultur, in einer Zeit des Überganges, sind die Rollendefinitionen in Fluß geraten. Das durch Tradition und Sitte geprägte Bild »der Frau« und »des Mannes« ist nicht mehr zweifelsfrei klar und akzeptiert. Vor allem bei den Frauen zeigt sich eine neue starke Bewegung, nämlich das Bedürfnis nach Autonomie und Selbstdefinition. Gerade diese Frauen aber befinden sich in einer Art Zwischenbereich, wo das Alte angefochten oder abgelehnt und das Neue noch nicht genügend tragfähig ist.

Wie soll der zukünftige Partner sein? Welches sind die Erwartungen an ihn und an die Partnerschaft? Und wie ist das Bild der Frau von sich selbst? Soll der Haushalt und die Mutterrolle die einzige Aufgabe der Frau bleiben? Oder vielleicht umgekehrt: Soll eine Ehefrau und Mutter idealerweise berufstätig bleiben? Welche anderen realen Möglichkeiten gibt es? Kann und soll die Mitarbeit im Haushalt vom Partner eingefordert werden? Welche Ansprüche will und muß die Frau stellen in bezug auf Zeit, Freiraum und eigene Tätigkeit? Hat die Frau die gleichen Rechte wie der Mann, in der Sexualität zu bestimmen? Wann darf und muß sie sich abgrenzen? Fragen über Fragen. Wie lange wird es noch dauern, bis ein neues Frauenbild allgemein anerkannt, also wieder »traditionell« wird?

Marion (54):
Ich wechselte praktisch von den Händen meiner Mutter in die Hände meines Mannes, als ich heiratete. Ich war nie berufstätig und wohnte nie allein. Ich war immer gut beschützt.
Da ich schon als Kind kaum Verantwortung auf mich nehmen mußte oder durfte, war es mir angenehm, daß mein Mann es für mich tat. Er war mit dem Studium beinahe fertig und hatte schon lange allein oder in Wohngemeinschaften gelebt. Er war somit völlig selbständig, auch was die Arbeiten im Haushalt anbelangte. Dieses Ressort übernahm dann sehr schnell ich, was mir auch gefiel. Ich liebte es, ihn zu verwöhnen, und las ihm fast jeden Wunsch von den Augen ab. Nachträglich gesehen war es ein großer Fehler von mir, daß ich mich nur noch auf Hausfrauentätigkeiten festlegte. Ich lebte fast nur noch in den vier Wänden der Wohnung. Meine Verpflichtungen nach außen verringerten sich auf ein Minimum,

und was sonst noch übrig blieb, machte ich zusammen mit meinem Mann. Er gab mir Sicherheit, das heißt, er zeigte mir jene Sicherheit, die ich einfach nicht mitbekommen hatte. Dabei war er als Person aber zu stark, um mir etwas davon abzugeben. Und damals bewunderte ich diese Stärke, dieses Selbstbewußtsein sehr.

Angesichts eines solchen Berichtes wird man vielleicht überlegen lächeln. Oder vielleicht auch leicht wehmütig etwas Verlorenem nachtrauern. Auf jeden Fall wird es wieder klar, daß viele Frauen sich das neue Lebenskonzept noch nicht zu eigen gemacht haben. Die Frage ist ja auch noch: Wie kann eine Frau stark genug werden, nicht nur Ansprüche an Selbständigkeit zu stellen, sondern ihr Leben wirklich selbst zu übernehmen und zu verantworten? Bei Marion und ihrem Partner finden wir die gegensätzliche Polarisierung der Rollen, stark und schwach oder väterlich/kindlich. Sie verhalten sich entsprechend dem Kollusionskonzept von Jürg Willi. Er ist der »Große«, und sie diejenige, die ihn bewundert.

Rosmarie (54):
Stichworte und Gedanken zu meiner Rollenvorstellung von Mann und Frau: Der Mann ist der Vorstand der Familie, und er sitzt oben am Tisch. Er verdient den Lebensunterhalt, darum ist seine Arbeit die wichtigste. Hingegen ist die Arbeit der Frau als Mutter und Hausfrau weniger wert, weniger anstrengend, weil selbständig einteilbar, nicht vorweisbar (»Was hast du denn den ganzen Tag getan?«), sie wird nicht bezahlt, aber immer erwartet.
Er, der Führer der Familie, trifft die großen Entscheidungen, hat das letzte Wort, verwaltet das Bankkonto, ordnet Versicherungen, Rechnungen und Steuerkram, teilt Haushalts- und Taschengeld ein – auch für seine Frau –, hat mit der Verwaltung des Geldes auch die Macht.
Die Frau richtet sich und ihren Lebensstil auf den Mann aus. Sie schaut zu ihm auf, lehnt sich an, liest, ohne daß er's aussprechen muß, seine Wünsche vom Gesicht ab, baut an seiner Karriere, indem sie ihre Wünsche zurückstellt, richtet sich nach seiner Meinung, ordnet sich unter.
Die Frau ist zuständig für Tisch, Haus, Bett und Kinder, wobei sie ihm die Kinder, wenn diese ihn stören, vom Leibe hält. Sie ist besorgt für seine gute Stimmung, sorgt für Blumen und Atmosphäre, macht sich für ihn schön, empfängt ihn nach getaner Arbeit liebevoll und »ausgeruht«, verbirgt ihre Gemütswolken. Sie beherrscht sich, ist weniger laut, sorgt für

Frieden und Harmonie in der Familie. Sie hat keinen Raum für sich (außer der Küche), sie hat keinen freien Tag, keine Möglichkeit des »Für-sich-Seins«, kein Eigenleben. Ihre Gefühle sind nicht so wichtig, sie weint im stillen, ist abhängig von seiner Zuneigung und seinem Geldbeutel. Jedoch – sie genießt auch die starke Führung, das Abgeben der Verantwortung für sich und die Familie. Sie kommt sich besser vor, weil duldsamer, sie strengt sich an, das Bild des Engels zu bewahren, das er von ihr hat. Sie bedient ihn, bis er unfähig ist, sich eine Tasse Kaffee zuzubereiten. Also macht sie auch ihn von sich abhängig. Sie ist immer zu Hause, um ihn zu erwarten, ja, sie bleibt bis in die Nacht auf, um ihn nach langen Reisen zu empfangen. Sie lebt wie ein Vogel im goldenen Käfig, gut versorgt, aber der Freiheit beraubt.

Eine ablehnende oder ironische Abfertigung dieser Bilder könnte schnell zur Hand sein. Aber dieses alte Anforderungsprofil der Frau wird auch heute noch von vielen Frauen gelebt, nicht nur von Rosmarie. Es gibt aber auch noch einen anderen Gesichtspunkt: Die Frau ist materiell abhängig. Damit sind ihrem Freiheitsstreben Grenzen gesetzt. Diese Abhängigkeit ist bei den meisten heutigen Frauen auch noch nicht überholt. – Und noch etwas: Bei aller – gewiß etwas übertrieben beschriebenen – Untertänigkeit gehört zu dieser Rolle noch eine große Portion verkleidete, verborgene Macht, die wohl eine tiefe, wenn auch geheime Genugtuung vermittelt. Dazu gehört auch noch das stille Wissen, daß man besser ist. Man ist duldsamer als als Engel. Damit wird man auch stark, wohl anders, aber doch sehr real. Auf eine paradoxe Art ist das Opfer dem Täter überlegen.

Alice (32):
Mein Mann war ein typischer Macho, oder besser gesagt, ein Süditaliener. Und das gefiel mir anfangs sehr. Er war äußerlich stark und selbstbewußt. Er war mein Traummann. An ihn konnte ich mich anlehnen und festhalten. So glaubte ich. Häuslich war er nie. Anfangs störte mich das überhaupt nicht. Ich hatte grenzenloses Vertrauen zu ihm.

Dora (46):
Mein Mann war der Führer, mein Retter und Märchenprinz, er hat mein
Leben in die Hand genommen. Ich habe das geschehen lassen, beide waren
wir dabei einigermaßen zufrieden.

Damals müßte man sagen. Darf es so gewesen sein? Kann eine
Frau sich erlauben, sich einzugestehen, daß sie einmal ihr Glück
fand bei einem Führer und Retter oder gar bei einem Macho, der
ein Traummann für sie war? Wenn eine Frau nach Ernüchterung
und Enttäuschungen eine Autonomieentwicklung macht, fällt es ihr
im Abstand der Jahre schwer, zu verstehen, daß diese Art Beziehung für sie damals Glück bedeutete. Ja, es gibt Frauen, die sich
vor sich selbst schämen. Sie tragen ein Idealbild in sich, das Bild
einer befreiten,»erwachsenen« Frau, die auf keinen Fall ihr Leben
einem Mann in die Hände übergibt. – Eigentlich sind solche, auch
gravierende Veränderungen ermutigend. Sie zeigen einen Prozeß
an, den Prozeß des Wachstums.

Ella (40):
Meine Erwartungen in bezug auf meinen Partner bewegten sich im übli-
chen, klischeehaften Rahmen dessen, was Männlichkeit ausmacht. Das
heißt konkret für mich, der Mann sollte mir geistig etwas überlegen sein,
klug, verantwortungsvoll, körperlich stark, aktiv und im sexuellen Bereich
interessiert und initiativ. Eine Führung seinerseits habe ich nicht erstrebt,
statt dessen eher partnerschaftliches Miteinander. Die Praxis zeigte allerdings, daß sich seine Führungsrolle herauskristallisierte, die ich strecken-
weise akzeptierend annahm.
Es machte mir angst, mir vorzustellen, wie sehr ich mich auf meinen Mann
eingelassen hatte (symbiotisch?!), und möglicherweise von ihm nicht mit
gleichem Engagement bedacht zu werden.

Interessant, diese Klischee-Erwartungen im Hinblick auf den
Mann! In dieser Phase fragt man eigentlich noch nicht danach, wer
ich als Frau bin und sein will. – Die Angst, sich auf eine einseitig
schräge Beziehung eingelassen zu haben, bedeutet im Klartext:
Liebe ich zu viel? Gebe ich zu viel? Diese Frage stellt sich kaum
jemals ein Mann. Weder das Erschrecken davor noch die Angst vor
zuviel zu lieben führen weiter. Der erste Schritt ist zu akzeptieren,
daß es so gewesen sein könnte.

Jeanette (40):
Ich merkte bald, daß mein Mann nicht so sehr an mir und meinen Angelegenheiten interessiert war. Er lebte mehr oder weniger neben, aber nicht mit mir. Ich meinerseits wollte all die vielen angelesenen Eheideale verwirklichen. Ich investierte viel Kraft ins Gestalten des Ehealltags, überhäufte meinen Partner mit netten Überraschungen, wollte mit ihm über alles reden, ihm alles erzählen, seine Meinung zu den verschiedensten Themen hören usw. Mein Mann aber packte nicht so richtig zu, blieb in seinen Reserven, und sein Desinteresse nahm zu. Ich wollte viel mit ihm tagsüber erleben, er hingegen hätte gerne mit mir die Welt der körperlichen Liebe erforscht – beide blieben unbefriedigt! Wie haben wir 15 Jahre mit dieser Situation gelebt? Ich wurde im Alltag immer tüchtiger, mein Mann immer passiver.

Was mir unverändert Mühe bereitet, ist das Loslassen von großen Idealen, von der kaum zu stillenden Lust nach Harmonie und tief erlebter Partnerschaft. Seit ich erkannt habe, wie übermäßig groß meine Erwartungen an mich und meinen Partner immer wieder ausfallen, kann ich mich besser auf die Realität beschränken, ohne mich minderwertig oder als Versagerin zu fühlen. Es gelingt mir auch viel eher, mich darüber zu freuen, was wirklich da ist.

Jeanette zeigt die typische Frauenerwartung und Frauenrolle: *Sie* vertritt die Ideale, *sie* möchte über alles reden, *sie* verwöhnt ihn. Aber er packt nicht zu. Es ist schwer, Wichtiges loszulassen, auch wenn es offensichtlich unerfüllt geblieben ist und unerfüllbar bleiben wird. Die Sehnsucht nach Harmonie wird man kaum ohne ein Gefühl von unersetzlichem Verlust los. Oft genug folgt darauf Resignation. Das Festhalten am Unmöglichen macht chronisch unzufrieden und vorwurfsvoll. Unerfüllbare Ideale verschließen die Türe zur Realität und damit die Freude am Möglichen.
Auch hier finden sich die Anzeichen einer Kollusion: Je tüchtiger sie wird, desto passiver wird er (je »stärker« der »Starke«, desto »schwächer« der »Schwache«).

Michelle (57):
Mir war Gemüt und Verantwortung das Wichtigste. Etwas Männlichkeit und Stärke wünschte ich mir auch. Mit der Heirat bin ich regrediert, bin dem internalisierten Frau- und Muttermodell meiner Mutter gefolgt.

Ich war berufstätig. Nach einem langen Arbeitstag äußerte ich meine Unlust, noch ein Abendessen zu richten. Mein Mann war hilflos entsetzt, daß so etwas möglich war. Das war im ersten Jahr unserer Ehe. Mein Mann hat aber erst Jahre später über seine Gefühle gesprochen. Ich glaubte daran, daß nur ich für das Gelingen und das Glück in unserer Ehe verantwortlich sei. Ich hatte auch meinem Mann gegenüber die Angst, seinen idealen Vorstellungen von mir nicht gerecht werden zu können. Ich schämte mich meiner Aggressionen, meines Ärgers oder meiner Wünsche, bei den unterschiedlichsten Gelegenheiten auch mal »nein« zu sagen. Ich hatte häufig Schuldgefühle.

Die Frauenrolle beinhaltet auch die Verantwortung für das Gelingen und das Glück der Ehe und Familie. Eine selbstverständliche Aufgabe zu verweigern, wie zum Beispiel Kochen, und sei der Grund noch so gerechtfertigt, führt zu Schuldgefühlen und Selbstzweifeln und hinein in eine Falle, wo Aggression und Ärger geboren werden. Denn die Hauptaufgabe, die sie von sich selbst erwartet, besteht darin, die Ehe glücklich zu machen.

Das Schwerste ist nicht das Unverständnis des Mannes. Das Schwerste ist der eigene Zwiespalt. Dies wird der einfachste Test sein, um zu wissen, wie tief die Wandlung schon in verborgene Schichten eingedrungen ist: Es wird eine innere Erlaubnis da sein, nach eigenem Ermessen zu entscheiden, und dies ohne Schuldgefühle, sondern in Frieden mit sich selbst.

Anna (38):
Ich habe bestimmte Wünsche an die Ehe, an meinen Partner (und habe sie zum Teil heute noch) wie: aufgehoben sein, mich fallen lassen können, akzeptiert sein, so wie ich bin … Ich wünschte mir, daß die Partnerschaft der konfliktfreie, stimmige, zu genießende, entspannende Teil meines Lebens sei.
Mein Mann hatte ganz andere Vorstellungen: Er suchte in mir eine Partnerin (und tut es heute noch), mit der er sich auseinandersetzen kann, die mit ihm fragt, hinterfragt, streitet, sucht, findet, wieder verwirft, den verschiedensten Lebensfragen nachspürt …
Diese beiden Gegensätze führen heute noch zu grundsätzlichen Konflikten: Ich bin für meinen Partner wohl manchmal zu wenig anregend, er mir zu unruhig.
Häufig ist er diesbezüglich der fordernde Teil und ich der bremsende.

Auch hier ein »Starker«, weil *zu sehr* konfrontierend, und eine »Schwache«, weil *zu sehr* harmonisierend. Sie wünscht vor allem Geborgenheit, konfliktfreien Raum bei ihm. Er sucht eine Partnerin für seine Auseinandersetzung mit dem Leben. Wer hat recht? Wer sollte sich ändern und sich anpassen? Die Frage, so gestellt, führt in die Sackgasse. Diese Lösung ist keine, es ist die alte Einbahnstraße. Der neue Weg wird sich eröffnen, wenn beide ihre eigene, verdrängte Seite finden. Dann ergibt sich ein neues Bild: Die Gegensätzlichkeit ist bei beiden *in ihnen selbst* beheimatet. Wenn die bis jetzt verdrängte Seite akzeptiert wird, müssen sie sie nicht mehr im Partner bekämpfen.

Zugewiesene Rollen

Die Zuweisung von Rollen ist eine Notwendigkeit. Rollen geben Form, Halt und Sicherheit. Die Rolle definiert den Platz im Beziehungsgefüge und weist, wenigstens teilweise, bestimmte Tätigkeiten zu. Dieser Platz und diese Tätigkeiten sind Ausdruck der Hierarchien und Machtverhältnisse im Beziehungssystem. Je mehr Macht und Entscheidungskompetenzen jemandem überlassen werden, desto größer wird das Gefälle zu den Untergeordneten. Hier liegt der Zündstoff nicht nur für die Mann-Frau-Beziehung.

Wenn jeder seine Rolle ohne Vorgabe selbst definieren müßte, würde dies zu einem unlösbaren Chaos führen, bei dem jeder gegen jeden lebenslänglich kämpfen müßte, weil eine für alle verbindliche (allenfalls veränderbare) strukturelle Ordnung nicht vorläge. Bald würde der Ruf nach einem »starken Führer« entstehen, der dann, nach vorliegenden Beispielen, zu einem Diktator werden könnte. Und da im Fluß der Generationen immer Unzählige neu in diesen Kampf um die Selbstdefinition eintreten würden, gäbe es auch keine Hoffnung für eine gesicherte Struktur. Die Zuweisung von Rollen trägt entscheidend zur Entwicklung einer Identität bei: entweder durch ihre Akzeptanz, Veränderung oder Ablehnung.

Kinder, die keine klaren Verhaltensanweisungen von den Eltern erhalten, das heißt, sich zu wenig oder nicht an Anweisungen der Eltern orientieren können (wenn auch nicht nach dem autoritären Muster!), werden bald chaotisch und inszenieren ein Chaos in der Familie. Es ist wichtig, die Zuweisung von Rollen nicht nur negativ zu beurteilen. Ihre Notwendigkeit kann mit dem Gebrauch von Wasser verglichen werden. Wasser ist lebensnotwendig und voller Energie, aber ohne vorhandene Gefäße oder Kanäle ist diese Energie nicht brauchbar oder sogar zerstörerisch.

Anderseits – und damit komme ich zu unserem Thema zurück – entstehen Rollenzuweisungen und die Übernahme von Rollen nie neutral. Wer teilt sie zu? Wer gibt ihnen welche Bedeutung? In bezug auf Frauen sind es zunächst nicht einzelne Personen, die ihren Platz und ihre Rolle bestimmen. Eine jahrtausendealte Tradition, das heißt die Tradition unserer Gesellschaft, lieferte die Muster, die sowohl für Frauen als auch für Männer verbindlich waren und ins Unbewußte abgesunken sind. Diese Tradition, das Patriarchat, übergibt die Macht den Männern. Der Mann installiert seinen Vorrang dann nicht nur den Frauen gegenüber, sondern auch dieser einen Frau gegenüber, die seine Partnerin ist. Umgekehrt sehen sich die Frauen nicht nur als ganzes Geschlecht den Männern gegenüber untergeordnet, sondern diese eine Frau versteht sich diesem einen Mann gegenüber, der ihr Partner ist, als die, die sich fügen soll/will/muß. Dies wurde sozusagen als natürliche Ordnung angesehen. Somit vollzieht sich die abstrakte Vorstellung vom Patriarchat im Leben des einzelnen Paares sehr real in seiner Wohnstube und häufig genug auch im Bett. Dieses Verhältnis wird oft auch dann weitergeführt, wenn schon neue Einsichten erfolgt sind.

Natürlich gibt es auch unter Männern Hierarchie, Machtkämpfe und Entwertung. Aber da ist ein grundsätzlicher Unterschied: Von Männern zu Frauen besteht auf einer äußerst tiefen, ihnen selbst nicht bekannten Ebene eine Geringschätzung, unabhängig von ihrer (der Frauen) Persönlichkeit, Stand und Bildung. Viele Männer realisieren auch heute noch nicht, daß und in welchem Maß sie Frauen abwerten und geringschätzig behandeln und sie nicht als Ebenbürtige ernst nehmen.

Zu dieser Zuordnung gehört – und paßt bestens – das Ideal der »harmonischen Ehe«. Es ist das Produkt des Patriarchats. Denn ungetrübte Harmonie zwischen zwei Menschen – im allgemeinen und auch in der Partnerschaft – ist nur dann möglich, wenn der eine (Mann) bestimmt und die andere (Frau) sich fügt. Harmonie setzt eine Gleichheit voraus, die nicht existiert. Zwei Menschen, auch wenn sie sich lieben, sind verschieden in Charakter, Überzeugungen, Ansichten und Handlungsweisen. Diese Unterschiedlichkeiten ergänzen sich teilweise, dies ist ein Gewinn der Partnerschaft, aber sie geben auch Anlaß zu Konflikten.

Ins Extrem geführt kann man sagen, daß in einer »harmonischen«, das heißt konfliktfreien Ehe einer der Partner, und dabei handelt es sich praktisch immer um die Frau, sich dem anderen unterordnet. Patriarchat heißt: Der Mann bestimmt, und die Anpassung oder gar der Gehorsam der Frau erlaubt dann den »Einklang«. Diese Harmonie muß man Scheinharmonie nennen. Etwas ganz anderes ist die Harmonie, die in der Beziehung eines Paares allmählich heranwächst, als Frucht von Auseinandersetzungen, Konflikten und Leiden. *Diese* Harmonie wird wohl Hoffnung und Ziel eines jeden Paares sein.

Es ist erschütternd, mit welcher Selbstverständlichkeit Frauen am Anfang der Ehe diese ihnen seit Jahrhunderten zugewiesene Rolle freiwillig wählen und sie jahrelang weiterspielen, ja, sie finden darin oft Lebensauftrag und Erfüllung. Sie geben sich auf, verlieren sich an Mann und Kinder, manchmal sogar bis zuletzt. Ich möchte mich an dieser Stelle klar ausdrücken: Das Übel sehe ich nicht darin, daß Frauen gerne Mütter und Hausfrauen sind. Das ist gut, sofern sie diese Rolle frei wählen. Das Übel liegt dort, ist dort, wo Frauen *ihr Selbstverständnis, und nicht vor allem ihre Tätigkeit*, vom Mann beziehen und sich entsprechend entmündigen lassen. Sie haben dann ihren starken, initiativen, führungsstarken Persönlichkeitsanteil verdrängt und verstehen sich so, wie der Mann sie verstehen will: anpassungsfähig und -willig, ihm den Vortritt lassend. Natürlich üben diese Frauen auch Macht aus, weniger offensichtlich als die Männer, eher indirekt durch Tränen, Krankheit, Leiden, Vorwürfe oder andere manipulative Mittel. Diese indirekte Machtausübung enthält ebenso das Gift der Entwertung, wie die offensichtliche Geringschätzung der Männer gegenüber den Frauen.

In meiner langjährigen paartherapeutischen Praxis habe ich kaum je ein Problempaar gesehen, bei dem nicht hinter den angegebenen konkreten Problemen die subtile oder grobe, meistens gegenseitige Entwertung lag. Die Gegenseitigkeit der Entwertung erscheint als »gerechte Rache«. Es ist die sicherste Variante, den anderen ebenso zu verletzen, wie man selbst verletzt worden ist. Nur: Der so entstehende Wiederholungszirkel nimmt kein Ende. Und Entwertung zerstört die Achtung (oft auch die Selbstachtung), die die Grundlage einer ebenbürtigen, *gleichwertigen* Partnerschaft ist.

Und auch hier: Der verdrängte Anteil kommt bei vielen Frauen wieder an die Oberfläche: Ihre Kraft, Begabungen, Dominanz melden sich von innen heraus. Das kann die Zeit der Wandlung einleiten.

Hören wir auf die Frauen:

Denise (51):
Einigkeit bestand darin, daß der Mann an seiner Karriere arbeitete, ich ihn dabei unterstützte, indem ich ihm die Kinder vom Leib hielt.

Auch legten wir vielen Worten eine unterschiedliche Bedeutung zugrunde und empfanden die Mißverständnisse als große Verletzung.

Ferner haben wir die Schwierigkeit in der Diskrepanz zwischen arm und reich. Mein Mann aus begütertem Haus mußte sich für mich wehren, war aber auch in dem Überlegenheitsgefühl der Reichen beheimatet. Ich, aus verarmtem (aber gebildetem) Haus, spielte die Bildung aus.

Olga (47):
Der größte Konfliktstoff war immer die übliche Rollenteilung:
– keinen außerhäuslichen Beruf auszuüben
– kein eigenes Geld zu verdienen
– für Hausarbeit und Beziehungsarbeit zuständig zu sein
Ich habe oft die Tatsache, daß ich ebenbürtige Arbeit leiste, zum Thema gemacht. Ich mußte neue Wörter kreieren, die meine Tätigkeit besser umfassen, zum Beispiel Familienfrau, Beziehungsfrau, freischaffend, von Beruf *Mutter* und Allrounderin und habe diese auch je nach Stimmung in Angaben zu Personalien verwendet.

Wieviel Wert bekommt eine Frau zugesprochen? Wieviel Wert gibt sie sich selbst? Wieviel Zuspruch braucht sie, um sich selbst wertvoll zu finden? Der fehlende oder der niedrige Selbstwert der Frauen macht sie abhängig vom Zuspruch des Mannes. Ihre Abhängigkeit besteht auch darin, daß sie auf die stete Neubestätigung ihres Wertes angewiesen bleiben, weil sie nicht in der Lage sind, das Empfangene gut zu bewahren. Die Voraussetzungen fehlen. Jede noch so kleine Entwertung – die mit Sicherheit kommt – wirft sie zurück ins Leere. Die Konditionierung der Frauen ist dergestalt, daß sie ihren Wert und ihre Identität vom Mann aus beziehen müssen. *Nur sein Urteil gilt.*

Im folgenden möchte ich ein Zitat bringen, das nicht aus den Fragebogen stammt. Es geht um Charlotte Kerr, Filmemacherin, später Ehefrau von Friedrich Dürrenmatt. Das Zitat stammt aus einem Interview aus dem *Brückenbauer* vom 25.11.92:

Die starke, selbstbewußte Frau litt darunter, im Schatten des berühmten Mannes zu stehen. Sie hätte dies von sich auch nicht erwartet. Sie fiel in die alte Frauenrolle zurück, die jede glaubt, überwunden zu haben, die jedoch viel tiefer sitzt, als manche meint.
Auch Charlotte Kerr war davor nicht geschützt, obwohl sie ihren eigenen Kreis hatte,»in dem ich Schöpfer war, und der Schöpfer ist immer Gott. Nun habe ich einen ungleich viel größeren Schöpfergott neben mir und gerate immer stärker in sein Kraftfeld, mein eigenes, schwächeres, wird aufgesogen. Das ist ein allmählicher Prozeß. Als ich ihn realisiere, fange ich an, mich zu wehren. Gegen wen? Je stärker ich gegen den Mahlstrom schwimme, um so müder werde ich. Ich kann mich nicht mehr tragen lassen, ich habe Angst, unterzugehen, mein Ich zu verlieren.«

Eine arrivierte Frau, die Erfolge erlebt, Bestätigung empfangen hat, fällt neben dem »noch größeren« Mann zurück in die alte Rolle. Rückfall heißt hier eigentlich, die Unfähigkeit, die Abgrenzung aufrechtzuerhalten, so daß noch eine eigene Individualität möglich bleibt. Die Frau fällt dann *zurück*! Nicht in etwas Neues, sondern in das Alte, wovon sie meinte, sie sei ihm entronnen. Dies ist die große Gefahr für Frauen der Pioniergeneration, die wir alle noch sind.

Das Gift hat verschiedene Namen. Eines davon heißt: sich einseitig mit dem überlegenen Anteil des Mannes zu vergleichen. Dieses

Gift zu schlucken, bringt das alte Gefühl wieder: Neben *ihm* bin ich klein und unbedeutend. Das Gegengift heißt: Und wer bin *ich*? Was kann *ich*?

Sibilla (46):
Ich hatte viele Vorstellungen und Erwartungen mit in die Ehe gebracht, die einfach so im Hintergrund herumhingen, zum Teil mir selber gar nicht klar waren.
Es war irgendwie klar, daß ich den Haushalt führen mußte. Für beide war das klar, für meinen Mann und mich, hinterfragt haben wir das nie. Der Haushalt war also klar mein Ressort, aber ebenso klar erwartete ich von meinem Mann Mithilfe. Diesbezügliche Absprachen gab es wenig, eher einfach immer die gleichen Szenen: Ich krampfte mir verbissen einen ab, explodierte dann plötzlich, er wußte nicht,»was ich schon wieder hatte« usw.
Mit dem ungenügenden Mithelfen im Haushalt habe ich weiterhin zeitweilig sehr Mühe, mache immer wieder den gleichen Fehler: Ich erwarte freiwillige Hilfe, delegiere nicht klar.

Hanna (50):
Wir wollten eine traditionelle Ehe führen mit genauer Rollenteilung. Ich den ganzen Bereich zu Hause, er draußen, Berufsarbeit, Erwerb. Ich wollte gleichberechtigte Partnerin sein. Mein Mann wollte lieber eine untergeordnete Frau haben, die zu ihm aufsah.
Sobald mein Mann genügend verdiente, nach Abschluß seines Studiums, mußte ich meine Berufsarbeit aufgeben. Ich tat dies mit der Überzeugung, daß dies richtig wäre, obwohl es mir leid tat. In der Erziehung habe ich meistens selbständig nach meinen Vorstellungen gehandelt und auch meinen Mann beeinflußt. Ich hatte es nicht gerne, wenn er mir»dreinredete«, Erziehung war *mein* Beruf.

Wie klar sind die Erwartungen? Vielleicht setzt jeder Partner stillschweigend voraus, daß der andere das gleiche meint. Unendliche Mißverständnisse und Verletzungen sind die Folgen. Wieviel *soll* der Mann helfen, wieviel *will* der Mann helfen? Soll der Mann um Mithilfe im Haushalt gebeten werden, oder sollte er es selber merken? Und dann auch noch: Wieviel Selbständigkeit erhält er dabei? Schon bei diesen banalen Fragen schimmert die tiefere Frage im Hintergrund auf. Hanna und Sibilla suchten ebenbürtige Beziehungen, bei verschiedenen Tätigkeiten. Der Mann aber wünschte eine untergeordnete Frau. Die Grundfrage, nämlich Hierarchie oder Ebenbürtigkeit, stellt sich bei kleinsten Anlässen nicht weniger ein als bei großen Entscheidungen. Daraus wird ein Partisanenkrieg für jene Paare, die vor einer Auseinandersetzung über ihre gegenseitige Rollenzuweisung zurückschrecken. Auch die Erziehung der Kinder kann ein Vehikel zu Machtausübung werden. Die Frau definiert die Erziehung als *ihren Beruf* und läßt den Mann nicht teilhaben.

Monika (44):
Er: wirtschaftsorientiert, konservativ, hart im Urteilen, starr, sicher, passiv; ausgenommen im Sexuellen!
Ich: Verständnis für untere Schichten, Randgruppen, Umweltschützerin, soziale Fragen, unsicher, suchend, weich, aktiv; ausgenommen im Sexuellen, dort sei ich kühl, passiv.
Lösungen: kaum. Zündstoff und Auseinandersetzungen meiden. Meine Hauspflichten erfüllen. Sehe immer wieder, was ich alles habe (Materielles), und gab mich bis vor kurzem damit zufrieden. Glaubte, ihm dankbar sein zu müssen für alles!
Er fühlte sich als guter Ehemann, wenn er mir materielle Sicherheit geben konnte. Meine seelische Not spürte er kaum. Er wollte mich auch für sich haben. Sagte oft: Er habe mich durch die Heirat gekauft. Ich sei sein Eigentum.
Er gönnte mir etwas Freiheit, so daß ich Kurse besuchen konnte, ihn jedoch nie vernachlässigte. Ein großes Stück meiner Selbständigkeit gab ich zugunsten einer Schein-Gemeinsamkeit auf! Das Finanzielle überließ ich ihm. Machten Gütergemeinschaft.
Die Polstergruppe kauften wir, obwohl sie mir nicht gefiel.

Welchen Preis zahlt eine Frau für Sicherheit und Familie! Welche Verlassenheit bringt ihre Geschichte zum Ausdruck. Man könnte meinen, die beiden stammen von verschiedenen Kontinenten oder Kulturen. Dabei sind es »Bürger von nebenan«. Es ist eine erschütternde Fremdheit, die hier beschrieben wird, die aber so selten nicht ist. Monika bleibt mit ihrem Leiden lange allein.
Zum Patriarchat gehörend und in seiner Brutalität empörend ist der Anspruch des Mannes: Ich habe dich gekauft mit der Heirat, du bist

mein Eigentum. Und sie bejaht dies und sucht ihr Eigenleben, jetzt, nach vielen Jahren, immer noch heimlich. Bleibt ihre Schuldigkeit ihm gegenüber lebenslänglich?

Bertha (43):
Wir sind totale Gegensätze. Er ist der aktive, unternehmungslustige, initiative, sportliche Teil. Ich bin mehr nach innen orientiert, musisch begabt, liebe die Stille, das Gestalten, kreative Beschäftigungen. Es gibt irgend etwas Unbeschreibliches, was uns zusammenhält und verbindet. Mein Partner hat mich sehr ergänzt, war sicher, selbstbewußt, jemand, auf den man sich verlassen konnte. Diesen Eindruck vermittelte er mir gleich zu Beginn unserer Bekanntschaft.
Ich habe ihn dann im Laufe der Zeit als sehr bestimmend erlebt, manchmal mich überfahrend. Ich habe ihm das übel genommen, weil ich nicht fähig war, mich selber zu bestimmen. Es waren ungeheure Ängste damit verbunden. Wir haben einen langen, relativ unbewußten Weg des Leidens aneinander hinter uns und sind jetzt an einem Punkt angelangt, wo sich die beiden Parallelen zu kreuzen scheinen.

Diese beiden sind verschieden, aber sie empfand dies zunächst als Ergänzung. Nur: Mit der Zeit wurde ihr seine Dominanz zuviel. Es war zu dem Zeitpunkt, an dem sie anfing, über sich selbst und über ihr Leben bestimmen zu wollen. Ab da nahm sie ihm übel, was sie vorher gemocht hatte. Ängste traten auf, und eine Zeit des Leidens aneinander begann.
Und in all dieser Zeit gab es »etwas Unbeschreibliches«, das sie zusammenhielt. Vielleicht war es auch etwas, wie ein Geheimnis, etwas Unverfügbares, etwas Geschenktes, ein Grund, der sie und ihn, ihre Beziehung trug. Dieses Unnennbare existierte gleichzeitig mit dem Leiden, es trug die Leidenden, während ihre Beziehung andauerte.
Haben alle Paare einen solchen tragenden Grund? Wie können sie ihn finden und beibehalten?

Christine (48):
Irgend jemand hat einmal gefragt, warum ich genau diesen Mann gewählt habe. Die Antwort lautete: »Er ist so häßlich, er wird mir nie davonlaufen.«

Ich wollte weg vom Beruf, irgendwo ein Heim haben mit Kindern. Meine Mutter war ein Jahr vorher gestorben, und irgendwie dachte ich, ich werde auch bald sterben. Mit Hilfe der Schwiegermutter richteten wir unsere Wohnung ein, und ich war ganz glücklich, ein Heim zu haben. Ungefähr ein Jahr nach der Geburt der Tochter begann ich zu realisieren, daß meine Familie meine tiefe Sehnsucht (nach was?) nicht erfüllen konnte. Ich bekam Depressionen. Ich fragte mich immer mehr, was ist Liebe? Warum sind wir miteinander verheiratet, was müssen wir miteinander lernen?

Auch hier Leiden. Leiden an sich selbst, an der Beziehung, am Leben. Wer Depressionen hat, fragt sich, was das alles soll. Wer liebt, fragt, was müssen wir miteinander lernen? Die Frage nach dem Wesen der Liebe wird geboren im Leiden an der Beziehung. Diese Frage, so gestellt, bringt mehr als Harmonie. Im Gegenteil, zuerst bringt sie Auseinandersetzung. Und diese wird zur Wandlung führen.

Erotik und Sexualität – Glück und Last

Die Literatur über dieses Thema ist so umfassend und ausführlich, daß ich mich auf die Themen der Untersuchung beschränken möchte.

Sexualität ist eine der Lebensfunktionen, die wir mit allen Lebewesen gemein haben. Ohne Erhaltung der Art gibt es kein Weiterleben. Also ist Sexualität etwas fundamental Biologisches, man könnte auch sagen, etwas Elementares. Fortpflanzung könnte an sich auch ohne besondere persönliche Beziehung stattfinden.

Was Frauen und Männer gegenseitig anzieht, hat durchaus auch etwas von dieser elementaren Lebensfunktion. Um so erstaunlicher ist es, zu erfahren, daß es in unserer Kultur eine sehr große Anzahl von Paaren mit erheblichen sexuellen Hemmungen oder Störungen gibt. Die Gründe dafür finden sich fast immer im persönlichen Bereich und im Beziehungsgeschehen und nicht in somatischen Abweichungen oder Erkrankungen. Ein größerer Teil der Störungen betrifft Frauen. Warum?

Das Elementare ist primitiv, von urtümlicher Kraft, in gewissem Sinne unpersönlich. Sexuelle Lust ist unerklärbar, unbeschreibbar, ekstatisch. Sie kann deshalb beängstigend, ja bedrohlich empfunden werden. Aber wenn es gelingt, sich ihr zu öffnen, kann sie genau jene beengenden Grenzen sprengen, die durch Angst aufgerichtet worden sind. Nur: Für Frauen ist das oft ein langer Weg.

Für Frauen ist der erste Schritt zur Sexualität die Beziehung zu ihrem Körper. Sie sollten und möchten schön sein. Demgegenüber ist dieser Anspruch für Männer nicht von großem Belang. Sie brauchen den Spiegel selten. Die männliche Mode ist von Eintönigkeit und Phantasielosigkeit gekennzeichnet. Die erotische Anziehung von Männern scheint nicht direkt von ihrer »Schönheit« abhängig zu sein.

Für Frauen dagegen ist dies von klein auf in markanter Weise anders. Schon als kleines Mädchen und meistens bis ins Greisenalter sind Frauen um ihr Aussehen bemüht. Die Modelle dafür liefern die Medien, die Illustrierten, die großformatigen Plakate. Angeboten wird eine Unzahl von Kleidern, Cremes, Parfums, Schuhe, Taschen, Mittel zur Vergrößerung oder Verringerung des Busens, diskrete Haarentferner und Haarfarben, Nagellack für Finger und Zehen, Pillen zum Abnehmen oder Zunehmen, Idealgewichte und Diäten – um nur einiges zu erwähnen.

Man könnte meinen, daß mit so viel Hilfeleistung jede Frau ihr Idealaussehen zustande bringt und ihren Körper liebhat. Dem ist aber nicht so. All die Hilfsmittel scheinen eher zu Korrekturversuchen statt zur Vervollkommnung zu dienen. Viele, sehr viele Frauen sind mit ihrem Körper und in ihrem Körper nicht glücklich.

Der Mann, den sie dann wählen, hat auf ihr Selbstwertgefühl als Frau einen entscheidenden Einfluß. Er kann das Defizitgefühl verstärken oder es abbauen. Es gibt Frauen, die unter den liebenden Augen ihres Mannes zur Ruhe kommen, aufblühen und ihrer selbst sicherer werden. Wenn der Blick aber kritisch, abschätzig bleibt, kann die Frau im Selbstzweifel versinken.

Der dabei ablaufende Prozeß ist eng mit Sexualität verbunden, und trotzdem beinhaltet er viel mehr als nur Sexualität. Er drückt etwas aus, das für die ganze Person von Bedeutung ist und auch das

»An-sich-nur-Elementare« einschließt. Die meisten Frauen suchen nach dieser Art Begegnung der Leiber. Für sie ist Sexualität eine Folge von zuerst seelischer und dann zärtlicher Verbindung. Der ganze Tag muß stimmen, nicht nur die Stunde im Bett. Für die meisten Frauen ist Lust nur möglich, wenn sie sich geachtet und wertgeschätzt fühlen. Sie wollen sich nur dann ganz öffnen, wenn sie sich geborgen fühlen.

In keinem Bereich sind Frauen und Männer so verschieden wie im Sexuellen, und nirgends ist die Polarität größer. In diesem Bereich können sich Frauen und Männer oft nicht verstehen. Frauen können sich zum Beispiel nicht vorstellen, wie es einem Mann zumute ist, wenn er gelegentlich oder fortgesetzt impotent ist. Sein Selbstwertgefühl wird ernstlich eingeschränkt, er wird Frauen gegenüber unsicher oder aggressiv, seine Selbstsicherheit ist erschüttert. Die Erektion ist ein ausschließlich physiologischer Vorgang, der sich dem bewußten Willen völlig entzieht, sie kann somit kein persönlicher Erfolg oder Mißerfolg sein. Daß die Störung eines physiologischen Vorgangs als persönliches Versagen (wie es oft genannt wird) erlebt werden kann, ist für eine Frau fremd und kaum einfühlbar.

Umgekehrt können sich Männer nicht vorstellen, wie es für eine Frau ist, von einem Mann – ihrem Mann – Sexualität gelegentlich oder immer zu ertragen, wenn sie gerade nicht in der entsprechenden Stimmung ist oder grundsätzliche Probleme hat. Ihr Körper wird erkalten, je stärker sich seiner erhitzt, und das Woche um Woche, Jahr um Jahr, ein Leben lang.

In der Sexualität können Wünsche des Mannes die Schamgrenze der Frau verletzen oder sie darüber hinaus führen. Scham rührt immer an der Integrität und Würde, auch dann, wenn ihre Ursache nicht objektiv begründet ist. Wenn in der Sexualität das Schamgefühl der Frau fortgesetzt verletzt wird, der Mann seine Wünsche nicht zurücknimmt und die Frau nicht für sich eintreten kann oder nicht gehört wird, entstehen schwere Beeinträchtigungen der Sexualität bis hin zum Ekel, die letztlich zur Einschränkung der gesamten Beziehung führen.

Sexualität kann und wird – wie alles andere – nicht *immer* maximale

Befriedigung bringen. Auch als »tägliches Brot«, unspektakulär, aber von der Ganzheit der Beziehung getragen, wird es beide Partner nähren, bis zum nächsten »Sonntagsessen«.

Der Mißbrauch, insbesondere der sexuelle Mißbrauch von Frauen, ist so alt wie die Menschheit und immer noch nicht ausgestanden. Der Mißbrauch in der Ehe ist wohl die widersinnigste und unerträglichste Variante. Ich bin der Meinung, daß ein Mann, der seine Frau durch Vergewaltigung oder auch nur durch verführerische Nötigung zwingt und somit erniedrigt, sich selbst ebenso entwürdigt wie sie. Vielleicht muß er sich dann um so mehr an ihr rächen. Ein Gesetz gegen Vergewaltigung in der Ehe ist ein erster Schritt – aber bis dieses Gesetz in die Schlafzimmer eindringt, wird es wohl noch lange dauern. Was nötig wäre, ist eine Deklaration von »Menschenrechten in der Ehe« – und eine Anleitung zu entsprechender Lebensführung.

Das verborgenste Schlachtfeld der Partnerschaft befindet sich oft im Dunkeln: im Bett. Vielleicht liegt hier auch einer der wichtigen Gründe des Nicht-Gelingens der Sexualität: Sexualität gehört eigentlich ans Licht. Ich war sehr erstaunt, als ich erfuhr, wie viele Ehepaare einander kaum oder nie im Licht nackt sehen und kennen. Sexualität immer im Dunkeln scheint mit der Zeit etwas Anonymes, Unpersönliches zu werden. Worum es bei der Sexualität jedoch eigentlich geht, ist die Begegnung mit einem selbst und mit dem Du.

Hier liegt die große Chance der Sexualität: eine Brücke zu schlagen zwischen mir und dir, wobei es keiner Worte bedarf, keiner Erklärungen, keiner Beweise. Man darf sich öffnen, ja sich verschenken. Ekstase hat mit dem Überschreiten der engen Grenzen zu tun, die einem die Erziehung, Angst oder Scham setzen.

Zum Gelingen der sexuellen Begegnung braucht es keine »höhere« Ausbildung, sondern Achtung, Liebe und erotische Kultur. Diese muß entdeckt und geübt werden: Sie beinhaltet Sexualität, vereint mit Zärtlichkeit, das Erforschen dessen, was jeden erfreut, Zeit zu haben für die Freuden und Bedürfnisse des Körpers. Wenn einem Paar ein solcher Umgang vertraut wird, ist ein »nur« elementares sexuelles Zusammentreffen auch einmal möglich, ohne daß die Frau sich übergangen fühlt.

Ein Schlüsselwort zum Thema Sexualität lautet Intimität. Intimität wird vielfach gleichgesetzt mit Sexualität. Aber Intimität umfaßt mehr als Sexualität: Vertrauen, Nähe, Zärtlichkeit, offene Gespräche, Transparenz, Angstabbau; einander anschauen mit offenen Augen, sich gegenseitig streicheln, keine Scham empfinden, die sich verhüllen will, geben und nehmen können ohne Angst vor Mißbrauch und sich in der sexuellen Begegnung verschenken. Es gibt Intimität ohne Sexualität und Sexualität ohne Intimität. Für die meisten Frauen allerdings kommt eine gute Sexualität nur zusammen mit Intimität zustande. Vielleicht kann man sagen, daß Frauen mehr intuitives Wissen über Intimität und Zärtlichkeit mitbringen und Männer die instinktive Kraft der elementaren Sexualität besser kennen. Eigentlich eine gute Ergänzung!

Monika (44):
Meine Beziehung zu meinem Körper war schlecht. Ich liebte ihn kaum, ja war beeindruckt, daß er meinem Mann so gefällt. Er war auch meist gesund (mein Körper) und brauchte keine Rücksicht, Zuwendung von mir. Ich versuchte meinen Mann sexuell zu befriedigen, fühlte mich schlecht, weil ich scheinbar gehemmt, verklemmt usw. war. Auf meine Bedürfnisse wurde keine Rücksicht genommen, ich nahm sie selber zu wenig wichtig. Aber ich war hingebend, dem Frieden zuliebe, und weil ich auch gerne gebraucht wurde, selber hungrig nach Zuwendung bin ...
Wenn ich das Gefühl haben konnte, daß mich mein Mann liebt, schätzt, konnte ich mich entspannen und wunderschöne Momente erleben. Ich bin im Himmel, wenn ich gestreichelt werde. Wenn ich das Gefühl habe, mein Mann braucht mich nur, muß ich Entspannungstechniken anwenden, um mich hingeben zu können, doch geht es nicht immer, und ich hoffe, »es« geht schnell vorbei. Ich habe viele Überlegungen bereit, Verständnis für den Mann zu haben und wofür der Geschlechtsverkehr alles gut sein kann. Meine eigenen Empfindungen werden da unwichtig, wurden unwichtig. Es gab auch Augenblicke, in denen ich meinen Mann voll Hingabe streicheln konnte.

Wohl nur selten kann man eine solche offene Selbstbeschreibung und Selbstaussage lesen. Eine Frau, hingebend dem Frieden zuliebe und um gebraucht zu werden und selbst hungrig nach Zuwendung. Wie viele Jahre hungrig nach Liebe, nach gestreichelt werden –

daneben wurden die eigenen Empfindungen unwichtig. Was Monika sagt, heißt eigentlich: Ich habe mich selbst als unwichtig erachtet und unwichtig behandelt. Und trotzdem, manchmal gelingt es, das Streicheln und die Hingabe. Dann kann sie aus der Verklemmtheit und der Gehemmtheit ausbrechen. Aber sie kann nicht damit rechnen, beachtet zu werden. Erst wenn sie ihre Lebensquellen nicht mehr im Mann sucht (der sie nicht versteht und hört), sondern ihre eigenen Quellen finden und sie erforschen wird, erst dann wird sie sich mit offenen Augen verschenken oder sich auch zurücknehmen können.

Man muß sich fragen, warum Frauen sich selbst so schlecht vertreten, warum sie ihre Verletzungen und Kränkungen einerseits, ihre sinnlichen Wünsche anderseits, langfristig so wenig klar oder gar nicht artikulieren. Wenn sie das Gefühl haben, sie seien untergeordnet, nicht wertgeschätzt, nicht ernstgenommen oder gar nur gebraucht und ohne Rechte, dann reicht ihre Kraft zu einer klaren Abgrenzung nicht. Ebensowenig werden sie sich verschenken können ohne Angst vor weiterer Erniedrigung.

Jeanette (40):
Ich hatte wenig Freude an meinem Körper, denn er erfüllte meine Erwartungen nicht. Die Beine waren zu kurz, die Oberschenkel zu dick, der Busen zu groß usw. Nur das helle Gesicht paßte mir und die Art und Weise, wie ich mich bewegte.
Weil ich mich nie als ganze Frau erleben konnte, war der gesamte Lustbereich in meiner Ehe unentwickelt geblieben. Eigentlich verspürte ich nie große Lust auf Sex mit meinem Mann, eher gehörte es einfach dazu. Und weil ich an Fleiß und Anpassung gewohnt war, machte ich auch im partnerschaftlich-sexuellen Bereich keine erkennbaren Fehler. Obwohl ich die vorhandene Unzufriedenheit meines Mannes bezüglich Sexualleben spürte, konnte ich mir schlecht ausmalen, was ihm denn noch fehle. Schließlich machte ich keine »Fehler«, ich schlief jede Woche mit ihm, gebar Kinder und widmete mich tausend kleinen Aufgaben.

Ihr Körper war nicht so, daß er ihr gefallen hätte. Sie empfand sich nicht als »gute Frau« oder eher: schöne Frau. Also wurde für sie Sexualität eine Pflichtübung. Komisch, der Mann war nicht zufrieden. Was könnte ihm denn fehlen? So fragen auch Männer, deren

Frau über ihr Unbefriedigtsein in der Ehe und im Leben klagen: Du hast doch alles, was fehlt dir denn?
Grundbedürfnisse sind berührt. Man versteht sich nicht. Wer ist bereit, zu *hören*, was der andere sagt? Was mich nährt und erfüllt, sagt dir wenig. Wie ist das möglich? Erkläre es mir, ich höre dich.
»Man« versteht sich nicht einfach von selbst. Dieses automatische Verständnis ist die Idealvorstellung, die nur selten zutrifft. Wer die Mühsal nicht auf sich nimmt, sich dem andern zu zeigen, hat keine Chance.

Andrea (65):
Meine sexuellen Bedürfnisse waren gering, da ich immer müde war, und ich fühlte mich eigentlich nur dazu abgerichtet, seine Bedürfnisse zu befriedigen, was ich dann mit großer Unlust vornahm. Die Situation war widerlich. Ich entwickelte eine tiefe Abneigung.

Wenn das sexuelle Leben in der Partnerschaft zur Pflichtübung wird und so bleibt, dann führt es zuletzt zu einer tiefen Abneigung, bei der das Zusammensein nur noch erduldet wird.
Das Thema Müdigkeit bei Frauen im Zusammenhang mit Sexualität ist ein häufiges Indiz. Sicher ist, daß Müdigkeit und Abneigung miteinander verwandt sind. Müdigkeit nach getaner Arbeit ist leichter zu formulieren und zu akzeptieren als Abneigung. Es gibt Frauen, und es sind nicht wenige, die mit einem »widerlichen« Gefühl und »tiefer Abneigung« sich nicht klar artikulieren, sich vom Partner viele weitere Jahre sexuell gebrauchen lassen und einen tiefen Groll entwickeln. Und sie sind ein Leben lang müde.

Denise (51):
Sexualität war mehr das Bedürfnis meines Mannes – ich fühlte mich ihm nach etwa zehn Ehejahren nicht wirklich verbunden – und hatte bedeutend weniger das Bedürfnis danach.
Wir »erarbeiteten« uns die Kenntnisse über Sexualität dank Oswald Kolle gemeinsam, waren unsere ersten Liebespartner. Rein technisch gesehen erlebte ich eine gute Sexualität mit ihm. Für mich gehört jedoch auch ein ganzer Tagesablauf dazu, indem man aufeinander eingeht, sich wirklich

einmal anschaut oder anhört. Dies wäre für mich die Voraussetzung für spätere Intimität gewesen. Da aber der Tag rein funktional ablief – ohne Muße, ohne Spaß, ohne Leichtigkeit und Entspanntheit –, war meine Stimmung selten da für den reinen Sexualakt.

Ich muß also unterscheiden zwischen der reinen Technik, die sehr fein war, und dem nicht integrierenden Tagesgeschehen.

Auch nach zehn Jahren noch nicht wirklich verbunden – das führt zu Distanzierung. Und Distanz verleiht Macht. Man kann *ja* oder *nein* sagen – Macht der Frauen. Der ganze Tag, das ganze Leben, der ganze Umgang sollte erotisch sein, zärtlich, zugewandt. Dazu braucht es Zeit, Spaß, Spiel, das wünschen sich die Frauen. Gute Technik ist erlernbar. Gute Sexualität ist erlebbar.

Rosmarie (54):
Ich hatte nicht in dem Maße Spaß daran wie mein Mann, weil ich anfangs nichts spürte. Ich fühlte mich nicht »ganz« geliebt, das heißt, nur meinen Körper. Das hat mich oft traurig gemacht. Für mich ist »miteinander schlafen« Ausdruck von Leib und Seele, also Gipfel des Verstehens. Zärtlichkeit im Alltag, das ist mir ebenso wichtig wie im Bett. Damals habe ich meinen Körper eher lästig, oft müde erlebt; meinen Mann drängend, fordernd, enttäuscht, was mich bedrückte und mit Schuldgefühlen belastete, wenn er schlecht gelaunt war.

Der Mann will mehr, er ist drängend und fordernd. Wenn er nicht kriegt, was er will, wird er mürrisch, und die Frau ist schuld! Ist die Frau schuldig? Liebt der Mann nur mit dem Körper? Ist das zu wenig? Ist das erniedrigend? Was bedeutet das für ihn?

Anna (38):
In der Zwischenzeit habe ich gelernt, Sexualität mehr als Spiel verstehen zu können. Mein Mann seinerseits ist nicht mehr so fordernd. Wir haben uns also auch da etwas genähert und gleichzeitig unsere Verschiedenheit hier wiederum akzeptieren gelernt.
Meine persönliche Sexualität, meine Wünsche, Phantasien, meine Ausdrucksfähigkeit, bleiben aber etwas recht »Nebulöses« für mich, und ich schaffe es schlecht, den Nebel zu lüften. Ich habe sehr stark das Gefühl, etwas Persönliches dabei schützen zu müssen. Über meine Phantasien zum Beispiel wage ich kaum zu sprechen, weil ich etwas überaus Verletzliches von mir preisgeben würde. Sie enthalten viele zärtliche Bilder – etwas,

was ich bei meinem Mann vermisse: Er ist mir zu direkt – und durchbricht damit auch meine Scheu, mich als »Frau mit Sex« zu zeigen.

Hier haben sie beide etwas gelernt: Sie: mehr zu spielen, er: weniger zu fordern. Wie schwer ist es für eine Frau, ihre sexuellen Wünsche deutlich zu zeigen. Wie nahe ist die Scham – darf das eine anständige Frau? Wird er es verstehen, achten, schützen? Etwas entsteht hier, das Wachstum und Veränderung ermöglicht: Vertrauen.

Silja (47):
Die Sexualität mit meinem Mann erlebte ich als sehr beglückend. Zum erstenmal hatte ein Mann echt Freude an meinem Körper; ich lernte meinen Körper und seine Reaktionen und Begierden erst durch meinen Mann kennen. Wir spielten »Kolumbus« (Entdeckungen) und waren sehr glücklich dabei. Vor dem Geschlechtsverkehr hatte ich Angst. Wir beglückten uns mit »Petting«, und ich bin meinem Mann auch heute noch dankbar, daß er mir Zeit ließ, bis ich soweit war, um uns gegenseitig ganz zu lieben. Ich brauchte ein ganzes Jahr dazu.

Man bedenke: Hier hat ein Mann ein ganzes Jahr nach der Heirat gewartet, bis seine Frau bereit war! Diese Zeit haben sie dazu gebraucht, miteinander sich selbst und einander zu entdecken. Es fing ja schon gut an: Erstmals erlebte sie, daß ein Mann an ihrem Körper Freude hatte. Mit ihm zusammen entdeckte sie ihren Körper, nicht nur seine Schönheit, sondern auch seine Begierden. Und hier die Frage: Hat der Mann mehr verloren, als gewonnen? Gewonnen hat er das Vertrauen seiner Frau fürs Leben und auch die gemeinsame sexuelle Freude. Und verloren?
Sexualität braucht Zeit. Silja und ihr Mann können Mut machen! Es lohnt sich, behutsam zu sein. Silja hat sich zur vollen Blüte entfaltet.

Anni (45):
Unsere Sexualität war in den ersten Ehejahren zärtlich, liebevoll, vorsichtig. Wenig stürmisch und animalisch. Mehr und mehr entdeckte ich in mir starke Wünsche (oder eher Bedürfnisse?) nach heftigem Sex, nach Hingabe, Ekstase, Lust. Mein immerwährendes »Sich-in-den-anderen-Hineinfühlen« verhinderte wahrscheinlich, daß ich zu meinen aufkeimenden Lustbedürfnissen fand. Ich unterdrückte sie, vielleicht auch aus Angst, mich nicht mehr zu kontrollieren.

Ein Frauentraum geht in Erfüllung: zärtliche, liebevolle, vorsichtige Sexualität. Aber siehe da, *sie* entdeckt Sehnsüchte nach animalischem, heftigem Sex, Hingabe, Ekstase! Und *sie* muß es zurückhalten, weil sie sich einfühlen will/muß. Sie würde den Mann erschrecken. Und dann die Angst: Wenn die Kontrolle verlorenginge? Sexualität und Kontrolle, oder besser: Sexualität und Kontrollverlust. Sich verlieren. Wohin stürzt die Frau? Wer fängt sie auf? Wie findet sie zurück?

Spätestens bei diesen Fragen zeigt es sich, daß Sexualität in die Ganzheit der Beziehung eingebettet ist, immer zum Guten oder zum Schlechten.

Die Frau in der Opferrolle

Im Patriarchat sind die Rollen klar zugewiesen: Der Mann ist der Machthaber, die Frau ist seine Untergebene. Diese Ordnung funktionierte während vieler Generationen. Sie verteilte nicht nur die Rollen des Handelns, sondern auch die der Charakteristika von Frau und Mann: Der Mann ist rational, stark und hart, bis zur Gewalttätigkeit; die Frau ist weich, anpassungsfähig und gefühlvoll. Diese Verteilung bedeutet, wenn man das Kollusions-Modell von Jürg Willi anwendet, daß die Männer ihre weiche, sensible Seite so sehr versteckt und verdrängt haben, daß sie heute – und das betrifft den größten Teil der Männer der Gegenwart – gar nicht mehr wissen, daß auch sie zart und verletzlich sind, Geborgenheit und Wärme brauchen. Den Frauen geht es umgekehrt ebenso. Sie wissen kaum, daß sie auch eine harte, konfrontative Seite haben. Sie fühlen sich ausschließlich für die Beziehung zuständig, für das Gemüt und die Wärme in der Familie.

Bei dieser einseitigen Ausprägung erhalten Männer die dominante Führungsrolle in der Familie. Sie sind dazu ermächtigt, nicht nur durch die patriarchalische Tradition, sondern weil sie es sind, die das Geld bringen, das das Leben der Familie ermöglicht. Sie werden zu Sachlichkeit angehalten, lassen sich nicht so schnell verführen von so »irrationalen« Einwänden wie Mitgefühl, Angst, Unsicherheit, Sorge – welche von Frauen vorgetragen werden. Männer entscheiden oft allein und notfalls verfügen sie allein.

Erst in den letzten Jahren wird es allmählich erkannt und bekannt, daß diese mit viel Macht ausgestatteten Männer (in der Familie) in der Tiefe ihrer Person und ihres Menschseins zu kurz kommen. Auch für sie gilt die Notwendigkeit des Aufbruchs zur Selbstfindung und zur Selbstdefinition. Nicht nur Frauen sind beeinträchtigt und verbogen worden. Was den einzelnen und nicht die gesellschaftliche, politische und familiäre Dimension betrifft, sind die Männer ebenso geschädigt und beeinträchtigt wie die Frauen. Ihr »Verbogensein« und Leiden ist ihnen noch weitgehend unbewußt. Sie leben einfach normal – so sehen sie es. Also ist nicht nur ein neues Frauenbild notwendig, sondern ebensosehr ein neues Männerbild.

Diese Gedanken, bei denen auch viele Frauen zustimmen, haben wichtige Konsequenzen. Sie implizieren, daß nicht die ganze Verantwortung und Schuld für die Mißstände in einer Partnerschaft dem betreffenden einzelnen Mann angelastet werden kann. Für die Vorwürfe der Töchter gegen ihre Mütter gilt ähnliches: Die Mütter haben ein bestimmtes Frauenmodell von ihren Müttern übernommen und diese von ihren Müttern usw. Ähnlich sind die Männer »einfach« so, wie sie es von ihren Vätern gesehen und gelernt haben. Und diese wiederum haben es von ihren Vätern (unterstützt von Gesetz, Sitte, Tradition) übernommen. Es bedarf eines ähnlichen inneren Aufbruchs wie bei den Frauen, damit Männer überhaupt wahrnehmen können, was zwischen Männern und Frauen vor sich geht. Dies ist ein langer und mühsamer Weg.

Es ist nicht leicht, auf die ungefragt erhaltenen Privilegien zu verzichten – und doch, einen anderen Weg gibt es nicht, die Kluft zwischen Mann und Frau zu überbrücken. Es kann nur gelingen, wenn die Brücken von beiden Seiten gebaut werden.

Die Frau wird also auf diese Weise Opfer des ebenfalls »verbogenen« Mannes. Es ist »normal«, daß sie weniger wert ist, von ihm bevormundet wird, daß er ihren Freiraum und ihre Grenzen bestimmt, daß er sie nach seinen Vorstellungen im Haus einsetzt und ihren Weg nach außen erschwert oder verbaut. Für die Frau bedeutet dies, daß es »normal« ist, auf ihre Wünsche und ihre Entfaltung zu verzichten. Das größte Lob einer Mutter und Ehefrau war immer schon, daß sie sich für ihre Familie aufgeopfert hat. Opfer heißt sich für jemand anderen (sprich für den Mann) aufzugeben. Genau das tun ungezählte Frauen auch heute noch. Es gibt hunderte, tausende von Liebesgedichten von Männern, die die grenzenlose Hingabe ihrer Frauen besingen. Eine sich verlierende, sich aufgebende Frau ist nicht nur das poetische Ideal, sondern – zwar meistens nicht offen zugegeben – auch die Realität. Oft mag es scheinen, daß die einen (der Mann) nur durch den Selbstverlust der anderen (der Frau) stark werden und sich so entfalten können. Viele Männer fühlen sich nur dann sicher, wenn sie ihrer Frau mindestens einen Schritt voraus sind und ihre Führungsrolle gesichert ist.

Die Sache ist aber komplexer, als man es nach dem Bisherigen denken könnte. Nicht nur der Mann macht die Frau zum Opfer, sondern sie tut es auch selbst. Dabei handelt es sich um ein Grundgefühl, das sie schon in die Ehe mitgebracht hat. Das Entstehen dieses Gefühls geht zurück auf konkrete Ereignisse: auf ihre Rolle in der Familie; auf Notwendigkeiten, sich selbst aufzugeben, um Aufmerksamkeit und Liebe zu erhalten; auf Bestrafungen, wenn das Mädchen Ansprüche stellte (wie ihr Bruder); auf Solidarisierung mit der erniedrigten und entwerteten Mutter; auf schwere soziale Behinderungen, die die Notwendigkeit des sich Duckens forderten; auf Umstände, die oft früh zum Scheitern führten. Und im Hintergrund – oder soll man sagen: Untergrund – liegt die Kulturgeschichte der Frau: Es war immer schon und überall so, und so ist es heute noch in allen Kulturen.

Solche Frauen – und sind nicht die Mehrzahl der Frauen solche? – gehen dann mit eingezogenem Kopf durchs Leben und auch in die Ehe. Sie sehen sich als besonders wertgeachtet von diesem Mann, daß er sie gewählt hat und fühlen sich schuldig, ihm eine gute Ehefrau zu werden.

Die Frau tut dann alles, was ihr möglich ist, sehr oft mehr als möglich, sie schaut mit ihren inneren Augen stets zum Mann, fühlt sich für alles, was in der Familie nicht klappt, und darüber hinaus auch für undefinierbare Vergehen und Mängel chronisch schuldig.

Sie nimmt sich nicht, was sie braucht, nicht die Zeit, den Lebensraum oder auch das Geld. Sie fühlt sich dann aber zunehmend als zu kurz gekommen, erdrückt und eingesperrt, und sie ist es auch wirklich. Ihr Leben wird trocken und fad. Aber sie hat nicht die Kraft, sich für sich selbst einzusetzen. Dann sieht sie sich als Opfer des Mannes und realisiert ihre verstrickte Abhängigkeit von ihm nicht. Sie merkt dann nicht mehr, daß sie ihm alle Macht und Verantwortung überlassen hat, so daß ihr jetzt jede Autonomie fehlt. Der Groll wächst, die passive Auflehnung des Opfers, das seine Befreiung immer noch vom Überlegenen erwartet. Wenn dies je eintreffen sollte, dann wäre ihre Abhängigkeit für immer besiegelt, denn sogar die Befreiung wäre dann vom bisherigen Machthaber gekommen. Seine Macht wäre dann noch größer.

Die Frau, die nicht für sich selbst einsteht, verfällt in Depressionen oder auch Aggressionen. Die Depression zeigt die Ohnmacht, daß sie ihre Abhängigkeit und ihr Ausgeliefertsein als fraglose Vorgegebenheit hinnimmt und deshalb keinen Ausweg sieht. Die Aggression drückt den Groll aus, welchem noch die Kraft fehlt zu einem risikoreichen Prozeß der Selbstsuche und der Selbstfindung. Wenn der Groll bis zum Überlaufen anschwillt, provoziert er Vorwürfe, Sticheleien, Nachtragen, Schweigen, Tränen. Diese sind die Machtmittel des Opfers. Kleine Angriffe, aber stetig. Kleine Entwertungen des Mannes, die aber in der Mitte treffen. Ein Elefanten-Gedächtnis der Kränkungen auch nach Jahrzehnten noch.

Das Leben als Opfer kann nicht erfüllt und kreativ sein. Es ist re-aktiv: Weil du so bist – bin ich so. Ich bin die Verliererin (und wie viele müßten hinzusetzen: Und deshalb hasse ich dich). Eine fast unentrinnbare Falle.

Es gibt keine gute Erklärung, warum Frauen mehr und intensiver leiden als Männer. Vielleicht empfinden sie stärker und klarer. Vielleicht wird ihnen im allgemeinen mehr zugemutet vom Leben, und sie müssen mehr von der Lebenslast anderer tragen. Sie sind stark, wissen aber oftmals nicht, zumindest noch nicht, was es heißt, gut zu kämpfen, oder sie wagen es noch zu wenig. Am wichtigsten scheint mir, daß sie in ihrem Gewissen gebunden sind, dem anderen, was das Wohl angeht, den Vortritt zu lassen. Wenn sie versuchen, einen Schritt vorwärts zu tun, läutet der innere Alarm lange bevor jemand anderer reagieren könnte. Frauen leiden nicht nur an dem, was ihnen zugemutet wird, Frauen leiden an sich selbst. *Frauen sind nicht nur Gefangene der Gesellschaft, der Familie oder des Mannes, sondern ihrer selbst.* Es ist unendlich schwer, etwas nötig zu haben, es zu wünschen und sich eben dies zugleich zu verbieten. Frauen sitzen in einer Falle, an der sie auch selbst mitbauen, und deren Türe sie aus Angst verschließen. Sie wagen dann nicht das Risiko einzugehen, die Wende selbst in die Hand zu nehmen, statt sie von ihrem Mann zu erwarten.

Der innere Zwiespalt mag eine Frau an ihre Grenze führen, dorthin, wo auch das Tor zum Leben sich öffnen kann. An der Grenze verändert sich ihre Sicht und ihr Urteil. Eine Wende wird möglich, ganz allmählich oder dramatisch. Nicht die Umstände, nicht der Mann, die Frau wird verwandelt.

Die Wende kommt, wenn eine Frau erkennt, daß diese Opferrolle kein unveränderbares Schicksal ist. Was immer in der Kindheit geschah, was immer in der Ehe sich zutrug und zuträgt, sie sagt sich dann: Bis heute habe ich mitgespielt. Ich wurde nicht nur beherrscht, ich habe mich auch ausgeliefert. Es wurde nicht nur über mich bestimmt, ich habe mich auch nicht gewehrt, es gar nicht versucht oder zu schnell aufgegeben.

Ist das eine neue Variante der Schuldzuweisung an die Frau? Es könnte so sein, wenn es von der Frau wieder, wie schon immer, zu ihren Ungunsten interpretiert würde. Aber es könnte auch eine Tür zum Leben und zur Heilung sein, wenn sie sich dem Aufruf zur Selbstwerdung stellt.

Christina Thürmer-Rohr spricht von *Mittäterschaft.* Dies bedeutet nicht *Mitschuld,* sondern *Mitverantwortung.* Aus der Opferrolle kann eine Frau aussteigen, wenn sie sich nicht länger an die Interpretation hält: Nur die *anderen* sind schuld, meine Eltern, mein Mann, die Gesellschaft. Das Neue ist: Ich bin mitverantwortlich für mein Leben, mitverantwortlich für mein Schicksal. Ob mein Leben gelingt, kann keinem andern Menschen überlassen werden. *Ich übernehme die Hauptverantwortung* für mein Reden oder Schweigen, für mein Tun oder Lassen. Ich wähle, wo ich mich selber vertreten will, nötigenfalls auch hart, und wo ich aus Rücksicht und in Freiheit verzichte. Ich lerne mich zu artikulieren, und wichtig ist nicht, daß ich verstanden, sondern daß ich gehört und ernstgenommen werde. Zumindest nehme ich mich selbst ganz ernst.

Die Lösung aus der Opferrolle geschieht nicht magisch oder durch Wohlwollen des Mannes, sondern nur durch den Mut, das eigene Leben und seine Verstrickungen als die eigenen wahrzunehmen und dann entsprechend zu handeln.

Was hier anfängt, ist ein langer, lebenslanger Heilungsprozeß. Es ist eine Befreiung von Fesseln, die man getragen hat, ein Neuentdecken des Lebens, der eigenen Kraft und Gaben, ein »Wohnungswechsel« in eine Wohnung im Licht. Erst wenn dieser Prozeß läuft, wird es möglich sein, daß Frau und Mann sich versöhnen und einander auf dem oft steinigen Weg der Selbstfindung unterstützen. Die reifste Frucht könnte dann eine Beziehung sein, die von zwei autonomen, erwachsenen Menschen – diesmal neu und aus freier Wahl – eingegangen wird.

Anita (39):
Ich wollte mich an einen Mann anlehnen. Er sollte stark sein. Ich wollte meinen Mann bewundern können.
Ich sah meine Rolle damals als verwöhnende Ehefrau, die immer für ihren Mann da ist, ihm alle Wünsche erfüllt und sich pflegeleicht verhält.

Anita suchte einen Mann zum Anlehnen. Das ist auch eine Rollenzuweisung von der Frau an den Mann! Wenn er stark ist und ihre Last tragen kann, dann will sie sich für ihn aufgeben, seine Wünsche an erste Stelle setzen. Dann will sie keine Ansprüche stellen, sondern still sein. Und mit den Jahren wird sie genau dieses ihr Angebot als *seine* Einengung empfinden und sich als sein Opfer sehen.

Jacqueline (50):
Mit 26 Jahren schlief ich zum erstenmal in meinem Leben mit einem Mann, nach circa einmonatiger Bekanntschaft, und wurde prompt schwanger. Für mich brach eine Welt zusammen, und es gab in der damaligen Situation für mich nur eines: heiraten, das heißt, einen Vater fürs Kind

haben, einen Ehemann für mich. Ich gab meine Stelle auf und zog mit einem mir praktisch fremden Mann ins Ausland. Für mich folgte eine Zeit des Überlebenskampfes, Depressionen, gesundheitliche Schwierigkeiten, unausgesprochene Differenzen, grundsätzliche Unterschiede in Lebensanschauung, Lebensart, Temperament.

Wer ist schuld an diesem Anfang? Eine junge Frau, für den Rest ihres Lebens an diesen Mann gebunden. Es ging ums Überleben. Sie war sein Opfer. War sie wirklich sein Opfer? Wie lange muß sie sein Opfer *bleiben*? Nicht nur eine Scheidung ist der Ausweg, sondern ein eigener, klarer Entschluß, diesen Weg zu *wählen*, und auf diesem Weg *anders zu gehen*. Depressionen zeigen den verborgenen Groll, der im dunkeln am Lebensnerv nagt und das Ausgeliefertsein verschärft. Die Depression lähmt und verunmöglicht das Erstarken dadurch, daß Jacqueline nicht in der Lage ist, ihr Leben zu übernehmen. Sie entbindet auch von der Mitverantwortung für sich selbst.

Eva (42):
Ich sagte damals, daß es für mich am wichtigsten sei, wenn es meinem Mann und meinen Kindern gutgehe. Ich sah mich an letzter Stelle!

Eine klare Selbstdefinition: Ich komme an letzter Stelle. Wie lange ist dieser Platz im Einverständnis mit sich selbst zu halten? Wie lange bleibt es abgemacht, daß *ich* diesen Platz gewählt habe? Es bedarf dann wenig, bis die Sichtweite umschlägt: Du läßt mich nicht hochkommen.

Simone (39):
Ich erwarte anregende, interessante Gespräche mit meinem Mann, daß wir uns gegenseitig lebendige Impulse geben können; er erwartet zu Hause eher seine Ruhe, keine Probleme, die gibt es in der Arbeit genug. Ich reagiere mit Anpassung, keine Probleme machen. Aber ich werde unzufrieden, resigniert und jammere. Jammern kann er aber nicht vertragen und wirft es mir vor. Also schweige ich mit Schuldgefühlen und will mich wieder anstrengen. Oder er sucht eine äußere Veränderung als Lösung, und ich fühle mich unverstanden, höre daraus, ich darf nicht schwach sein.

Die Weichen für die Frau werden oft im Konfliktfall gestellt. Simone paßt sich an, denn so soll eine Frau sein, sagt ihr inneres Gesetz. Jedoch – auf dem Fuße folgt die Unzufriedenheit, Resignation, Jammern. Und Jammern mögen Männer schon gar nicht. Also nochmals anpassen, sich anstrengen, ihm nicht zur Last zu fallen, ihn nicht ärgern. Ich darf nicht schwach sein. Die von den Männern als schwach definierten Frauen können es sich nur selten leisten, Schwäche zu zeigen. Ihre Kraft zeigt sich dann im Rückzug und Verzicht. Beides ist *so gewählt*, es folgt nichts als Resignation und Groll. Dann betrachten sich die Frauen als Opfer ihres Mannes – ein Teufelskreis.

Anni (45):
Da ich seit jeher gewohnt war, die Verantwortung für das Gelingen in meinem Leben zu tragen, neigte ich dazu, zuviel Verantwortung zu übernehmen. Ich organisierte den Haushalt, die Kindererziehung, den Freundeskreis usw.
Zuviel Verantwortung meinerseits führte zu einem Ungleichgewicht, zu meiner Erschöpfung und zu Unzufriedenheit. Einerseits konnte ich fast nichts aus meinem Verantwortungsbereich »hergeben«, weil ja alles nach meiner Vorstellung laufen sollte, andererseits machte ich meinem Partner mehr und mehr Vorwürfe wegen seiner mangelnden Verantwortung.

Anni hat nicht erst in der Ehe gelernt, daß *sie* die Verantwortung trägt. Und so war es auch selbstverständlich für ihren Mann und sehr angenehm. Eine Fortsetzung aus ihrer Kindheit und Jugend. Auch diese Variante der Rollenverteilung führt wegen des Ungleichgewichts zu Unzufriedenheit. Zuviel zu tragen ist nicht besser, als zuwenig zu tragen. Das Zuviel führte auch Anni zu einer Erschöpfungsdepression, sie machte deswegen ihrem Mann zunehmend Vorwürfe. Wie schwer war es, zu merken, daß sie gar nicht bereit war, Verantwortung abzugeben, sondern das Übermaß an Verantwortung brauchte, um sich als Frau wichtig zu fühlen. Der Ansatz zur Veränderung kann nur in der Frau selbst liegen. Keine äußere Veränderung, wenn sie noch so günstig ist, kann die inneren Grundbilder beeinflussen. Viel eher sind es die Fragen, die aus der eigenen Tiefe kommen: Wer bin ich eigentlich, was paßt zu mir, wofür lebe ich; warum organisiere ich mein Leben so, wie es ist, wie wäre es, wenn es anders wäre; wie liebe ich, wofür will ich kämpfen, was kann ich aufgeben? – Und vieles mehr.

III. Wandlung

Auf der Suche nach der eigenen Stimme

Frauen sind von außen bestimmt. Ihre Lebensrollen werden ihnen zugewiesen. Sie übernehmen diese meistens noch jung, ohne sich voll bewußt zu sein, was es bedeuten wird. Frauen verändern sich, auch ohne Wandlung. Tag um Tag, Jahr um Jahr – sie werden vom Mädchen zur jungen Frau, zur jungen Ehefrau, zur jungen Mutter – und dann wieder Tag um Tag einen Tag älter, Jahr um Jahr ein Jahr älter. Sie werden sicherer, richten sich ein und bewegen sich in den vorgegebenen Gleisen. Sie werden zu Frauen in der Mitte des Lebens, dann fangen sie an, offensichtlich älter zu werden. Jede dieser Phasen oder Wachstumsschritte ist typisch für diese Frau, sie verändert sich, sie wird reifer – aber es ist nicht sicher, daß sie sich auch verwandelt.

Die verwandelte Frau ist die Frau, die bewußt mit sich selbst auf dem Weg ist, die aus dem vorgegebenen Gleis aussteigt, zumindest innerlich, die ihre eigene, ja eigenste, einmalige Stimme sucht und findet. Sie ist nicht die Frau, die über alles erhaben ist oder alles kann. Sie ist die sich befreiende Frau. Dies bedeutet nicht, daß sie aus der Partnerschaft aussteigt, im Gegenteil, es kann bedeuten, daß sie erstmals richtig einsteigt, als eine mündige Frau, die ihren Partner neu wählt.

Es gibt Frauen, die sich verwandeln, ohne daß der Beginn dieser Verwandlung klar definierbar wäre. Sie sind »immer schon« auf diesem Weg unterwegs. Es sind die Frauen, die schon früh den Wunsch und die Möglichkeit zur Autonomie in sich kennen und sich deshalb nie so rückhaltlos in die vorgegebene Rolle einbinden lassen. Natürlich erleben auch sie Rückfälle und Krisen, aber die Kontraste sind nicht so scharf.

Die meisten Frauen geraten irgendwann in eine große Krise, ja in eine Lebenskrise. Diese Krise hat eine lange, sozusagen unterirdische Vorgeschichte. Aus dem Schatten des Alltags taucht schon früh eine Unzufriedenheit auf, ein Gefühl, daß etwas nicht stimmt. Es kann lange dauern, bis dieses Gefühl ins volle Licht zugelassen und genauer befragt wird. Es ist wie ein Vorhang, der sich öffnet, und die Frau *sehen* kann, was bis jetzt verdeckt war. Dieses Erleben ist so stark, daß sie es nie wieder vergessen wird.

Es ist nicht leicht, die innere Stimme zu hören, wenn sie so lange keinen Raum hatte. Sie ist zunächst ganz leise und unsicher. Aber sie verstummt nie mehr ganz. Auch die Fragen kann man nicht mehr rückgängig machen oder wieder vergessen. Die Fragen zeigen die Krise an. Sie führen zu neuem Denken. Und das neue Denken führt zu neuem Handeln.

Das Entscheidende geschieht aber *vor* dem Handeln. Die Frau entscheidet sich tief in ihrem Innern gegen die ihr zugeteilten Rollen. Sie sieht sich nicht mehr nur als Gehilfin des Mannes und Mutter ihrer Kinder. Sie entdeckt, daß sie auch allein ein vollwertiger Mensch ist, mit eigenem Recht auf Leben.

Diese innere Entscheidung ist wie ein Verstoß gegen ein Tabu, sie scheint lebensgefährlich zu sein. Sie ist aber auch voller Verheißung. Sie bewirkt ein neues Selbstverständnis als Frau. Sie stellt die Veränderung der seit Jahrtausenden geltenden Rangordnung und Wertzuteilung zwischen Frau und Mann dar. Sie bildet ein neues Wertsystem der Ebenbürtigkeit. Die Frau tritt jetzt aus der Abhängigkeit vom Wertzuspruch des Mannes heraus. Ihr Zentrum und Schwergewicht findet sie in sich selbst. Das heißt, sie wird die Einsamkeit dieses Werdens durchstehen können.

Vielleicht kann dieser Prozeß auch mit einer Geburt verglichen werden: Bei dieser Geburt erleidet sie ihre eigenen Geburtsschmerzen; sie selbst wird geboren. Es ist die »andere Frau«, die geboren wird.

Die »andere Frau« ist die, die ihre eigene Welt erforscht und ihre eigenen Werte wählt, zu denen sie sich aus freier Überzeugung verpflichtet. Sie setzt und akzeptiert Grenzen aus freier Wahl. Sie lernt *Ich* zu sagen, damit sie lernen kann, in Freiheit *Du* zu sagen. Eine wichtige Phase ist die der Auflehnung, Aggression und

Schuldzuweisung. Es werden Schuldige gefunden: Die Mutter, der Vater, der Partner, die Gesellschaft oder andere werden als Schuldige erkannt oder vermutet; sie werden angeklagt und verurteilt, angegriffen oder verworfen, ja manchmal gehaßt. Endlich einmal darf die Frau wenigstens sich selbst eingestehen, was sie fühlt, genau das ausdrücken, was in ihr vorgeht, der Empörung freien Lauf lassen, ohne Rücksicht auf das, was die anderen darüber denken mögen.

Wenn sich die Frau solche Ausbrüche nicht selbst gestattet, wird der Heilungsprozeß nur langsam voranschreiten. Die Aggression ist eine wichtige Phase, sie bedeutet sozusagen die Entgiftung von chronischen Eiterherden. Sie ist kein Dauerzustand! Aber ohne Entgiftung wird die Heilung verzögert. Ebenso verzögert wird die Heilung aber auch, wenn man in der Anklage, in der Aggression, verharrt.

Etwas Schwieriges drängt sich auf: die Begegnung mit den eigenen dunklen, unbekannten und gefährlichen Urkräften. Wohin führen sie? Die dunklen Seiten gehören zu den hellen. Erst beide zusammen werden die Person ganz machen, das heißt gesund.

Und vielleicht das Schwerste: »Ich habe jahrelang mich selbst entwertet, es von anderen hingenommen, mich verloren und aufgegeben.« Diese Einsicht über sich kann zerschmetternd sein, es ist fast unmöglich, sie zunächst einmal zu akzeptieren.

An dieser Stelle wird deutlich, daß dieser umwälzende Prozeß ein Ziel haben muß: Versöhnung. Versöhnung mit sich selbst, mit der Herkunftsfamilie, mit dem Partner. Versöhnung heißt akzeptieren, daß es *damals* nicht anders möglich war. Die Einsicht hat gefehlt, und auch die Kraft und die Möglichkeit zu einer Wandlung. Versöhnung heißt, aus dem Dunkel von Groll, Haß, Enttäuschung und Selbstverachtung hinauszutreten in das neue Land der »andern Frau«. Dadurch wird sie immer freier und die Regie in eigene Hände übernehmen.

Ohne Verzeihen und Versöhnung wird es schwer sein, zu lachen, und Lachen ist ein Gütezeichen von Freiheit. Gewiß, dies ist nicht leicht. Das bisher Selbstverständliche und Gewohnte kann nicht mehr ungefragt weitergeführt werden. Das Leben wird sich verändern. Der Groll aber wird nicht mehr lähmen, sondern wird als Vitalkraft erkannt: eine frische Quelle, die seit Jahren zuwenig genutzt wurde. Ein anderes Bild: Ölquellen sprudeln hervor, noch nie angebohrt und gebraucht. Nun sprudeln sie reichlich und voll. Etwas Unbekanntes ereignet sich. Sein Name ist: Krise. Das chinesische Schriftzeichen für Krise bedeutet Gefahr *und* Chance. Auch diese Aufbruchskrise von Frauen bedeutet beides.

Die Chancen sind klar: die Möglichkeit, mit sich selbst einig zu werden, die eigene Kraft und das eigene Potential zu entdecken, das auf Entfaltung wartet, von Selbstachtung getragen und beraten zu werden. Auch die Gefahren sind klar. Man kann sie eigentlich mit einem Wort benennen: Verlust. Verlust der bisher nicht hinterfragten Sicherheit, von Freunden, Verlust des Vertrauens in die Herkunftsfamilie und – vor allem – Verlust des Partners. Wenn er sich nicht auch für Neues öffnet, wird die Partnerschaft gefährdet. All dies sind realistische Ängste, und zum Teil ergeben sich tatsächlich schwere Probleme. Nur: Angst ist kein guter Ratgeber. Sie entstellt, übertreibt, mißinterpretiert. Die Erfahrung zeigt, daß die Verluste sehr viel seltener und geringer sind als befürchtet.

Rahel (37):
Ich glaube, daß vor allem die vermehrte Freizeit schuld daran war, welche mich über mich nachdenken ließ. Ich fing an, lange Spaziergänge mit dem Hund zu unternehmen, und dabei arbeitete es in meinem Kopf gewaltig. Ich merkte plötzlich, daß ich mir auch über anderes Gedanken machen konnte als übers Putzen, Menuepläne ausstudieren usw. Mein Ich begann mich zu interessieren, und ich wollte auch auf einmal wissen, was andere Leute zu sagen hatten. Ich entdeckte, daß ich den Alltag viel lockerer gestalten konnte, daß ich im Begriff war, all die Zwänge, welche ich mir auferlegt hatte, abzulegen. Ich nahm Kontakt auf mit Frauen, welche ihr Leben eben anders gestalteten.

Manche Skeptiker des Wandels von Frauen meinen, dieser sei nichts anderes als Einfluß von außen: Bücher, Emanzen, Feministinnen. Der Bericht von Rahel beweist klar das Gegenteil. Im Wald, bei Hundespaziergängen, erwacht in ihr der Zweifel an ihrem bisherigen Lebensstil. Kein Druck von außen, keine Entwertung schränkt sie ein. Ihr Leben war rund und gut. Aber etwas erwacht in ihr: Wer bin ich? Was mache ich mit meinem Leben? Und diese Frage läßt sie aus sich selbst heraus Neues erkennen und führt sie auch zu anderen Menschen, hinaus aus ihrem engen Lebenskreis.

Ella (40):
Ich bemerkte bei mir eine zunehmende Trägheit, Unfreiheit und wachsende Hilflosigkeit aufgrund bequemer eingespielter Trennung von Aufgabenbereichen. Es stellte sich nun entscheidend die eigene Lebensfrage: Wieweit bin ich eigentlich ohne meinen Mann lebens- und handlungsfähig? Unsere Ehe hat im Lauf der Zeit einen Versorgungscharakter angenommen – in welcher gleichermaßen Bequemlichkeiten, wie Abhängigkeiten auftraten, wie es bei einem Eltern-Kind-Verhältnis der Fall ist. Dies schien mir aber nicht erstrebenswert. Es ist zu gefährlich.

Anita (39):
Meine Entwicklung war fließend. Mit 35 Jahren begann ich mich zunehmend zu fragen, was ich eigentlich vom Rest meines Lebens noch haben wollte. Welches meine Träume, Erwartungen, Ziele früher waren. Was habe ich erreicht? Was möchte ich noch erreichen, allenfalls verändern? Mein Blick in den Spiegel zeigte mir eindeutig, daß mein Gesicht älter, anders geworden war.
Ich merkte, wie mir das Älterwerden angst machte. Ich möchte doch meine Jugendlichkeit behalten.
Ich wollte nicht mehr länger meine Rolle als gute Ehefrau, eben wie man es von mir erwartete, weiterführen. Nicht mehr meine eigenen Wünsche und Bedürfnisse zurückstellen, auf alle andern Rücksicht nehmen.

Nichts Dramatisches geschieht. Die Tage gehen dahin, sie sind vielleicht nicht besonders gut, aber auch gewiß nicht schlecht. Und doch wird das Selbstverständliche fremd: Was mache ich denn? Kann ich ohne diesen Mann noch leben? Und was zeigt der Spiegel? Was zeigt mein Lebens-Spiegel? Ein Leben aus zweiter Hand. Die Unruhe ist erwacht. Sie schläft nicht mehr ein, sie fragt weiter, sie will mehr, sie will etwas anderes.

Angela (47):
Ich glaube, daß es bei mir eine fließende Entwicklung war, und viele
Bausteine wichtig waren, um an den Punkt zu kommen, von dem ich sagen
kann, Neues bricht offensichtlich auf, kommt zum Tragen.
Unsere Tochter verweigerte nach der Matur das Leben. Ich habe das so
empfunden. Sie fühlte sich unfähig, den Schritt von zu Hause weg in die
Welt zu vollziehen. Sie war in diesem Zustand vier Monate nur zu Hause,
depressiv und abgekapselt.
Ihr Verhalten hat mich sehr betroffen gemacht. Was habe ich ihr als Frau
und Mutter vermittelt? Keine Stärke, keinen Mut, keine Lebensfreude –
ich war sehr betroffen und habe mich schuldig gefühlt. Das hat auch mich
in eine Depression geführt.

Die Unruhe artikuliert sich, sie hat ein Gesicht und Namen: die
Tochter. Was habe ich getan, vermißt, verpaßt, daß sie den Einstieg
in die Welt nicht schafft? Was für eine Frau war ich für sie und vor
ihren Augen? Sie zeigt mir das, was ich selbst nie sehen wollte an
mir. Die Depression der Tochter zieht die Mutter mit. Erst nachher
gelingt der Schritt ins Weite.

Antonia (40):
Ich denke, es gab bei mir nicht »die Wandlung«, sondern es ist ein
»Aufraffen«, das ich immer wieder vollziehen muß. Wieder zu mir selber
finden. Mich manifestieren. Mich kennenlernen. Mir treu bleiben, das
heißt Grenzen fühlen, Grenzen setzen.
Einen wesentlichen Einfluß hatte ein Erlebnis, als ich etwas, das zuerst
unlösbar schien, allein bewältigte, da der Danebenstehende mich probie-
ren ließ, im Gegensatz zu meinem Mann, der mir sofort »geholfen« hätte
(das Problem für mich gelöst hätte).

Für Antonia ist es ein Wandeln, das heißt selbst gehen, nicht eine
Wandlung. Was sie beschreibt, sind Schritte, die sie allein geht. Die
Orientierung wird nach innen, zu sich selbst verlegt. Wieder und
wieder muß diese Akzentsetzung neu erfolgen, weil der Außenlärm
die innere Stimme leicht übertönt. Sehr eindrücklich ist das Erlebnis, das sie schildert: Sie hat etwas allein versucht, das unlösbar
schien, und sie hat gewonnen. Es gibt Hilfe, die notwendig ist und
den Empfänger unterstützt und stärkt. Es gibt Hilfe, welche den

Empfänger abhängig macht und schwächt. Es stellt sich die Frage, wer über die Hilfeleistung entscheidet: der Spender (der Mann) oder die Empfängerin (die Frau)?

Dora (46):
Wichtigstes Thema: Ich will etwas tun. Das kann doch nicht alles sein. Ich bleibe stehen. Ich verkümmere. Mein Partner entwickelt sich weiter, von mir weg. Ich bleibe als kleine, unfähige, unscheinbare Maus zurück. Ich wollte nicht mehr warten, bis er heimkommt, bis er mir Anerkennung für gutes Essen, gute Kindererziehung gibt, bis er mich o.k. findet und es mir auch noch sagt usw. Ich wollte meine Passivität aufgeben.

Panik: Ich komme zu kurz, das Leben geht an mir vorbei, mein Partner überholt mich, ich habe zu lange gewartet. Wie lange noch? Ist es schon zu spät? Ich habe auf ihn gewartet, aber er geht, meiner ungeachtet, seinen Weg. Ich habe mich zum Opfer gemacht, bin ihm zuliebe ganz klein und passiv geworden, daran habe ich mich gewöhnt und er auch. Aber: Ich will nicht mehr warten, ich will meine Passivität aufgeben. Ich will mein Leben in die Hand nehmen.

Michelle (57):
Ich unterscheide in meinem Leben zwei Aufbrüche zur Wandlung. Erster Aufbruch mit 27 Jahren, acht Jahre vor der Heirat. Ich drohte in Depressionen zu ersticken. Ich zog nach Berlin (für ungezählte das Symbol der Freiheit) und heiratete mit 35 Jahren.
Zweiter Aufbruch nach etwa vier Jahren der Regression im Anschluß an die Eheschließung, langsam beginnend mit der Geburt unseres einzigen Kindes (im Alter von fast 39 Jahren).
Es war die Geburt meines Kindes, die für uns beide lebensgefährlich verlaufen war, und die sich anschließende Krankheit und Schwäche mit Depression, die mich herausforderte.
Es stürzte die Welt auf mich, und alles, was da stürzte, war meine Verantwortung. Das Kind, ein zu großes Haus, ein Parkgarten, ungezählte »Kontakte«.
Ich wollte alles, was mich strangulierte, abschneiden. Verpflichtungen, starre Traditionen. Ich wollte mich einsammeln und neu entscheiden, was ich tun und was ich lassen wollte. Mein eigenes Maß finden. Vor allem fähig zur Liebe werden, was ich im Gegensatz zum Fassadenputzen sah.

Eine gebremste Frau, von außen und auch von innen, das zeigt die Depression – die abgewehrte Aggression. Eine Beziehung, die Aggressionen verbietet, wird nicht zu ihrer vollen Kraft gelangen. Es droht die Gefahr, daß statt Klärungen, Lösungen oder Akzeptanz alte, zu Gift gewordene Aggressionen die Partner trennen. Aggression ist Kraft, auch Lebens- und Vitalkraft. Diese nur als Bedrohung zu sehen und deshalb nicht wahrhaben und zulassen zu wollen, kann zur Lähmung der psychischen Energie führen. Es ist die gleiche Gefahr, die der Beziehung droht, wenn sie »das Böse« verleugnet.

Was Michelle betrifft: Endlich! Wenn sie die Initiative für sich übernimmt, kann sie die Lianen, die ihre Lebenskraft drosseln, durchschneiden. Dann kann sie über sich selbst verfügen.

Hanna (50):
Die Kinder sind größer. Meine Mutterrolle ist verändert, was nun? Wie sollte es weitergehen? Sollte ich noch weitere 30 Jahre so bequem dahinsegeln? Ich schrak davor zurück, es erschien mir trostlos.

Immer schon suchte ich den Weg zu mir selbst, zu mehr Autonomie. Einmal schon war ich nahe daran, einen neuen Weg zu gehen. Da traf mich eine neue Schwangerschaft wie ein Paukenschlag. Ich sah alle meine Träume, Wünsche, Hoffnungen mit einem dicken, roten Strich durchkreuzt.

Vor drei Jahren gab es einen neuen Anlauf.

Da war die Frage: »Was mache ich mit meinen, mir verbleibenden Jahren?« So weiter kann und will ich nicht. Aber *wo* anfangen? *Was* tun? Ich entdeckte, ich lebe aus zweiter Hand. Ich lebte das Leben der anderen Familienmitglieder.

Mein Leben mußte eine Wende nehmen, eigenständig werden, nicht mehr ins Leere hinauslaufen, nicht mehr aus zweiter Hand leben. Ich wollte meine Kräfte ausprobieren, sehen, wo bringen sie mich hin, wo liegen meine Fähigkeiten, wie kann ich sie einsetzen? Ich wollte mich auf den Weg machen mit dem Motto: »Der Weg ist das Ziel«.

Frauenschicksal! Eine unerwartete Schwangerschaft wirft alle Pläne um. Das kann nur Frauen passieren! Ihr Leben gehört nicht ihnen selbst. Es heißt: Warten. Später. Bei Hanna kam später wirklich noch die Wandlung. Sie fing an mit schwierigen Fragen, schwierigen Einsichten. Aber gerade diese führten weiter: Wo anfangen? Wohin geht der Weg? Was kann ich? Ich mach mich auf den Weg.

Annegret (47):

Ich stand vor einem unüberwindbaren Abgrund und wußte nur, so will ich nicht weiterleben, nur als dienende Frau, mit Haushalt und Kindern, ohne viel Rechte und nur Pflichten.

Ich konnte damals überhaupt nicht formulieren, was mir wirklich solches Unbehagen verursachte.

Ich habe ganz bewußt Hausarbeit abgebaut. Perfektion hatte plötzlich eine untergeordnete Rolle. Sonnenschein war keine Einladung mehr zu Gartenarbeit, sondern für den Liegestuhl mit einem Buch. Ich besuche seither vermehrt Theater und Konzerte, lernte Flöte und Gitarre spielen. Heute denke ich, wir sind als Familie eine Gemeinschaft, und jeder in dieser Gemeinschaft muß seinen Beitrag leisten zum Wohlbefinden aller. Die Arbeit wird aufgeteilt, auch wenn ich übrige Zeit habe.

Es ist ein Abgrund, wenn man nur weiß, was man *nicht* will. Das nicht – aber was dann? Es ist jedoch viel leichter zu wissen, was man nicht will, weil dies schon da ist, immer schon da war. Doch stellt sich nun die Frage: Was paßt zu mir, was ist mir möglich, was kann ich, was läßt sich realisieren, langsam aber sicher? Es bedarf großer Überwindung, bis eine Frau bei Sonnenschein im Liegestuhl liest, statt im Garten zu arbeiten. Der innere Drang oder Zwang, nützlich zu sein, die Scheu, einfach so in der Sonne zu liegen, kann sie sich das gestatten? Wenn der erste Schritt gelingt, ist der zweite nicht mehr gar so schwer. Dann ändert sich das gesamte Bild: Alle in der Familie müssen im Haushalt helfen, es ist keine Anmaßung, dies zu verlangen. Und sie tun es!

Claudine (49):

Ich »schlief« im Wartezimmer des Lebens. Äußerlich war ich beschäftigt mit Ehe, Freundschaften, Herkunftsfamilie, Büro, Renovation der Wohnung, meinem Flohmarkthandel, Lesen. Existentiell engagiert war ich eigentlich kaum. Ich hatte zwar Meinungen über Dinge, aber weitgehend konventionelle und herkunftsgeprägte, selbst dort, wo ich scheinbar autonom war. Mir scheint, die Auseinandersetzung mit den wirklichen Lebensthemen hätte sich ganz im Verborgenen und Unbewußten abgespielt, als ein Sichten und Umordnen des Vorhandenen.

Ich wußte nicht, um was es mir ging. Ich wußte bloß, daß ich einen Anstoß bekommen hatte, und ich wußte:»Wenn ich jetzt nicht weitergehe, weiß ich nicht, was aus mir wird.«
Heute würde ich sagen: Ich wollte leben und nicht erstarren. Ich wollte erwachen und nicht schlafen. Und vor allem: die Mächte des Daseins erkennen.

Was aus mir ausbrach: Explosionen, Wutanfälle, Aggressionen, Zorn, »Egoismus«: viele Jahre, Jahrzehnte, vielleicht Jahrhunderte an weiblicher Selbstverleugnung, Aufopferung, Unterdrückung wirkten sich aus.

An erster Stelle steht wohl jetzt das große Vertrauen in dies merkwürdige, nie vorher gewußte »innere Licht«, das mir durch alle Zweifel und Unsicherheiten immer wieder weiterhalf.

Ich fühle, wie ich *bin*, wert bin, selbst bin. Es hat sich ein in sich selbst gegründetes, nicht geborgtes, sich immer wieder zu erneuerndes, sich spontan ereignendes Selbstwertgefühl entwickelt. Es ist nicht etwas, was ich ein für alle Mal hätte, und doch ist es immer irgendwie »anwesend« jetzt.

Jahre im Warteraum des Lebens. Worauf warten? Die Ungewißheit, die Unschlüssigkeit prägt das Leben. Claudine wollte *nicht* erstarren. Aber wie wollte sie leben? Es ist erschreckend und selbstverständlich zugleich, daß zuerst Ausbrüche kommen, gestaute Frustrationen und Verletzungen, gestorbene Erwartungen. *Ich, ich*, schreit sie zunächst einmal, *ich* will leben, mich nicht mehr aufopfern. Ja, vielleicht schreit sie tatsächlich nicht nur ihre persönliche Not, Wut und Sehnsucht heraus, vielleicht sind es jene des ganzen Geschlechts, Reaktionen, die über Jahrtausenden aufgestaut, nicht gehört, nicht beachtet, unterdrückt, aber nicht gestorben waren. Der Keim des Lebens ist unverändert kraftvoll, er kann anfangen, sich zu entwickeln und zu wachsen, Raum zu gewinnen und Früchte zu tragen.

So wie die Diskriminierung der Frau ein starkes Element einer kollektiven Maßnahme darstellt, so ist auch ihr Erwachen mehr als nur ein individuelles Ereignis. Die Frau erfährt sich von einer unsichtbaren Schar von Mitleidenden, Mitverletzten getragen und unterstützt.

Es gibt eine Art Begegnung zwischen Frauen, die einmalig ist: eine ganz tiefe, existentielle, schicksalhafte Verbundenheit, Solidarität, oft auch dann, wenn man sich noch gar nicht kennt.

Claudine spricht über ein inneres Licht, über ein merkwürdiges, nie vorher gekanntes Vertrauen. Nicht alles ist erklärbar, was Menschen, Frauen, wiederfährt. Vielleicht ist dieses Unerklärbare, das ein Geheimnis bleibt, das Leben selbst.

Eine andere Frau – eine andere Lebensform

Eine *andere Frau* ist die, die sich aufgemacht hat, ihren eigenen Stil und ihre eigene Lebensform zu finden. Ihr Aufbruch ist ein Schritt auf einer lebenslangen Reise. Eine Reise von 1000 Meilen beginnt mit einem Schritt, sagt ein chinesisches Sprichwort. Frauen sind bisher auch schon gereist, aber dieser Einschnitt markiert eine andere Anschauung von der Welt und sich selbst. Sie sind nun mehr auf sich gestellt, in größerer Freiheit, auf dem Weg einer schrittweise wachsenden Autonomie. Darum eröffnen sich ihnen größere Möglichkeiten zu freien Begegnungen und Verantwortung für sich selbst. Auch jetzt kommen und vergehen Tag um Tag, Jahr um Jahr, auch jetzt haben Frauen vieles nicht in der Hand, und doch: Die Jahre werden nicht mehr nur gelebt, denn nun gestalten die Frauen einen guten Teil ihres Lebens aktiv.

Es ist beeindruckend, daß bei allen oben genannten Zitaten der Frauen nicht die Männer für das eigene, jahrelange Fehlverhalten verantwortlich gemacht werden. Bei den Frauen, von denen keine Zitate vorliegen, ist es ebenso. Das weist darauf hin, daß das Entscheidende die Selbsterkenntnis und die Bereitschaft zur Selbstreflexion sind. Was habe *ich* gemacht? Was muß *ich* tun? Würde der Mann als einziger Verursacher der Mißstände angesehen, so bliebe das Bezogensein und die Abhängigkeit von ihm weiterhin bestehen. Der Mann als Negativ-Zentrum. Natürlich, es bedarf der Zeit, ja viel Zeit, bis der Herauslösungsprozeß aus dieser Abhängigkeit wirklich vollzogen ist.

Es kommen Phasen schwerer Anschuldigungen an den Partner (oder auch an die Eltern), Rückfälle in die Opferrolle, Zweifel, ob es je gelingen kann, Verlust vom großen, befreienden Ausblick. Aber nie mehr kann vergessen werden, was man einmal gesehen und geschmeckt hat – ein neuer, wenn auch noch so kleiner Schritt von Befreiung und Versöhnung öffnet die Türen wieder. Die Palette der aufbrechenden Gefühle ist vielfältig. Vom Freiheitsrausch bis zu ängstlichem Tasten gibt es alles. Besonders bezeichnend für den Anfang sind der Zwiespalt und die Schuldgefühle. Der Zwiespalt: Zwei Seelen in meiner Brust, vertreten durch die alte und die neue Stimme.»Du darfst nicht so egoistisch sein«, sagt die alte Stimme,»du mußt deine Pflicht deinem Mann und deinen Kindern gegenüber um jeden Preis erfüllen; du darfst ihnen nichts zumuten von deiner Arbeit, du darfst von ihnen keine Präsenzzeit wegnehmen – wenn noch etwas übrigbleibt, nachdem du alles ordentlich erledigt hast, magst du es versuchen.«

»So war es immer«, sagt die neue Stimme,»genau das hast du bis jetzt gemacht. Du mußt von jetzt an auch um dich selbst besorgt sein, dir holen, was du brauchst, und nicht darauf warten, daß dein Mann es dir schenkt. Deine Existenz als Hausmutter darf nicht mehr die einzige Priorität darstellen. Daneben existiert auch noch dein eigenes Leben. Es ist in Ordnung, wenn von Mann und Kindern Kooperation verlangt wird.«

Der Widerstreit in der Seele ist hart und führt oft zur Zerrissenheit. Es war früher einfacher … Welche Stimme hat recht? Wie soll eine Frau zu Klarheit finden? Gibt es eine generelle Wahrheit oder muß sie jede Frau individuell suchen?

Um hier weiterzukommen, muß die Familie als ein lebendiges System betrachtet werden. Sie ist nicht nur ein Gebilde, das von Gefühlen getragen wird, sondern auch ein Gefüge, das von äußeren und inneren Strukturen zusammengehalten wird, so daß es auch als ein Ganzes funktioniert. Jeder ist von jedem anderen abhängig, jeder schuldet jedem anderen etwas (also nicht nur die Mutter) und erwartet und erhält von jedem etwas (also auch vom Vater und von den Geschwistern, nicht nur von der Mutter). Wenn *ein* Mitglied dieses Gefüges sich verändert, sind *alle* mitbetroffen. Die Frau ist ein zentrales Mitglied – wie wird ihre Wandlung die Familie als Ganzes beeinflussen?

Frauen spüren die Bedeutung, die sie für das Familiensystem haben. Sie schrecken vor den Folgen ihrer Wandlung zurück. Die alte

Stimme bestärkt sie darin. Aber die alte Variante geht nicht mehr. Sie spüren, *so* kann ich nicht länger leben – das ist ihre überwältigende Gewißheit. Darin bestärkt sie die neue Stimme.

Hier haben wir den Ursprung des Zwiespalts. Beide Kräfte sind zunächst einmal gleich stark. Die Frau wird im Kräftefeld hin und her gezogen und gestoßen. Manchmal scheint alles unlösbar zu sein. Der einzige Ausweg aus diesem Dilemma ist eine klare Entscheidung für das Neue. Die Entscheidung bedeutet noch nicht, daß es immer und, vor allem, daß es schnell gelingt, aber sie ist eine klare Ausrichtung. Auch bleibt es notwendig, den einmal gefaßten Entschluß wieder zu bestätigen, zu prüfen, zu erneuern, zu korrigieren, zu beschneiden, zu erweitern.

Das typische Symptom des Zwiespalts ist das Schuldgefühl. In all den Jahren, in denen ich es mit solchen Frauen zu tun hatte, ist mir kaum eine begegnet, die sich nicht mit Schuldgefühlen belastet hat, wenn sie ihren eigenen Weg gleichwertig neben jenen der Familienfrau stellte. Natürlich wird dies durch die Reklamationen in der Familie verstärkt.

Das Familiengefüge wird tatsächlich verändert, wenn die Frau und Mutter ihren Platz und ihre Rolle anders lebt als bisher. Natürlich wird von allen anderen in der Familie mehr gefordert, nicht nur in bezug auf die Mitarbeit im Haus, sondern auch hinsichtlich der Übernahme von mehr Eigenverantwortung und Selbständigkeit. Das ist mühsam, besonders weil die Veränderung von den anderen Familienmitgliedern nicht frei gewählt wurde. Aber genau gesehen ist es ein Gewinn, wenn die Familie weiterhin durch das Engagement *aller* Mitglieder zusammengehalten wird. Wie die Erfahrung zeigt, gelingt es einer zufriedenen und erfüllten Frau besser, die Schlüsselrolle, wenn auch anders, zu erfüllen und beizubehalten.

Die Befreiung von Schuldgefühlen ist ein wesentlicher Teil der Heilung, die im Leben einer »anderen Frau« erfolgen kann. Schuldgefühle wurden durch die Rollenzuweisung eingeimpft, die Frau hat sie sich dann zu eigen gemacht, sie sind ihr in Fleisch und Blut übergegangen. Jetzt sind sie nicht mehr stimmig in bezug auf das eigene Urteil und die eigenen Werte, passen nicht mehr zur eigenen Realität. Solche Schuldgefühle sollen und können ausgeräumt werden. Man darf Heilung suchen von ihrer deprimierenden Bedrängnis.

Echte Schuld ist etwas ganz anderes: Es gibt keine zwischenmenschliche Beziehung, in der man sich nicht früher oder später einmal schuldig macht. Das Lösungswort dazu: Es tut mir leid. Es gibt keine vier Worte, welche auszusprechen schwerer wären! Zu dieser Einsicht zu stehen, sie auszusprechen, und sie dann loszulassen – das sind die Heilungsschritte in einer partnerschaftlichen Beziehung.

Die »andere Frau« ist eine, die auf diesem Weg der Heilung voranschreitet. Die eine entdeckt, daß sie jetzt erst recht Heim-Frau (home-maker) sein will. Die andere will draußen Neues suchen oder Altes auffrischen. Nicht wenige Frauen machen eine Weiterbildung im alten Beruf. Andere lernen ein neues Fach. Alles kann gut sein, wenn »es stimmt«. Wenn die Seele und der Verstand »antworten«. Für die Familie mögen neue, organisatorische Maßnahmen nötig werden, wie zum Beispiel Arbeitsaufteilung in einigen Gebieten der Hausarbeit und Mobilisierung von Ressourcen (zum Beispiel Großeltern, Nachbarschaftshilfe, Haushalthilfe). Natürlich auch Neubestimmung des Standards im Haushalt! Vielleicht müssen die hundertprozentigen Ansprüche reduziert werden.

Die eigentliche Veränderung liegt nicht in den Tätigkeiten. Das Eigentliche ist die Veränderung des Selbstverständnisses, das Finden der eigenen Stimme, das Erkennen des eigenen Wertes, der kostbaren Einmaligkeit, der Befreiung durch Heilung, der Heilung durch Befreiung.

Hildegard (39):
Ich bin bewußt Mutter in meiner Familie. Vorher war ich auch Mutter, habe aber in meiner Rolle sehr gelitten. Seit Januar 91 habe ich zusätzlich zu meinen drei Kindern ein Tagespflegekind für nachmittags. Ich betrachte dies als Berufstätigkeit zu Hause.

Neue Berufstätigkeit ist nicht das Gütezeichen der »anderen Frau«. Es kann ebenso geschehen, daß sie, weil sie sich vom äußeren Druck befreit hat, gerade *nicht* jene Lösung sucht. Sie stellt vielleicht fest: »Ich bin bewußt Mutter.« Vorher hat sie darunter gelitten, jetzt hat sie es frei *gewählt*. Es gibt Frauen, die eine solche Wahl geringschätzig beurteilen.

Die Geringschätzung der Hausarbeit, nicht nur durch die Männer, sondern auch durch die Frauen, ist eine schwerwiegende Fehleinschätzung. Die Familie, das Heim, bleibt auch weiterhin das Zentrum für alle Familienmitglieder. Hausarbeit ist zwar zum großen Teil Routine, aber ihre entmutigende und auch entwertende Wirkung entsteht durch ihre geringschätzige Beurteilung. Eine Hausfrau braucht Ausgleich, also Freiraum, allenfalls auch Arbeit und Verantwortung außer Haus, *wenn sie es so wählt*. Aber der verächtliche Unterton im Zusammenhang mit Nur-Hausfrau ist Ausdruck einer Massenepidemie einer Gesellschaft im Umbruch. Die Freiheit der Frau, selbst zu wählen, ob und in welcher Form sie Hausfrau sein will, ist das zentrale Thema. Wenn es für Hildegard gut ist so, dann wird sie dabei aufblühen.

Martina (44):
Die Wandlung ist ein zyklischer Prozeß, dessen »Rad« sich zunehmend schneller zu drehen scheint und in Richtung Klarheit, Lebendigkeit und Beweglichkeit läuft.
Wichtig sind sowohl die Einengungen als auch die Durchbrüche; die Isolation und das »Nach-außen-gerichtet-Sein«, das heißt, das auf die Familie Bezogen-Sein während der Kleinkinderzeit einerseits, sowie das neue »Wieder-berufstätig-Sein« andererseits.
Das Leben zu zweit mit Glück, aber auch Enge, Schwangerschaft und Geburt als Schöpfungswunder, Entwicklung der Kinder mit dem Leiden an der Kleinfamilien-Isolation unserer Wohnform und Gesellschaft.
Schwierig ist für mich die Position, »am kürzeren Hebel zu sein«. Unsere Gesellschaft ist voller Hierarchien, vor denen meine Eltern stramm standen oder mein Vater die Position sich erarbeitete. Mit Frauen zusammen lerne ich, was Widerstand ist, wo er für mich sinnvoll ist, welche Strategien etwas bringen usw.
Parallel wuchs mein Verständnis von Partnerschaft und Eigenständigkeit.
Für die Sexualität übernahm ich mehr Verantwortung, lernte deutlicher ja und nein zu sagen.

Eine langjährige Nur-Hausfrau reflektiert über ihr Leben in der Kleinfamilie und deren Glück und Einengung. Auf diese Weise kommt sie zu Einsichten, die tiefer reichen als nur Informationen aus Büchern. Sie, der Glück geschenkt war, auch während ihrer Beschränkung, tritt mit Kraft in eine neue Lebensphase ein, die nicht geschwächt ist durch Ambivalenz und Groll. Was ist Glück? Glück ist wohl nicht, einen Mann zu haben (wie es die Alleinstehenden meinen), über alle Zeit und Geld zu verfügen (wie es die Mütter sehen), Kinder zu haben (wie es die Kinderlosen empfinden), sich im Beruf voll entfalten zu können (wie die frustrierten Hausfrauen träumen). Das Gelingen hängt vielleicht eher von den Augen ab, die die Umstände sehen und beurteilen, als von den tatsächlichen Umständen.

Wie ermutigend: Martinas Beispiel zeigt, daß nicht immer Frustration oder Verzweiflung zur Wandlung führen, sondern ebenso der natürliche Abschluß der vorangehenden Lebensphase.

Angela (47):
Ich stand immer wieder vor der Frage, wie mein Leben, unser Leben in dieser unserer Beziehung weitergehen soll. Ich wollte mich nicht mehr länger nur anpassen, bei bestimmten Themen nur schweigen, ich wollte meinen eigenen Glauben gestalten, ich wollte mir treu werden! Ich sehnte und sehne mich gleichzeitig nach einem Partner, der mich dennoch versteht, der mich auch unterstützt, der mich braucht, dem ich auch etwas bieten kann, der nicht nur von einer höheren Ebene auf mich herunterschaut, immer überlegen ist … Ich wollte endlich frei und eigenständig werden. Ich möchte in einer Beziehung leben, in der ich nicht wegen einer anderen Meinung oder Empfindung abgewertet werde. Ich möchte endlich aufrecht und frei sein!

Angela spricht für viele Frauen. Es ist schwer, sich zu finden, sich treu zu bleiben, auch unter den Augen des Mannes, der meint, auf einer höheren Ebene zu stehen und alles besser zu wissen, der ärgerlich oder freundlich herablassend herunterblickt, wenn er durch die Frau gestört wird. Endlich frei werden, endlich nicht mehr immer *dorthin* schauen, nicht mehr verunsichert werden, nicht mehr ängstlich zurückziehen – endlich *aufrecht*stehen und gehen. Ich bin in Ordnung, obwohl anders. Dann aber auch einander neu finden und definieren als Partner.

Maude (57):
Ich suchte ein anderes Selbstverständnis als Frau, nicht vom Mann her definiert, sondern aus mir selbst. Dies veränderte auch mein politisches Bewußtsein. Die Beziehung zu meinem Körper wurde anders, er wurde mir selbstverständlicher, lieber. Freude an Bewegung, an Tanz erwachte wieder.
1970 ergab sich für mich die Gelegenheit, eine Teilzeitstelle zu übernehmen. Endlich hatte ich das Gefühl, ich tue etwas, was von innen heraus stimmte. Dies wurde der äußere Anlaß zu einer inneren Befreiung und Wandlung.
Die Auseinandersetzung mit Klienten, Eltern und Kindern, Lektüre, führte mich allmählich zu einer Auseinandersetzung mit mir selbst. Ich begann, meinen Erziehungsstil zu hinterfragen. Ganz wichtig wurde die intensive Freundschaft mit einer Arbeitskollegin. Sie forderte stark eine Auseinandersetzung mit ihr und mit mir selbst.
In der Folge war ich sehr überfordert. Die Dinge, die ich tun »mußte«, und diejenigen, die ich tun wollte, waren schwer unter einen Hut zu bringen. Ich litt sehr stark unter Schuldgefühlen gegenüber den Kindern. Bei fast allem, was ich tat, war ich ambivalent. Es fiel mir schwer, den Kindern Grenzen zu setzen. Mein Standpunkt ihnen gegenüber war oft vage, ich wußte nicht, wo ich stand. Aus Schuldgefühlen war ich sehr manipulierbar (durch die Kinder).
Ich versuchte, allen alles recht zu machen, niemand zu kurz kommen zu lassen, auf meine Kosten. Die Verstimmungen verstärkten sich. Ich hatte die Tendenz, meinen Partner zum Sündenbock zu machen. Heute versuche ich, weniger perfekt zu sein. Ich kann eher nein sagen.

Die berufliche Arbeit wurde zum Anlaß für Maude zur Befreiung und Wandlung. Die Arbeit führt zu einer grundsätzlichen Konfrontation und damit zur Überforderung, zu Ambivalenz und Schuldgefühl. Sie versteht und weiß mehr, als sie realisieren kann, und bleibt gefangen zwischen den Fronten. Schuldgefühle machen erpreßbar. Sie entfalten sich parallel mit der Entfaltung der neuen Möglichkeiten. So werden Zwiespältigkeiten unvermeidlich.

Dora (46):
Ich hatte Mühe, Zeit und Kraft einzuteilen. Immer wieder große Schuldgefühle, wenn mein Partner oder die Kinder zu kurz kamen, der Haushalt schlecht gemacht war, ich zuwenig Zeit für meine Ausbildung aufwenden

konnte. Zeit zur Muße oder für mich blieb keine. Ich wollte doch alles richtig und perfekt machen. Tendenz zu diesen Gefühlen und Verhalten ist heute noch stark da.
Zweifel und Unsicherheit entstanden immer bei Konflikten mit meinem Partner. Die Konflikte, der Streit waren für mich der Preis, den ich für meine Weiterentwicklung bezahlte. Ich hatte ein unbändiges Bedürfnis nach Harmonie, er (mein Partner) sollte mich doch gewähren, sein lassen. Ich entdeckte, daß ich eigenständig sein, selbständig etwas Gutes leisten konnte. Ich war gar nicht dumm und passiv.

Auch Dora will mehr, als sie verkraften kann. Das Resultat sind Schuldgefühle, wenn daheim nicht alles in bester Ordnung getan wird. *Alles* sollte richtig und perfekt sein, das heißt Dora muß sich ihre Freiheit verdienen und besonders gute Leistungen im alten Tätigkeitsbereich erbringen. Natürlich gibt es Konflikte und Streit. Für viele Frauen ein fast unerträglicher Preis, daß *sie* deren Ursache sind. *Er* sollte doch wissen und verstehen, was sie braucht und es ihr von selbst erleichtern ... Er sollte doch ... Wenn er nur ... Wieviel darf die Freiheit kosten?

Agnes (50):
Ich lebe immer noch sehr gespalten in Hochs und Tiefs, Überforderung und Unterforderung.
Meine Kinder reagieren daher verständlich und direkt:»Jetzt setzt du dich so für den Frieden ein, aber bei uns ist es gar nicht so friedlich und gemütlich.«
Dem Partner gefällt das, teilen wir doch dieselben Interessen in bezug aufs Engagement, solange Haushalt und Kinder nicht darunter leiden. Zeichnen und Schreiben verfolgt er kritisch, vielleicht auch neidisch, denn ich höre oft, wenn ich bei so einer Betätigung»ertappt« werde:»So schön wollte ich es auch haben.« Es ist eine schwere Zeit innerhalb der Familie, für mich und die andern. Ich fühle mich wieder nicht ernstgenommen und sehr allein, und doch geht es mir besser. Ich finde es spannend.
Manchmal treffe ich beim Lesen einer Frauenbiographie auf Beziehungen, in denen der Mann die Frau fördert. Das habe ich nie erlebt. Zwar war mein Mann nie dagegen, aber er sagte immer ganz bestimmt:»Von mir kannst du dann keine Hilfe erwarten.« Dabei meinte er seine Mithilfe im Haushalt. So schreckte ich dann auch immer wieder davor zurück, an eine Ausbildung zu denken, während die Kinder noch zur Schule gingen.

Agnes kämpft in ihrer Familie. Noch lange ist es nicht ausgestanden. Alle finden etwas an ihr, das sie kritisieren – vielleicht sogar zu Recht. Der Partner läßt sie gewähren, aber will sich im Haushalt nicht beteiligen. Vielleicht ist er neidisch, weil er in seinem Beruf viel mehr eingespannt ist? Nicht irre werden, weiter gehen, offen bleiben, sich wieder neu öffnen, Neues versuchen. Von außen Hilfe holen (zum Beispiel eine Putzfrau usw.)? Es gibt keine Patentlösungen. Warten und weitergehen. Die Hoffnung schüren, wie das Feuer, das Leben heißt.

Margrit (45):
Ich wollte Stärke/Energie so bremsen, daß ich niemanden damit bedrohte (Partner, mich selbst).
Meinen Weg suchen – auch gegen Widerstände in mir und von außen.
Die Lasten nicht einsam/alleine tragen und die Hauptverantwortung für unsere Beziehung übernehmen.
Ich wurde aggressiv und ungeduldig. Begann zu fordern, mich abzugrenzen. Auch waren meine Erwartungen an mich selber, an den Partner, zum Teil auch an die Kinder sehr hoch. Ich erlaubte mir etwas mehr Zeit für mich selbst und sorgte auch für meine Bedürfnisse.
Ich wurde zunehmend weniger die Frau, die für alle Sorgen und Nöte der andern da ist.
Dafür entwickelten sich mehr partnerschaftliche Beziehungen mit Frauen, zum Teil mit denselben, die ich vorher »betreut« hatte.
Ich bemühte mich weniger um das Wohlwollen der andern, was gewisse Beziehungen abkalten ließ, andere neu belebte. Einige Leute waren anfangs irritiert.
In Ehe und Familie löste ich mich vom Anspruch, verantwortlich zu sein für die Stimmungen der Familienmitglieder, lernte jedem selber mehr zuzutrauen.
Auch die Begegnung mit meinen »Schattenseiten« wurde mir wichtig und daß ich Verantwortung für meine Gefühle und mein Tun übernehmen kann, statt mich abhängig zu machen oder als Opfer zu erleben.

Margrit wollte ihre neuentdeckte Kraft entfalten und sie zugleich bremsen. Sie wollte lieb und hilfreich bleiben und war erschrocken über ihre Aggressivität und Ungeduld. Sich abgrenzen schützt auf beiden Seiten! Etwas zurücknehmen, das man immer gab, ist schwer. Auf etwas verzichten, das immer wichtig war, ist schwer.

Es ist wie die Erneuerung der Garderobe: Viele Kleider passen nicht mehr, neue müssen gesucht und gekauft werden, ja, sie kosten etwas oder auch viel.

Anita (39):
Auch beruflich war ich verunsichert, dachte daran, noch einen ganz anderen Beruf zu erlernen, träumte und hatte Illusionen. Alles war völlig offen. Das war natürlich sehr toll, verunsicherte aber sehr.
Ich bin, ebenso wie mein Mann, mit einem 80prozentigen Pensum berufstätig, finanziell dementsprechend unabhängig. Diese finanzielle Unabhängigkeit trug dazu bei, daß plötzlich für mich alles offen stand. Diese Wahlmöglichkeit machte es mir nicht immer leicht.
Wenn es mir schlechtging, dachte ich oft, daß es eine finanziell abhängige Bauersfrau in meiner Umgebung mit fester Rolle in einer Welt mit klaren, akzeptierten Werten und Normen »leichter« hat, weil sie sich nicht entscheiden muß.
Für mich war es ein oft beschwerlicher Weg, selber für mich zu entscheiden.
Ich brauchte viel Zeit zum Lesen, für mich. Ich vernachlässigte deshalb Haushalt, Gartenpflege, Einladungen von Leuten in Familie und Freundeskreis, hatte meinem Mann gegenüber Schuldgefühle, wenn ich meine Hausarbeiten nicht mehr so perfekt und vorbildlich machte. Verhielt mich dann aggressiv. Mein »neuer Egoismus« machte ihm auch offensichtlich Mühe.
Die alten Regeln waren im Eimer. Dies brachte viel Unsicherheit. Dieses »alles im Fluß«, nichts hat seine klare Gültigkeit mehr, macht das Eheleben oft schwierig. Das Aushalten von Unsicherheit, das Aushalten meiner heftigen Ambivalenzgefühle usw.

Wieviel innerer Widerspruch! So viel Freiheit – zu viel? – durch eigenes Geld. Und die Verunsicherung durch die Freiheit. Geld bedeutet auch Verantwortung. Das Alte gilt nicht mehr. Und das Neue ist zu wenig klar und stark: Sehnsucht nach Sicherheit der Bauersfrau. Enge schützt auch. Und wieder die Schuldgefühle. Wem ist man verpflichtet? Wem ist man Rechenschaft schuldig? Wen schaut man mit inneren Augen fragend an? Wem gebe ich das Recht, über mich zu urteilen? Wenn der Mann nicht mehr die letzte Instanz ist, muß die Frau ihre eigene Kompetenz übernehmen. Ein Stück Einsamkeit.

Neuorientierung in Beziehungen

Nicht die Welt hat sich verändert, sondern die Augen, die sie anschauen. Was man sieht, ist gleich geblieben. Aber ihre Bedeutung wird anders. In manchen Belangen erhält ein Ereignis seinen Stellenwert erst durch seine Interpretation. Ein Beispiel: Der Hauptgewinn beim Lotto ist großes Glück, eine Million! Oder aber: Der Hauptgewinn war ein Verhängnis, denn es hat den Inhaber verwirrt, maßlos gemacht und verdorben. Ein anderes Beispiel: Eine Prüfung nicht bestanden; furchtbare Enttäuschung und Rückschlag, Wiederholung, verlorene Zeit, Minderwertigkeitsgefühle. Oder: Die Zeit bis zur Wiederholung war gewonnene Zeit, brachte Reifung und Überblick im Fach, Sicherheit in der Selbstbeurteilung. Die nichtbestandene Prüfung wurde zum Reingewinn.

Es gilt Maßstäbe zu suchen, die Ereignissen eine tragende Bedeutung verleihen. Die Beurteilung nach aktuellen Trends reicht nicht aus, sie sind Kopien aus zweiter Hand.

Was bisher gegolten hat, als vorgegebenes Gesetz, erhält ein Fragezeichen und wird später oft genug ersetzt durch eine eigene, autonome Deutung. Wir haben schon einige, wesentliche Beispiele gehört: die Bewertung der Frau im Vergleich zum Mann; die Rolle und Arbeit der Frau im Haus; die Ordnung der Prioritäten, nach der sie ihre Lebensinhalte einteilt; der Freiraum, der ihr zur Verfügung steht. In der alten unangefochtenen Ordnung war dies alles klar vorgegeben, vorgeordnet. Ein erster Schritt von Frauen im Wandel ist, daß sie diese vorgegebene Ordnung nicht mehr als einzige Interpretationsmöglichkeit ihres Lebens akzeptieren. Sie suchen und finden für die gleichen äußeren und zum Teil innerlich vorgegebenen Umstände *neue* Interpretationen und Zuordnungen. Es erscheint der Frau jetzt zum Beispiel richtig, daß Mann und Kinder im Haushalt Verantwortlichkeiten übernehmen und ihr damit eigene Zeit zur Verfügung steht. Bis jetzt war solches kaum denkbar, weil von Mann und Kindern vielfach abgelehnt, in der Folge von der Frau als Forderung fallengelassen, weil sie nicht glauben konnte, daß sie richtig sein könnte. Dieser gleiche Umstand, der bisher keine Veränderung zuließ, wird jetzt von der Frau anders eingeschätzt und beurteilt. Vielleicht wird es auch jetzt nicht ohne weiteres gelingen. Vielleicht werden Mann und Kinder sich auch jetzt noch sträuben, zur Hausarbeit aufgefordert zu werden. Vielleicht wird es Konflikte geben. Aber die Frau hat ein neues, inneres Bild, das sie trägt und stärkt: Es ist richtig, daß die anderen mithelfen, und sie damit mehr Raum bekommt.

Autonomieentwicklung verläuft nicht konfliktfrei und nicht ohne Fragen oder Irrwege. Dabei sind die ersten, wichtigsten Schritte die Entwicklung von inneren, klaren Bildern, von Überzeugungen, die »stimmen«. Äußere Veränderungen allein bieten zu wenig Tragkraft. Und Autonomie bedeutet primär die Entwicklung der Person und nicht die Entfaltung von Tätigkeiten, wenn sie auch Handlungen zur Folge haben wird.

Werte sind die wichtigste Grundlage der Person und ihrer Entwicklung, ein Kompaß im Gewirr der Stimmen in der Welt. Niemand kann diesen Umwandlungsprozeß der Werte allein durchstehen. Es bedarf dabei nicht in erster Linie einen Führer – die Gefahr wäre zu groß, sich nun an diesen anzuhängen. Die meisten Frauen haben andere Frauen gefunden, mit denen sie gemeinsam suchen.

Frauenfreundschaften sind für Frauen in jeder Altersstufe von Bedeutung (siehe Verena Kast, *Die beste Freundin*). Aber entscheidend wird ihre Begegnung im Abschnitt der grundlegenden Umwälzungen. Es ist kein Zufall, daß das Aufblühen der Frauenbewegung zeitlich zusammenfällt mit dem Aufstehen der Frauen für Frauen und auch der Frauen für sich selbst. Man mag über die feministische Bewegung geteilter Ansicht sein – eines hat sie jedenfalls bewirkt: Selbstbewußtsein und Solidarität von Frauen, die in der Vergangenheit unbekannt waren.

Frauenbeziehungen müssen nicht organisiert sein, es kann *eine* Freundin, einige Freundinnen oder eine Frauengruppe, die einen außerordentlich wichtigen Platz einnehmen werden. Dann, wenn die Paarbeziehung unter Druck gerät, empfindet man die völlige Freiheit im Zusammensein mit Frauen als eine Wohltat. Da entsteht eine Tiefe, eine in dieser Art früher auch mit Frauen nicht gekannte Freiheit, die Erlaubnis, sich selbst zu zeigen, ungeschützt zu fragen, zu phantasieren, ohne Angst zu haben, Wut und Haß nicht mehr zu verdecken, die eigenen Ängste zu offenbaren. Frauen finden in der Begegnung miteinander eine Existenzähnlichkeit, die jeden persönlichen, sozialen oder nationalen Unterschied überragt. Frauenfreundschaften werden eine Zeitlang wichtiger als die Paarbeziehung. Dies ist für die Männer oft bedrohlich und verdächtig, sie empfinden Eifersucht, als würde sie die Frau hintergehen. Hier zeigt sich, daß Sexualität nur eine Variante von Intimität und Hingabe ist. Nur sehr vereinzelt wird aus solchen Frauenfreundschaften eine lesbische Beziehung, wenn auch Zärtlichkeit in Frauenbeziehungen vielfach selbstverständlich dazu gehört. Das Ganze spielt sich auf einer anderen Ebene ab. Frauen finden bei Frauen vieles, worauf sie viele Jahre lang umsonst bei ihren Partnern gewartet haben, nämlich: Verständnis, Offenheit, Aufmerksamkeit, Interesse, Einfühlung, ein klares Gegenüber in Liebe, Konflikt ohne Zerwürfnis und manches mehr. Frauen suchen gemeinsam ihren Weg, führen einander abwechselnd, keine von ihnen ist, sozusagen von Natur, der anderen vorgeordnet.

Frauen reden nicht nur miteinander, sie tun auch miteinander. Künstlerische Tätigkeiten, Ausbildungen, soziales oder politisches Engagement oder auch kirchliches. Nicht nur Zugewiesenes, Untergeordnetes, sondern Eigenes wird gesucht: verschiedene künstlerische oder soziale Tätigkeiten oder politisches Engagement. Jede Frau, die ihre Stimme erhebt, weiß sich getragen von vielen andern Frauen. Frauensolidarität, etwas völlig Neues in der Menschheitsgeschichte.

Bei einem so grundlegenden Umbruch können auch bisher tragende Werte einbezogen werden, zum Beispiel das Thema Außenbeziehungen. Für viele Frauen war dies bis zu diesem Zeitpunkt keine Frage: Eine außereheliche Beziehung kam, auch ohne Sex, nicht in Frage. Es ist eigentlich erstaunlich, wie wenige von den befragten Frauen zur Zeit der Wandlung eine außereheliche Beziehung eingingen. Und wenn doch, so hatte es für sie in keinem einzigen Fall die Bedeutung einer Zweitehe. Statt dessen fiel diesem Mann eine wichtige Rolle zu: Er wurde die Tür zum Aufbruch für die Frau. Der Partner wird dadurch tief verletzt, oft realisiert er erst jetzt das Maß und die Bedeutung der Wandlung seiner Partnerin. Wenn schon Frauenfreundschaften für die Partnerschaft problematisch werden können, wieviel problematischer erscheint eine Beziehung mit einem anderen Mann.

Die Partnerschaft gerät in eine schwere Krise. Frau und Mann, beide müssen das Ausmaß und das Gewicht dieser Krise erfassen, und vor allem, was für den anderen auf dem Spiel steht. Entscheidungen sind für beide unvermeidbar. Dieser Zeitpunkt kann zum Scheitern oder zum Neuanfang der Partnerschaft führen.

Frauen entdecken in dieser Aufbruchsphase ihren Körper, das heißt sich selbst als Körper. Es ist wie ein neues Geschenk. Schönheit wird individuell, einmalig: Ich bin schön, weil ich es bin. Wenn Frauen anfangen, sich selbst zu achten, zu lieben, werden sie sich als ganze Frau und darum auch ihren Körper lieben und achten. Es bedarf dann noch einer Bestätigung von außen. Und ein anderer Mann kann dann zur Bestätigung werden, weil diese ganze Frau, diese neue Frau und ihr Körper für ihn schön sind, begehrenswert und achtenswert. Und sie kann etwas finden, was ein verachteter Körper nicht entdecken kann: Lust, sich vergessen und sich wiederfinden. Auch Beziehungen, in denen Sexualität nicht realisiert wird, sind wichtig. Das innere Geschehen ist sehr ähnlich.

Solche Ereignisse sind verwirrend, spielen sich »außerhalb der vorgegebenen Gesetze« ab, es gibt bei ihnen kaum innere Richtlinien oder gültige Orientierungsmöglichkeiten. Das absolute Verbot ist entkräftet, ein neues trägt noch nicht. Der Partner ist schockiert, seine Welt zerbricht, er denkt vielleicht an Scheidung. Die Frau denkt nicht an Scheidung, sie denkt nicht an Zweitehe, sie will aber diesmal bis zu ihrer äußersten Grenze gehen und von dort her zurückschauen: Wie lebe ich, wie will ich, wie kann ich weiterleben mit meinem Partner?

Dieser Prozeß ist wie eine in die Zukunft gerichtete Neuinterpretation des bisherigen Lebens. Ein schmerzlicher Prozeß, ein verheißungsvoller Prozeß: Das Neue wird nicht mehr von außen vorgegeben, sondern wächst aus der Tiefe der eigenen Person heraus. Sicher, man kann sich auch verirren – aber vielleicht auch wieder zurückfinden, weil der Kontakt ein Teil des eigenen Selbst ist.

Antonia (40):
Ich entdeckte mich selber, mein Körpergefühl, das Gefühl, daß es mir gutgeht, wenn ich bei mir bin (das heißt zum Beispiel, gedanklich hier und jetzt, bei den Kindern, wenn ich mit ihnen zusammen bin). Ich merkte und akzeptierte, daß es Tage gibt, an denen ich mich gut oder müde, gereizt/abwesend fühlte.

Wenn auch der Körper lange nicht die innere Aufmerksamkeit und Liebe bekam, kann er sogar noch spät im Leben entdeckt werden. Der Körper spricht seine Körpersprache, er sagt, wie ihm zumute ist und was er sich wünscht. Diese Sprache muß gelernt werden, wie eine andere Sprache auch. Die Signale sind manchmal mehrdeutig. Aber immer liefert der Körper ein Grundgefühl von Befindlichkeit, und bald wird die Frau entdecken, wie der Körper mit dem Rest der Person eine Einheit bildet und oft etwas anzeigt, was dem Bewußtsein noch fern ist.

Annette (42):
Ich beginne zu glauben, daß ich eine gewisse Form der Attraktivität besitze, eine Ausstrahlung, die ich nicht nur hinter der Mütterlichkeit verstecken möchte. Eine erotische Ausstrahlung zu fördern, macht mir aber auch angst. In dem Maße, wie ich mich attraktiv fühle, wage ich auch an die Öffentlichkeit zu treten, das heißt, ich wage Blicke auf mich zu lenken.

Mütterlichkeit ist hochgeachtet, sie schirmt ab – dahinter sitzt man sicher. Aber es reicht nicht. Und das andere macht angst. Was, wenn ich dann wirklich gefalle? Die eigene, erotische Ausstrahlung zeigen? Und ich werde angeschaut – ich will ja angeschaut werden, und es macht mir auch angst.

Ella (40):
Ich empfand noch Kraft und Attraktivität an mir und wollte diese Jahre vor weiterer Abnahme des äußeren Reizes bewußt genießen. Mit Zunahme meiner Außenkontakte verstärkte sich meine Lust, mich schön zu machen, zu kleiden usw. Es gab vorher Zeiten von Resignation und Unlust, da ich empfunden hatte, daß mein Mann es eh nicht wahrnimmt, wie ich aussehe, oder es nicht genug wertschätzte, wenn ich mich schön machte.

Eine zweite Blüte. Diese ist anders als die erste. Damals wirkte die natürliche Frische, die Jugend, die leichten Bewegungen. Es war fast gleichgültig, welche Kleider sie trug. Jetzt ist es anders: Die ganze Frau, die ganze Person hat eine Ausstrahlung. Ihre Kleidung soll ihre innere Schönheit und Reife hervorheben. Die Kleidung muß zu ihr passen. Zuallererst muß sie sich selbst gefallen, dann erst nach außen gehen. Wenn es nur die Augen des Mannes lohnend erscheinen lassen, sich schön zu machen, bleiben die eigenen Augen unterentwickelt. Eine Frau kann anderen nur gefallen, wenn sie sich selbst gefällt.

Michelle (57):
Ich habe heute keine Depressionen mehr. Ich lächle dankbar. Ich selbst erkenne mich kaum wieder. Ich bin mir meiner selbst bewußt.
Mein Körper gehört mir. Ich bin gesunder geworden.
Ich nehme wahr, was ich brauche und versorge mich.
Ich lebe (nach einer langen, langen Arbeitsstrecke) jetzt gleichberechtigt mit Mann und Sohn. Beide hatten Schwierigkeiten, zu akzeptieren, daß Gleichberechtigung in der Familie von jedem Konkretes verlangt.
Ich fühle mich gut!

Eine Frau wird geheilt: Aus ihrer schweren Depression wird Lächeln. Ihre Abhängigkeiten werden ihr selbst bewußt, und sie findet Kraft, ihre inneren Einsichten gegenüber Mann und Sohn zu vertreten. Sie selbst hat sich gleichwertig gemacht!

Rahel (37):
Ich entdeckte plötzlich die schönen Seiten des Dorfes. Man kannte fast jedermann, man konnte sprechen miteinander. Früher hatte ich meine Einkäufe immer am Nachmittag gemacht, um ja niemandem zu begegnen und keine Zeit zu verlieren. Jetzt traf ich mich vermehrt mit Frauen in einem Dritteweltladen in unserm Dorf, in dem Kaffee serviert wurde. Manchmal wurde nur geschwatzt, manchmal verstiegen wir uns auch in heiße Diskussionen.
Ich begann mich etwas anders zu kleiden, fand für mich eine Linie. Andere Menschen und deren Leben begannen mich immer mehr zu interessieren, ich lernte zuzuhören, fing an, meine Körpersprache zu benützen.

Trudi (51):
Die wichtigsten Einflüsse kamen von neuen Freundinnen und Frauengruppen: Ich war mit eher konservativem Gedankengut aufgewachsen – nun gab es da neue, revolutionäre Ideen und Ansichten. Eine neue Welt, in der Althergebrachtes in Frage gestellt wurde – im Zusammenleben, in Sexualität, Politik, Energiefragen usw.

Eine neue Welt tut sich auf. Frauen haben Entscheidendes zu sagen. Frauen haben den Mut, sich gegen das Alte zu erheben. Frauen können Neues denken. Nicht nur über Frauen und Kinder kann man mit Frauen reden, auch über Politik, Ökologie und Energie! Frauen sind anders geworden.

Rahel (37):
Ich begann ein Verhältnis mit einem um sechs Jahre jüngeren Mann. Bei ihm fand ich Bestätigung in allen mir wichtigen Belangen. Er konnte mir alles geben, was ich damals so nötig brauchte. Ich lernte mich dadurch auch von ganz anderen Seiten kennen, mein Horizont wurde erweitert. Wenn ich mit dem anderen Mann zusammen war, fielen alle Fesseln von mir ab. Ich konnte ich selber sein, konnte nur nach dem Gefühl leben, konnte die Vernunft zu Hause lassen. Wir unternahmen Dinge zusammen, welche in den Augen anderer völlig verrückt waren, Hauptsache war, daß es uns etwas brachte. Ich lernte wieder zu genießen, konnte alles andere für einige Zeit vergessen. Ich begann aber schon bald, gewisse Sachen in unserer Familie zu vernachlässigen. Es wurde mir vieles egal, nur noch der nächste Treff war ausschlaggebend. So kam mein Mann ziemlich bald auf meine Veränderung zu sprechen, und dem Glück wurde ein Ende gesetzt.

Nur eine unbedeutende Episode? Eine pubertäre Verrücktheit? Der Ehemann war zu sehr verletzt, und das war das Ende. Hätte Rahel Vergleichbares, gleich Wichtiges auch anders erleben können? Hat sie ihre Ehe in Gefahr gebracht? Hat sie die Verantwortung für ihr Handeln übernommen? Hat sie die Konsequenzen gezogen? Das sind Situationen und Ereignisse, in denen es offensichtlich wird, daß man ohne klare, gültige Werte nicht auskommt. In Wahrheit sind sie nicht erst bei den Grenzfällen unerläßlich. Mein Handeln betrifft immer auch andere. Wie weit kann ich gehen, darf ich gehen? Es sind nicht die äußeren Vorschriften und Verbote, sondern die inneren, die den Weg und die Grenzen setzen, aus freiwilliger Wahl und innerster Verpflichtung.

Rosmarie (54):
Ich gewinne eigene Freund/innen, lade sie ein. Das gab öfters Konflikte. Es sind zum Teil alleinstehende, geschiedene, emanzipierte Frauen. Ich merkte, wie wenig selbständig ich war, wie abhängig, »selbstlos« im negativen Sinn, wie sehr ich nach den Bedürfnissen anderer fragte und die meinen nicht realisierte. Ich lese eine neue Art von Literatur (auch sehr viel Fachliches), Psychologisches, Feministisches, Religiöses; am Arbeitsplatz bin ich gefordert, viel Selbsterfahrung gibt es im Miteinanderarbeiten. Dadurch bringe ich viel Neues in die Partnerschaft, was nicht nur bereichert, sondern anfangs auch ängstigte.
Nach etwa drei Jahren kam der Höhepunkt unseres Entfremdet-Seins und meines Gefühls: »Ich sitze im goldenen Käfig.« Ich verliebte mich in einen sehr jungen Mitarbeiter. Ich kann kaum beschreiben, welch ein Meer von Gefühlen mich überschwemmte: Scham, Schuldigwerden, »wie kann mir das passieren?«, Drang, dies alles verborgen zu halten, meinem Mann und mir nicht einzugestehen …, aber auch Freude, »wie auf Wolken schweben«, jemand mag mich und meine Wesensart, freut sich an mir, während ich bei meinem Partner Ablehnung, Nichtverstehen, Gefesseltsein empfand. Mir wurde deutlich, daß ich in unserer Ehe genau dies vermißte, was mir dieser Mann vermittelte, also Freiheit, sein dürfen und mich entfalten können nach meinen Gaben. Ich faßte den Entschluß, bei meinem Mann zu bleiben und in Ehrlichkeit an den Defiziten unserer Partnerschaft zu arbeiten. Dabei kam mein Partner mir entgegen (das bezeichne ich als Wunder), er wollte es lernen, mich loszulassen, und dabei gewann er mein Herz zurück.

Ein bewegendes Schicksal. Die eigenen Gefühle zeigen das Dilemma: Scham, Schuld – und Glück. Endlich hat Rosmarie gefunden: Freiheit, sie selbst sein zu dürfen, akzeptiert und gefördert zu sein. Und zugleich entsteht ein Zwiespalt. Es sind klare innere Orientierungslinien, die den Entschluß ermöglichen und tragen. Und jetzt geschieht das eigentliche Wunder, der Partner versteht, der Schmerz hat seine Augen und sein Herz geöffnet, er will lernen. So beginnen sie neu, ein neuverheiratetes Paar, älter an Jahren und mit sehenden Augen. Sie haben die Naivität des Anfangs verloren. Sie wissen, was es kostet, miteinander zu leben, und was sie erhoffen können.

IV. Wandlung und Krise
der Partnerschaft

Experiment Ebenbürtigkeit

Den Bahnbrecherinnen gebührt die Ehre, daß sie zu einer Zeit, in der die patriarchale Ordnung *die* Lebens- und Familienordnung (und natürlich auch die soziale Ordnung) war, etwas völlig Neues dachten, es wagten, es konnten. Kreativ sein heißt, in der gleichen Situation etwas Neues *denken* zu können.

Zur Illustration möchte ich einen Witz heranziehen. Er vermittelt klarer, um was es geht, als eine Erklärung:

Ein Fahrradfahrer fährt seit längerer Zeit regelmäßig durch den Zoll. Er hat auf dem Gepäckträger immer einen Sack mit Sand. Die Zollbeamten werden mißtrauisch. Wiederholt wird der Sand durchsucht, gesiebt, analysiert – nichts. Der Fahrradfahrer kommt weiterhin. Einem der Beamten läßt es keine Ruhe. Er nimmt schließlich den Mann beiseite und sagt:»Ich gebe Ihnen mein Ehrenwort, daß ich nichts weitersage – aber bitte verraten Sie mir endlich: Was schmuggeln Sie?« – Der Fahrradfahrer:»Fahrräder«.

Kreativ sein heißt, in der gleichen Situation etwas anderes *sehen* zu können.

Es war damals unerhört, und es blieb damals auch ungehört, wenn Frauen Ansprüche stellten. Wie die anderen großen Pioniere, die Kontinente entdeckten, wagten sie sich allein ins unbekannte Neuland. Die heutigen Pionier-Frauen sind nicht mehr allein. Sie werden unterstützt von Freundinnen, Frauengruppen, der Frauenbewegung, der Frauenliteratur, neuen, kreativen Frauenideen, verschiedensten Frauenorganisationen und einigem mehr. Sie haben grundsätzlich Zugang zu öffentlichen Ämtern, zu den meisten Berufen und Sportarten und auch zu der geistigen Hochburg der Universität (zwar eher als Studentin denn als Professorin!). Trotzdem ist das Eintreten in die in ihrer Grundstruktur immer noch männliche Welt ein einsamer Weg. Frauen sind auch heute noch Pionierinnen, denn das Patriarchat sitzt noch in den »Knochen«, ist also bis ins Unbewußte hinein tief bei Männern *und* Frauen eingeprägt.

Und dennoch: Frauen, die einen Prozeß der Wandlung angefangen haben und darin weiterwachsen, sind dabei, ihre grundlegenden Vorstellungsbilder bis ins Unterbewußtsein hinein zu erneuern. Worum es dabei geht, ist Autonomie. Autonomie heißt Selbstbestimmung, die Freiheit, über sich zu verfügen, selbst wählen und entscheiden zu können. Autonomie bedeutet deshalb nicht *primär* eine »Anti-Bewegung«, zum Beispiel gegen das Patriarchat oder gegen den Mann, sondern eine »Für-Bewegung«, das heißt, eine Bewegung der Frauen für sich selbst. In der Realisierung jedoch wird die Stellungnahme für sich selbst oft genug identisch sein mit einer Ablehnung des patriarchalischen Musters und auch der Denk- und Handlungsweise des Mannes.

Die »andere Frau«, die Pionierin, stößt auf eine Vielfalt von Schwierigkeiten beim Versuch, ihr neues Selbstverständnis zu verwirklichen. Am offensichtlichsten zeigt sich der Widerstand in der Öffentlichkeit, in grundsätzlichen Vorurteilen, vorgegebenen und starren Strukturen (zum Beispiel in bezug auf Zugang zu Führungsstellen, gleichen Lohn für gleiche Arbeit usw.).

Die strukturelle Ordnung der Familie und der Partnerschaft ist zum größten Teil nicht klar, quasi öffentlich definiert. Trotzdem funktioniert das Gefüge ziemlich zuverlässig aufgrund von ungeschriebenen Verträgen.

Die »andere Frau« definiert selbst ihren Platz in ihrer Ehe und in der Familie und erzeugt damit beim Mann eine für sie fast unvorstellbare Verunsicherung. Zunächst sind es meistens kleine Begebenheiten, bei denen sich die Frau anders verhält. Es ist leicht, diese zu übersehen und zu bagatellisieren. Aber einmal kommt die Stunde, in der es dem Mann klar wird, daß seine Frau sich wandelt, er bemerkt zunächst nur, daß sie ihm gegenüber anders geworden ist. Die alte Form des »Dialogs« (sie gibt nach) kommt nicht mehr zustande, der bisherige Entscheidungsmodus (er spricht das gültige

Wort) wird unwirksam. In dem viele Jahre alten Spiel stimmen die Stichwörter nicht mehr, der Gesprächsverlauf eingeübter Reizthemen wird verwirrend, unübersichtlich und unberechenbar. Es ist, als hätte er sich im heimatlichen Wald, in dem er jeden Baum kennt, verirrt.

Die Frau, die so lange für die Beziehung kämpfte, jahrelang auf den Mann wartete, die die Erfüllung ihres Lebens und das Glück von ihm erwartete – sie verlagert einen wichtigen Teil ihres Schwergewichts von ihm weg. Das heißt, sie zieht einen wesentlichen Teil ihrer Energie von ihm ab zu sich selbst zurück. Zum Beispiel: ein eigenes Zimmer! Zum Alleinsein, Lesen, Etwas-für-sich-Tun – und allenfalls auch zum Schlafen. Die Verfügbarkeit nimmt ab und fällt dann ganz weg.

Für den Mann bricht die Sicherheit seines Lebens-Hauses zusammen. Die Hoffnung, daß die Frau wieder einlenken wird, schwindet, und er bleibt, vielleicht erstmals, auf sich selbst verwiesen. Dabei ist am schwersten, daß er nicht versteht, nicht verstehen kann, was eigentlich geschieht. Er empfindet diese Änderung der Frau als einen persönlichen Angriff gegen ihn, als eine Aufkündigung der Partnerschaft, als ihr Aussteigen aus den Grundverpflichtungen. Er erlebt, daß er entthront, nicht mehr angefragt und als »Haupt« anerkannt wird.

Der Machtverlust wiegt schwer, da das Selbstverständnis des Mannes – von alters her – auf Macht, Stärke und Anerkennung basiert. Also ist nicht nur sein »Beziehungs-Haus« erschüttert, sondern viel tiefer noch, sein eigenes Selbstverständnis. Er, der die Initiative innehatte und die Gesetze der Familie festlegte, findet sich in der gegensätzlichen Lage: Die Frau übernimmt die Initiative für sich, ihm bleibt das Reagieren – eine völlig ungewohnte, »unmännliche« Rolle. Viele Männer überfällt die Depression der Ohnmacht und der Ratlosigkeit. Sie ziehen sich in sich selbst zurück und schweigen. Oder sie brechen aus in neue Beziehungen nach altem Muster. Das Schweigen zeigt immer eine schwere Krankheit der Ehe an. Einerseits kennzeichnet das Schweigen die Unfähigkeit zu reagieren. Andererseits ist das Schweigen eines der stärksten Machtmittel: Es gibt keine Möglichkeit, es von außen zu beenden. Keinem Gott wird so viel geopfert wie dem Schweigenden, sagte ein Kollege. Der schweigende Mann kann die Frau in Schuld, Verzweiflung oder in hilflose Aggression stürzen. Sie wird vor die Entscheidung gestellt, ob sie alles wieder abbrechen und in die »Gefangenschaft« zurückkehren muß. Die alte Abhängigkeit meldet sich wieder, der bereits einmal überwundene Zweifel und die Angst, Unrecht zu tun. Die Frau nimmt den nicht abbrechenden inneren Dialog mit dem schweigenden Mann wieder auf, oft Tag und Nacht. Ihr Bezogensein auf ihn kann sie kaum oder nicht mehr abwehren. Bis – ja, bis sie sich wieder auf ihr eigenstes Terrain zurückziehen und dort zur Ruhe kommen kann. Zwar ist das Schweigen des Mannes noch nicht gelöst, aber seine hypnotische Wirkung gebrochen. – Oder aber der Frau fehlt der lange Atem und die Kraft zur Abgrenzung, und sie bricht aus. Es gibt nicht wenige Scheidungen, die auf diese Weise zustande gekommen sind.

Manche Männer fürchten die Bedrohung durch so viel Licht und Kraft der Frau und bleiben hinter ihrem Verteidigungswall – oder suchen eine andere Heimat. Andere öffnen sich, und es entsteht ein Dialog mit der »anderen Frau«, die ihren Partner immer noch will. Die Partnerin wird dann Anregung und Anreiz für den Mann, sich auf einen ähnlichen Prozeß einzulassen.

Jeanette (40):
Ich richtete mir ein eigenes Zimmer innerhalb unseres Hauses ein und genoß es, allein zu schlafen. Ich begann, Flöte zu spielen und nahm eine Ausbildung zur Musik-Grundschullehrerin in Angriff. Ich war nicht mehr für alle verfügbar.

Das eigene Zimmer ist von größter Bedeutung, deshalb stößt es oft auf entsprechenden Widerstand des Partners. Das eigene Zimmer, ein Intimraum, bei dem man die Türe schließen, ja verschließen kann. Insbesondere schwer verkraftbar erscheint für den Partner ein eigenes Bett im eigenen Zimmer, bedeutet es doch, daß die Frau sich auch sexuell entziehen kann. Den Mann trifft das an der empfindlichsten Stelle: Nicht nur seine Machtbefugnis wird klar eingeschränkt, sondern die oft ungehinderte Realisierbarkeit seiner sexuellen Wünsche, da die Frau bisher selbst an die eheliche Pflicht geglaubt hatte. Jetzt übernimmt die Frau die Verfügung über ihren Körper, das heißt, sie kann und wird Ja *und* Nein sagen.

Im eigenen Zimmer geht es darum, ungestört mit sich selbst allein zu sein, allenfalls auch Freundinnen dort zu empfangen, oder auch bisher brachliegende Begabungen unbeobachtet entfalten zu können. Das eigentliche Ziel ist nicht die Abweisung des Mannes. Es geht primär um eine »Für-sich-selbst-Entscheidung« und nicht um einen »Gegen-den-Mann-Entschluß«. Trotzdem werden viele Männer das neue Verhalten als Abweisung verstehen und entsprechend verletzt sein. Natürlich gibt es Frauen, die den Schutz eines eigenen Zimmers nötig haben gegen einen Mann, der sie physisch oder psychisch bedroht, sie überfordert, in sie eindringen will. Dann ist das Zimmer nicht die Ursache von Krisen, sondern Schutz gegen reale Bedrohung.

Annegret (47):
Mein Partner wurde zunehmend unsicherer. Er konnte sich keinen Reim darauf machen, was seine Frau wollte. Seine Ambivalenz brachte mich teilweise fast zur Verzweiflung. Zeitweise hatte ich das Gefühl, wir reden verschiedene Sprachen, etwa Fachchinesisch und Schweizerdeutsch, keine der Sprachen fand mehr Anklang.
Ich habe mich immer mehr zurückgezogen von meinem Mann. Gemeinsame Unternehmungen habe ich schon im Keim erstickt. Intimität, Sexualität wurde einige Zeit schon gar nicht mehr gelebt.
Ich mußte zuerst einem ganzen Bombardement von Vorwürfen standhalten. Danach kam der größte Ärger über ihn. Dann wurde mit Schweigen und Flucht operiert. Und zuletzt kam die große Wende, unglaublich!

Es ist nicht nur ein Gefühl, sondern eine Tatsache, daß Frauen und Männer in dieser Krise verschiedene Sprachen sprechen und sich nicht verstehen. Der beidseitige Monolog findet keine offene Ohren. Monolog und Rückzug gehören zusammen. Jeder schützt nur noch sich selbst. Die Vorwürfe und Anfragen verhallen im Leeren, zwei einsame Menschen sind entmutigt. Und doch: Am scheinbaren Ende des Weges kann der Durchbruch warten.

Martha (47):

Am meisten betroffen gemacht oder verletzt – wir sind jetzt grad daran, zu erkennen, warum – hat ihn meine öfters auftretende Heftigkeit von Solidaritätsgefühlen mit anderen Frauen oder zum Beispiel mein Engagement in einer Frauengruppe: Kirche und Frau. Er fühlt sich offenbar damit selbst gemeint, selber angegriffen – ist erstaunt, daß ich mich so solidarisieren kann, obschon ich es selber doch gar nicht nötig habe in der Partnerschaft.

Solidarisierung von Frauen ist ganz neu. Sie kann Ausdruck sein vom Glück, nicht allein zu sein, oder auch Zuflucht und Schutz vor fast unerträglichen Spannungen zu Hause. In der Frauensolidarität kann der Mann die Verschiedenheit und die noch unverbrauchte Kraft von Frauen nicht mehr übersehen, beides irritiert.

Eigentlich ist solche Irritation erstaunlich, haben sich doch die Männer von jeher solidarisiert. Diese Solidarisierung war erwünscht und praktiziert, seit prähistorischen Zeiten bis in die heutige Zeit hinein. Im Gegensatz dazu war Frauensolidarität undenkbar (außer vielleicht teilweise im Harem), denn die Frauen lebten jede in ihrem Haus, mit Mann und Kindern und Sippe. Ein sehr betrübliches Kapitel ist das unsolidarische Verhalten von Frauen, wenn es um einen Mann geht. Vermutlich aber ist der Solidaritätsbruch von Männern in diesem Punkt noch größer.

In den Männergruppierungen waren Frauen nicht nur unerwünscht, sondern explizit nicht zugelassen. In der feministischen Bewegung gibt es vergleichbare Tendenzen. Man könnte sagen, es sei gut, daß auch Männer das Gefühl kennenlernen, was es heißt, kollektiv »ohne Ansehen der Person« *als Mann* nicht zugelassen zu sein. Wenn eine derart verstärkte Frauensolidarität vorübergehend auch sinnvoll sein kann, so stellt sie doch auf Dauer keine erstrebenswerte Alternative dar. Denn dies wäre wenig, es bedarf kreativer neuer Umgangsweisen von beiden Seiten.

Antje (33):

Meinem Partner gegenüber war ich sicher sehr hart und oft auch aggressiv. Ich wußte, mit Warten erreichte ich für mich gar nichts. So suchte ich viele Konflikte, um endlich eine klare Meinung, eine Diskussion in Gang zu bringen.

Mein Partner reagierte zuerst vor allem mit Schweigen, dann erst wurde eine Konfrontation möglich. Diese suchte ich auch, weil ich eine wirkliche Auseinandersetzung suchte. Sein Schweigen, seine Traurigkeit und oft auch Depression akzeptierte ich einfach nicht mehr. Obwohl er nach außen als der Schwächere, der Leidende, dastand, empfand ich ihn als stark, weil ich so hilflos dagegen war.

Das Schweigen des Mannes wird die Konfrontation provozieren, wenn es die Frau an ihre Grenze treibt. Der Schweigende, der Depressive, erscheint als der Schwächere, und subjektiv fühlt er sich auch so, aber er macht damit seinen Partner völlig hilflos, so daß letztlich er es ist, der die Szene beherrscht.

Antje (33):
Mein Partner mußte sich entscheiden, Farbe zu bekennen, das empfand ich als sehr positiv. Allgemein denke ich, ist es für uns verbindlicher, strukturierter, aber doch sehr offen geworden.

Der Partner hat sich dann doch für die Frau und die Partnerschaft entschieden. In dieser Situation gab es nur einen Weg: Er mußte sich öffnen, sich exponieren, sich stellen. Er mußte lernen, ein *Partner* zu sein.

Dora (46):
Der Beginn der Wandlung war auch für meinen Partner dringend notwendig und positiv. Die Wandlung selber war hart, zäh, brachte ihm unter anderem Entbehrungen. Er mußte sich an Situationen anpassen, die er nicht frei gewählt hat (Teilzeit-Hausmann), konnte dadurch keine Karriere machen (sagt er oft).
Er wurde aber auch weicher, ruhiger, gelassener. Aber auch schwächer, unsicherer, suchend, teilweise depressiv, unzufriedener mit seiner eigenen und unserer Ehe- und Familiensituation.
Verletzt hat ihn der Ausschluß aus gewissen Teilen meines Lebens, in denen ich ihn nicht dabeihaben wollte.

Der Partner geht durch eine vergleichbar signifikante Wandlung wie die Frau. Er entdeckt seine (bis jetzt verdrängte) weiche, unsichere, suchende Seite, wird zeitweise auch depressiv. Er muß Arbeiten übernehmen, die er bis jetzt ablehnte. Aber er wird auch ruhiger, zentrierter und ausgewogener. Er wird, wie seine Frau, zunehmend ein *ganzer* Mensch, ein *ganzer* Mann.

Anna (38):
Mein Mann hat Probleme damit, daß ich ihn überholt habe. Es bringt ihm alles durcheinander, fast sein Weltbild. Er formuliert viel und gut, aber ich verstehe es nicht, was für ihn so schlimm ist. Was zentral bei mir ankommt (meist höre ich es als Vorwurf) ist, daß meine Wandlung auf seine Kosten geht, daß er dafür bezahlen muß, und zwar einen hohen Preis. Er hatte schon ein paarmal so »schwarze Tage«, die mir große Angst machen um ihn und unsere Beziehung. Mein Schuldgefühl wird dann groß, und meistens gehe ich dann schnell in die Rolle der Krankenschwester zurück.

Die Frau hat ihn überholt – sein Weltbild wankt. Die Frau kann es nicht verstehen, was dem Mann geschieht. Beide sind in ihrem Selbstbild getroffen, und hier können sich Frau und Mann primär und besonders in der Krise nicht verstehen. Es bedarf unermeßlich viel Geduld und Selbstoffenbarung. Der Mann hat den Eindruck, er muß für die Frau bezahlen, weil die Frau nicht mehr für ihn bezahlt. Der Lebensrollenwechsel ist hart. Seine Depression erreicht die Frau wieder an ihrer alten, schwachen Stelle: Sie wird wieder seine Pflegerin.

Depressionen sind in einer solchen Situation nicht immer als Waffe zu verstehen. Sie stellen vor allem eine Zuflucht vor Gegebenheiten dar, denen man (noch) nicht gewachsen ist. So ist die Depression ein Totstellreflex, in der unbewußten Hoffnung, daß das Bedrohliche unbemerkt vorübergehen wird. Für die Frau, die solche Extremreaktionen hervorgerufen hat, ist es sehr schwer, eine lebbare Einstellung dazu zu finden.

Anna (38):
Ich weiß noch nicht, was ich mache, wenn mein Mann findet, der Preis, den er zu zahlen hat, ist zu hoch. Ich wünsche mir sehr, daß er mitgeht. Ich glaube, daß ich nicht zurückkann, auch nicht mehr, wenn er nicht mitgehen würde. Das zerreißt mich fast, das zu denken, und kostet mich eine schlaflose Nacht. Aber dann setzt es mir auch Kräfte frei, mich selber

117

zu spüren, meine Wünsche und Bedürfnisse zu erforschen und mich anderen zumuten zu können, auch wenn ich nicht nur angenehm für sie bin.
Es gibt noch einen weiten Weg.

Anna und ihr Partner werden noch lange unterwegs sein, und es ist nicht klar, wohin der Weg führt. Vielleicht wird der Preis für den Mann zu hoch. Eigentlich will sie mit ihm zusammenbleiben, nur: Man kann das Rad nicht zurückdrehen, man kann, wenn man einmal geboren wurde, nicht dahinter zurück. Dann gibt es höchstens noch das Sterben. Es wäre das Sterben der Ehe. Gerettet werden kann sie nur durch den Einsatz, ja Hingabe von *beiden*.

Trudi (51):
Als ich durch meine neuen Aktivitäten und Kontakte auch ein ausgefüllteres Leben führte, war dies in erster Linie Erleichterung für meinen Partner, er mußte sich nicht mehr für mein »Glück« und meine Zufriedenheit verantwortlich fühlen. Er war und ist manchmal stolz auf mich, mein Auftreten, meine Initiative, mein Selbstbewußtsein. In zweiter Linie kam eine große Angst, mich zu verlieren.
Meine eigene Gratwanderung zwischen Unter- und Überforderung, die sich zwangsläufig einstellte, dank meiner Neugierde und Lust auf die verschiedensten Aufgaben, brachte mir mehr Verständnis für seine Streßsituationen und seine Schwierigkeit, sich abzugrenzen und klar *nein* zu sagen.
Unsere Partnerschaft ist offener geworden, die festen Rollen sind teilweise aufgelöst, und es gibt mehr Punkte, die angesprochen werden dürfen. Wenn ich jedoch von meiner Verantwortung für den Haushalt oder auch nur einige Arbeiten abgeben möchte, um mich mehr den faszinierenden, manchmal aufreibenden Tätigkeiten zu widmen, reagiert mein Partner mit Verhärtung, Schweigen, Bockigwerden, verdeckter Feindseligkeit.

Die Frau in der Wandlung entdeckt das Leben, die Größe, die Weite, die Schönheit, die Möglichkeiten – Neugierde und Lust treiben sie voran. Sie ist zufrieden, auch ohne Fürsorge des Partners und somit von ihm unabhängiger. Erleichterung und Bedrohung sind seine Reaktionen. Er freut sich über ihren Gewinn, solange es ihm nichts kostet. So wird der neue Lebensstil für viele Frauen zum Doppelberuf. Sie nehmen dann lieber das auf sich, als die Harmonie zu gefährden, oder auf das, was sie freut, zu verzichten.

Elsi (63):
Für mich ist es positiv, daß ich heute nicht mehr um Erlaubnis frage, sondern einfach meine getroffenen Entscheidungen mitteile. Ich bedaure heute nichts.
Meine Existenz als Frau hat sich heute insofern geändert, als ich mein Leben aktiv und bewußt gestalte. Heute bin eher *ich* das Zugpferd in unserer Beziehung, früher war es mein Mann.
Es ist mir wichtig, mich weiterzuentwickeln,»dran zu bleiben«, den inneren Weg zu gehen, mich immer wieder zu fragen, was wesentlich ist für mich.

Hier wird der Prozeß der Autonomwerdung beschrieben. Konkrete Elemente werden klar: Elsi fragt nicht mehr, sie teilt mit. Sie übernimmt die Führung, sie zieht – er kommt mit. Ein solcher drastischer Wechsel gehört zum Prozeß. Allerdings: Wenn er weitergeht, die Autonomie der Frau sich festigt, sie sicherer wird (und der Mann auch), entsteht ein neuer Umgangs- und Dialogstil: Man wird wieder fragen, nicht um Erlaubnis, aber um eine offene Meinungsäußerung, die man annimmt oder modifiziert oder verwirft. Autonomie bedeutet nicht Alleingang, sondern Freiheit zur Wahl, *für beide.*

Eine andere Frau – eine andere Partnerschaft

Die Wandlung tritt meistens in der Mitte des Lebens auf. Was habe ich aus meinem Leben gemacht, was wurde erfüllt, wo habe ich mich verirrt, verlaufen, wo gibt es Möglichkeiten, die ich ergreifen möchte – das sind die Fragen, die gestellt werden. Manche »heiligen« Überzeugungen müssen dabei über Bord geworfen und ersetzt werden. Für das Neue muß Raum geschaffen werden, in der Seele und im Zeitgebrauch. Etwas, das besonders schwer fällt, ist, die bisherigen Idealvorstellungen zu hinterfragen. Sie haben meistens tiefe Wurzeln in der Familiengeschichte oder auch in der Geschlechtergeschichte. Das Bild der idealen Frau, des idealen Mannes und der idealen Ehe ist tief eingebrannt. Und es wird keine neuen Bilder geben, außer sie werden geprüft und, wo nötig, korrigiert oder ersetzt. Das Loslassen von Idealen, die nicht mehr standhalten, ist wie ein Stück Sterben. Sie bewirken ein Gefühl von tiefer Enttäuschung oder von Betrug. Es erscheint so, als hätte es möglich sein sollen, sich zu verwirklichen, und als sei es ein Scheitern, daß es nicht gelang.

Die Idealvorstellungen in bezug auf das Verhältnis von Frau und Mann in der Ehe sind oft hochtrabend, realitätsfremd und insofern destruktiv. Sie geben ein romantisches, erdachtes, aber nie gelebtes Ziel vor, das beide, Frau und Mann, mit dem Dauerdruck belegt, diesen Idealen gerecht zu werden. Ehrlicherweise muß man zugeben, daß man ihre Erfüllung viel eher vom Partner als von sich erwartet. Der andere wird gewogen und als zu leicht befunden. Kleine und wachsende Enttäuschungen vergiften insgeheim jede Partnerschaft, und eine Unzufriedenheit samt subtilen oder groben Vorwürfen macht sich breit. Vorwürfe sind kein Dialog. Sie führen nicht zu Klärung und Fortschritt, sondern zementieren nur das damit bewiesene Vorurteil, daß der andere den (meinen) Anforderungen als Partner nicht gewachsen ist.

Es gibt keine Ehe ohne solche Grundenttäuschung, sofern es eine Liebesehe war. Wenn schon, müßte sie als »Ent-Täuschung« angesehen werden und als Ernüchterung. Diese Krise ist nicht vermeidbar und schmerzlich. Sie stellt die Frau und den Mann auf den Boden der Realität, auf den Boden, der lebenslänglich und zuverlässig trägt. Entscheidend wird dabei die Interpretation der Krise sein: Wird sie als Chance oder Scheitern beurteilt?

Es ist entscheidend, zwischen destruktiven Idealen, die belasten und verführen, und inspirierenden, ohne die es keinen Fortschritt und Erneuerung gibt, zu differenzieren. Die inspirierenden Ideale sind innere, bewegende Zielsetzungen, Bilder und Wertmaßstäbe, manchmal auch Träume. Sie machen Mut zum Leben, sie setzen die besten Kräfte in Gang, ermöglichen auch sinnvollen Verzicht und wecken die Phantasie. Solche Ideale sind kein Privileg von

Männern oder Hochbegabten oder Reichen, sondern sie können in jedem Menschen wirksam werden, der ihnen nachspürt und sie zu realisieren versucht, vielleicht in Haus und Küche. Wandlung bringt Krise. Während dieser Krise eröffnet sich die große Chance, daß die Frau nicht nur das Scheitern des Mannes sieht und analysiert, sondern auch ihren eigenen Anteil an der Enttäuschung. Wenn sie sich selbst ernsthaft sucht und ihre Eigenständigkeit auch vor sich selbst behaupten will, ist es unvermeidlich, daß ihr die Frage von innen heraus aufsteigt: Was habe *ich* gemacht und erwartet, wo habe *ich* mich nicht gewehrt, wo es nötig gewesen wäre, wo habe *ich* mich überfordert, zuviel »geschluckt«, so daß es mich vergiftet hat, wo habe *ich* mitgespielt? Natürlich ist es nicht so, daß eine Frau Alternativen hätte, wenn die Kinder noch jung sind. Ihre äußere Abhängigkeit macht sie auch innerlich abhängig. Der Mann nimmt dies als naturgegeben hin. Die Wahrheit und die Klarheit, die Frauen in der Wandlung suchen, liegt zunächst und vor allem in ihnen. Sie erkennen, daß die vielgelobte und vielgeliebte Symbiose auch zu einem Ende kommen muß. Sie hat ihre Zeit, beglückend und erfüllend. Aber wenn sie als Idealbild aufrechterhalten wird, führt sie zu Verstrickungen. Die Verstrickung aber erlaubt keine individuelle Entfaltung – und das ist genau, was Frauen im Prozeß der Wandlung suchen. Entflechtung und Abgrenzung ist also notwendig, eine Neuformulierung des ursprünglichen Ideals. Nicht Verschmelzung, sondern Einzelausprägung. Die Abgrenzung von *Ich* und *Du*. Wenn ich *Ich* sein kann, und du *Du* bist, dann können wir uns in Freiheit begegnen, zwei getrennte Menschen, verbunden aus freier Zuneigung, aus freier Wahl und Liebe. Extrem ausgedrückt: Eine Partnerschaft wird um so besser gelingen, wenn jeder einzelne *auch* (nicht nur und nicht immer) allein sein kann und sogar notfalls *auch* allein leben könnte. Statt Abhängigkeit entsteht Zustimmung, Durchsetzungsfähigkeit entwickelt sich zugleich mit Verzichtbereitschaft, je nach Einsicht und freier Wahl. Die zwei entscheidenden Stichworte lauten hier: Abgrenzung und Respekt. Abgrenzung definiert primär nicht einen zurückweisenden Schutz, sondern einen Freiraum, wohin sich jeder ungestört zurückziehen und sich dort entfalten kann. Abgrenzung bedeutet also primär eine Aussage über sich selbst: Hier bin ich zu Hause und zuständig. Natürlich markiert die Abgrenzung auch eine Schutzzone, die vom Partner Respekt verlangt. Abgrenzung kann als verletzend empfunden werden, wenn man bisher mit dem symbiotischen »Alles-gemeinsam-Ideal« zu leben versuchte. Es ist doppelt unerwartet und ungewöhnlich, daß sich die *Frau* abgrenzt, und deshalb für den Mann besonders verletzend. Die Frau muß viel Mut aufbringen, eigene Freundinnen zu suchen und Beziehungen zu pflegen, ohne den Partner. Der Mann benötigt viel Vertrauen und Selbständigkeit, die Abgrenzung der Frau nicht als Beleidigung zu interpretieren.

Das zweite Stichwort, Respekt, führt weiter: Respekt ist das stärkste Heilmittel gegen Geringschätzung und Verachtung. Das alte Grundmuster zwischen Mann und Frau wird durch Ebenbürtigkeit ersetzt, die nur entstehen kann, wenn sich *beide* respektieren und achten. Die offene Erniedrigung der Frau durch den Mann sowie die verdeckte Erniedrigung des Mannes durch die Frau sind das Gift, das den Status quo ein ganzes Leben lang aufrechterhalten kann. Offene Machtkämpfe oder verdeckte Machtspiele können den Ehe- und Lebensstil prägen.

Respekt ist kein Gefühl. Es ist eine Entscheidung. Respekt muß und kann nicht verdient oder gar abverdient werden. *Jeder* verdient ihn, weil er und sie gleichermaßen Menschen sind. Man kann respektieren und hassen! Aber man kann nicht ohne Respekt wirklich lieben.

An dieser Stelle möchte ich nun ein zentrales, wenn nicht *das* zentrale Thema dieser Untersuchung, aufgreifen. Eine Frau heiratet nicht »die Männer«, sondern diesen einen Mann. Er ist ein Kind seines Geschlechts. Er kennt nichts anderes, als daß er der Vorgeordnete in der Paarbeziehung ist und die Frau die Zweitrangige. Man tut einem Mann unrecht, wenn man ihm die ganze Last des Patriarchats persönlich anlastet. Er wiederholt das alte, immer schon gültige Muster zunächst in aller Naivität. Er tut damit zwar der Frau etwas Böses an, ist aber selber kein Bösewicht, denn er weiß noch nicht, was diese Ordnung für die Frau bedeutet. Denn auch die Frau weiß zunächst noch nicht, welche Folgen diese Ordnung für sie hat, und stellt keine Ansprüche.

Das Patriarchat als zunächst abstrakte gesellschaftliche Ordnung vollzieht sich im privaten Lebensraum eines jeden Paares, bis hin zum Bett. Der Mann kommt erst dann an den Kreuzweg, wenn ihm bewußt wird, wie seine Partnerschaft strukturiert ist und welche Vorrangrolle er hat. Hier muß ein Mann Stellung beziehen, ja, er tut es auch dann, wenn er einer bewußten, klaren Stellungnahme ausweicht. Viele verschließen Herz und Kopf aus Angst vor den Konsequenzen, das heißt aus Furcht vor Verlust von Macht und Privilegien. Denn es ist tatsächlich so: Ebenbürtigkeit mit der Frau und Achtung vor der Frau bedeutet für den Mann *zunächst* einen Verlust. Zwar verliert er damit nur ein hohles Scheingebilde, aber genau dieses hat ihn bis jetzt getragen und scheinbar erfüllt. Noch sieht er nichts Neues, das adäquaten Wert hat.

Es geht um eine Einsicht in das eigene falsche Selbstbild, das bei ihm genau wie bei der Frau eine Selbstwerdung verhindert. Dann aber – soll es wirklich anders werden – kann ein Eingeständnis nicht vermieden werden:»Ich hätte auch anders können, ich könnte auch jetzt anders.« Diese umwälzende Einsicht und dieses Zugeständnis kann eine leere Floskel bleiben, wenn es nicht zu realen Veränderungen führt. Sie kann aber auch den Anfang einer grundlegenden Erneuerung markieren. Dann kann das aufgeblasene, überdimensionierte und unrealistische Selbstbild des Mannes»gesundschrumpfen«–im Sinn des Wortes *gesunden*. Von hier aus kann die Entwicklung von gegenseitiger Achtung und Respekt zur Umgestaltung der Paarbeziehung und zu gelebter Ebenbürtigkeit führen.

Dieser Prozeß erlaubt auch die Versöhnung mit Vergangenem, das nicht mehr korrigierbar ist. Die Heilung von alten Wunden erzeugt das Gefühl von Heilung des ganzen Menschen. Das Austragen von Konflikten, Enttäuschungen, Verletzungen, Mißverständnissen – die uns alle ein ganzes Leben lang begleiten werden – wird viel von seiner destruktiven Kraft verlieren, wenn es auf der Grundlage von Achtung und Respekt ausgetragen wird. Einander ernst nehmen – gerade dort, wo Verständigung nicht möglich ist – verleiht der Partnerschaft eine andere, heilende Dimension.

Es gibt eine ganze Reihe von Partnerschaften, die sich durch die Krisen der Wandlung der Frau erneuert haben. Es ist, als ob die beiden, die schon lange zusammen leben, nun besser wissen, worauf sie sich einlassen, und erneut heiraten.

Ein Beispiel, bei dem der Mann sich gewandelt hat – und die Folgen:

Corinne (58):
Ich heiratete einen invaliden Mann im Rollstuhl. Mein Partner ist eine außergewöhnlich starke Persönlichkeit mit einem sehr starken Willen.
Ich hatte sehr viel Vertrauen in meinen Partner. Sein Wille führte durch verschiedene Stationen zur Verbesserung seines körperlichen Zustandes. Mit 50 wurde er durch ein unerklärbares Wunder völlig geheilt.
Mein Partner hat sich in diesen Phasen sehr verändert, vor allem in der letzten. Er mußte vieles nachholen – was fange ich an?
Meine neue Lebensgestaltung entspricht nicht dem Wunschbild meines Partners. Ich erlebe großen Widerstand. Ich bedaure unser Auseinanderleben sehr, es ist für mich unverständlich, daß wir uns nicht verstehen, auch, daß ich nicht früher aktiv wurde.

Ein einmaliges, außergewöhnliches Schicksal läßt etwas von einem Umbruch ahnen, der von außen entstand. Hier ist es der Mann, der, durch ein Wunder von jahrzehntelanger Krankheit geheilt, in eine neue Welt aufbricht. Die Frau, alleingelassen, aus dem Gleis geworfen, ohne Sinn und Aufgabe, sucht nun, was zu ihr paßt. Und das, was sie findet, entspricht dem Mann nicht. Die Folge ist Vereinzelung des Paares und gleichzeitig Weitergehen in der angefangenen Partnerschaft. Der Schmerz: Warum nicht schon früher angefangen? Und noch schwerer zu fragen: Wie sollte, wie könnte der Mann jetzt leben, damit sie sich nicht verlieren? Partnerschaft im Umbruch.

Mirjam (49):
Unsere Partnerschaft hat zwei scheinbar widersprüchliche Entwicklungen gemacht: Jede(r) von uns lebt einen Teil sein eigenständiges Leben, vor allem beruflich. In der Freizeit hat mein Mann mit Bergsteigen einen starken und wichtigen eigenen Bereich gefunden. Ich brauche dafür Zeit mit meinen Freundinnen, zu Gesprächen, zum Zusammensein.

Gleichzeitig gehen wir bewußter mit der gemeinsamen Zeit um, nehmen uns regelmäßig Zeit zu Gesprächen über unsere Beziehung, über das, was uns bewegt, und erleben auch gegenseitige Grenzen. Auch unsere Sexualität ist intensiver geworden, mein Darauf-Eingehen, was ich brauche, was du brauchst, was ich nehmen und geben kann.

Eine zweigleisige Parallelentwicklung: Es scheint also möglich zu sein, das Eigene und das Gemeinsame gleichzeitig zu entfalten. Die Verschiedenheiten werden ausgeprägter, aber auch die Gemeinsamkeit wird vertieft. Zwei Gebiete werden erwähnt: der bewußte Gebrauch und die Gestaltung der gemeinsamen Zeit, und Sexualität, freies Geben und Nehmen.

Antje (33):
Jeder von uns braucht für sich auch genügend Zeit. Das heißt, wir unternehmen oft auch getrennt Aktivitäten. Dabei empfinde ich kein Auseinanderleben und keine Interesselosigkeit, sondern das Ernstnehmen der eigenen Bedürfnisse. Als Basis empfinde ich unser gegenseitiges Vertrauen und Offenheit.

Nach harten Konflikten verließ der Mann seinen Verteidigungswall des Schweigens und suchte sein eigenes Leben. Eine neue Entdeckung: Die Folge muß nicht ein Auseinanderleben oder Auseinanderfallen der Partnerschaft sein. Vertrauen und Offenheit werden zu Brücken, die verbinden.

Elsi:
Die neue Lebensgestaltung hat unsere Partnerschaft arg belastet. Durch meine häufige Abwesenheit erlebe ich immer wieder sehr viel Widerstand, Vorwürfe und Frustrationen von seiten meines Partners. Bei meiner Tätigkeit außer Hause erlebe ich viel Schönes, an den Kursen neue, gute Kontakte, die mich bereichern. Und wenn ich dann jeweils nach Hause komme, überfällt mich ein total frustrierter Ehepartner mit seinen Problemen und Schwierigkeiten, die er in seinem Beruf hat. Es ist, wie wenn ich in zwei Welten lebte, das zerreißt mich manchmal fast, macht mich aber auch stark, ich erlebe es als große Herausforderung.

Die Frau blüht auf, der Mann verwelkt. *Sie* geht nun fort, und *er* wartet frustriert zu Hause. Sie kommt fröhlich heim, er ist abgestellt und beladen. Zwei Welten. Was ist nötig, daß jeder die Welt des anderen akzeptiert? Jetzt rivalisieren sie um Aufmerksamkeit. Noch haben die Welten zu wenige Brücken. Das eigene Erleben und Bedürfnis wird zu Waffe und Druck. Der Respekt fehlt, welcher die Akzeptanz dessen, was man nicht versteht, ermöglichen würde.

Anna (38):
So ist aus unserer Partnerschaft ein Schiff geworden, das ständig zwischen den verschiedenen Wellen von Sich-selber-Spüren oder Den-anderen-Verstehen – sich durchsetzen oder zurückstecken, fordern oder akzeptieren und resignieren, in kleinen Details einen neuen Weg suchen und erproben, für gut befinden oder verwerfen – umherschaukelt und manchmal auch geworfen wird. Dabei kommt es zum Teil vorwärts, zum Teil wird es zurückgehalten auf seinem Weg.
Manchmal aber, da geht mir die Energie tatsächlich aus. Dann möchte ich lieber oder vor allem abends vor dem Fernseher hocken und meinen Pulli stricken!

Was gilt? Wer sagt der Frau, was sie soll? Die alten Ideale tragen nicht mehr. Die neuen fordern ständiges Wachsein und Entscheidungen. Es gibt Stürme und Krisen, denn jetzt gibt es keine einfachen, vorgegebenen Idealentscheidungen.
Es wird nicht leichter. Die Wahl und die Entscheidungen sind immer wieder erneut schwer. Verantwortung kann sehr wohl ermüdend werden, so sehr, daß Anna am liebsten vor dem Fernseher sitzen und stricken würde.

Trudi (51):
Meine Unabhängigkeit veränderte einiges: Ich war nun auch eine ernstzunehmende Gesprächspartnerin für berufliche Fragen, ich brachte neue Gedanken in politische Diskussionen (zum Beispiel in bezug auf die Friedensbewegung) hinein. »Liberal« nannte sich mein Partner immer, doch er schreckte vor vielem anfangs zurück und überfuhr mich mit seinen Argumenten.
Wir wollen beieinander bleiben, der Herausforderung immer wieder begegnen und wachsen darin – wir haben noch viel zu lernen. Das sind neue Gedanken und Werte, die wir entwickelt haben.

Ich konnte ihm einmal sagen (es entsprach meiner innersten Überzeugung), daß ich auch ohne ihn leben könnte, also stark genug sei ohne ihn. Das verunsicherte ihn sehr.

Es gibt auch noch andere Diskussionen, als über die Partnerschaft. Und diese können genau die gleichen Symptome aufweisen: Wieweit nimmt der Mann die Frau ernst? Vor allem wenn sie »extreme«, das heißt ganz andere Ansichten vertritt als er. Es gibt eine ganze Reihe »feministischer« Männer, die es wirklich ernst meinen. Aber im Zweifelsfall stolpern sie, ohne daß sie es merken. Auch in ihren Augen ist ihre männliche Meinung ausschlaggebend.

Solche und andere schwerwiegende Divergenzen werden das Paar nicht spalten können, wenn eine grundlegende, tragende Zusage an die Partnerschaft vorhanden ist. Das heißt praktisch, daß sich beide respektieren, achten und ernst nehmen, ob sie einander beipflichten können oder nicht. *Dann* kann man ruhig aussprechen, daß man auch allein leben könnte – sich aber für den Partner entscheidet.

Dora (46):
Wir beide haben nie aufgegeben, glauben an das Fundament. Wir haben viel gestritten zusammen, die Beziehung, das Zusammenbleiben ist uns wichtig.

Das Fundament wird gelegt durch eine Entscheidung, die in Zeiten schwerer Krisen wieder bestätigt werden muß. Und das Fundament wird auch durch den Glauben an das Geheimnis der Zusammengehörigkeit getragen. Dieser innerste, verborgene Glaube trägt mehr als viele grundsätzliche Bekenntnisse. Ich sage ja zu dir.

Jeanette (40):
Nach schmerzhaften Krisen entschlossen wir uns, beieinander zu bleiben und an unserer Beziehung zu arbeiten.
Anfangs mußten wir uns gemeinsame Aktivitäten vornehmen, später war es auch ganz spontan möglich. Gemeinsame Intimitäten wurden zur Freude beider und fanden immer häufiger statt. Wir gaben uns bewußt Mühe, uns für das zu interessieren, womit sich der Partner beschäftigte. Wir führten, wie nie zuvor, teils stundenlange Diskussionen. Manchmal verliefen sie sehr fruchtbar, oft waren sie sehr zermürbend, wenn wir einander

unsern jahrelang aufgestauten Frust an den Kopf warfen. Es blieb bei vielen Aussprachen, denn wir wollten nichts mehr anstehen lassen, was wiederum sehr anstrengend und kräfteraubend war, denn wir schonten uns wirklich nicht mehr.

Wir sind so richtig am Aufholen. Wir genießen unser stimmiges Sexualleben, freuen uns über alles, was problemloser läuft: Einladungen, die nicht mit einem Streit wegen falscher Erwartungen enden; das Verreisen, das mit weniger Gehässigkeiten und gegenseitigen Vorwürfen über die Bühne geht; Entscheidungen, die uns bevorstehen, können wir in einem offenen Gespräch gemeinsam angehen.

Jeanette zeigt den Prozeß: zuerst die Entscheidung füreinander, dann das mühsame, künstlich erscheinende Lernen. Die bewußte Mühe, einander zuzuhören mit offenem Herzen und offenen Ohren. Zeit für das Gespräch, und es auch dann nicht aufgeben, wenn es nicht gelingt. Daraus wurde eine neue, lebendige Partnerschaft, nun auch spontan, einander zugewandt, mit einem Blick für das, was gelingt (und nicht nur für das, was nicht gelingt), und das Sich-Finden in der Sexualität.

Christine (48):
Mir scheint, daß wir einander jetzt mit Respekt und Liebe begegnen. Wir respektieren, daß unser Partner ein Mensch für sich ist, der seine Erfahrungen machen muß. Meine Erfahrungen gelten nur für mich.
Mein Partner ist mein bester Freund geworden. Ich kann mit ihm meine Sorgen, Ängste und Nöte teilen, und er nimmt sich Zeit für mich. Ich kann ihm meine Phantasien mitteilen. Wir haben uns gegenseitig aus der Rolle entlassen, für den Partner sorgen zu müssen. Wir haben gelernt, die Verantwortung für uns selbst zu übernehmen, auch für unsere Gedanken und für unser Handeln.

Die neue Ehe eines Paares, das durch schwerste Krisen ging. Wie wurde sie möglich? Respekt und Liebe sind gewachsen: Du bist du, ich bin ich. Wir können uns begegnen: Du bist mein bester Freund geworden. Ich übernehme die Verantwortung für mich und du für dich. Du mußt nicht mehr für mich sorgen. Aber als Freund wirst du mir zuhören und mich stärken, und ich werde es für dich tun. Sie haben einander aus den alten Spielen entlassen. Respekt läßt frei, Respekt macht frei.

Ursula (47):
Wir sind kooperativer geworden, toleranter. Machtkämpfe sind selten oder wenn, dann werden sie benannt und angegangen. Differenzen werden früher ausgetragen. Wir warten nicht, bis sich vieles angehäuft hat, und dann ein geringfügiger, nicht zum Konflikt gehörender Anlaß Streitursache wird. Wir teilen einander mehr über unsere Gefühle mit, wir vertrauen einander mehr. Wir haben gelernt, das Anderssein des anderen zu verstehen und – wo nicht möglich – zu tolerieren.
Wir kennen die Grenzen unserer Beziehungsmöglichkeit besser und erwarten nicht mehr so viel Unmögliches.
Unsere sexuellen Beziehungen sind auch nach 20 Jahren lebendig, viel inniger und vertrauter als am Anfang.
Wir sind konturierter geworden und machen weniger oft den andern für eigene Probleme verantwortlich.

Margrit (45):
Mein Partner hat sich selber auch auf einen Weg der Wandlung begeben und sich dabei stark verändert.
Unsere Partnerschaft ist lebendiger und dynamischer geworden. Es gibt mehr Nähe und mehr Distanz, wir unternehmen weniger gemeinsam, dafür Dinge, die uns beiden Spaß machen. Das Verständnis und Interesse füreinander ist gewachsen. Gleichzeitig haben wir auch Gebiete, die mehr unser Gebiet bleiben. Vorher war das dominierende Thema die Aufgaben meines Mannes und meine Mitarbeit dabei. Jetzt zwei verschiedene Aufgabenkreise.
Unsere Sexualität ist lebendiger, abwechslungsreicher geworden und zarter und liebevoller. Ein Stück weit auch anfälliger, echter, klarer.
Mit Konflikten gehen wir anders um, streiten rascher, heftiger. Mein Partner hat jetzt oft den Wunsch, den Konflikt aufzunehmen und zu klären.
Ich kann besser eine Weile mit ungelösten Fragen leben, warten.
Und manchmal verheddern wir uns wieder in alte Muster. Doch das blockiert uns nicht mehr so lange.

Dies sind zwei Beschreibungen von gesund gewordenen Ehen. Geheilt würde heißen: lebendiger, offener, ungeschützter – nichts ist abgeschlossen, für immer geregelt. Du mußt nicht mehr meinen Idealen entsprechen, denn du bist du. Laß uns zusammen weitersuchen durch Gelingen und Versagen. Und ich will dich achten – das ist es, was ich als unabdingbar auch von dir erwarte.

Scheidungsschicksale

Jedes Schicksal ist einmalig und in diesem Sinn nicht erklärbar. Trotzdem gibt es Lebensgeschichten, in die man sich leichter einfühlen kann, weil sie mit der eigenen Ähnlichkeiten aufweisen. Andere bleiben fremd, weil sie zu verschieden sind oder an Verboten rühren. Scheidung ist ein solches schwieriges Thema. Ich habe drei von den Scheidungsberichten ausgesucht. Da sie zwischen zehn und 25 Seiten lang sind, ist es leider nicht möglich, sie als Ganzes zu präsentieren. Sehr bedauerlich: Sie sind tief bewegend. Ich habe sie nun stark gekürzt und am vorliegenden Text nichts geändert. Das erklärt die gelegentliche Holprigkeit, die immer wieder auftritt. Das Ziel ist, den Leserinnen und Lesern einen Eindruck zu vermitteln, was in diesen Frauen vorgegangen ist, welches ihre Geschichte ist, wieviel Leiden, wieviel Zweifel, wieviel Verletzungen und Enttäuschungen da waren, bis es so weit gekommen ist. Und nachher die Trauer und die Befreiung.

Auch diese Frauen verweisen auf »eine andere Frau«.

Ich habe mich entschieden, den folgenden Zitaten keine Kommentare beizufügen, sondern erst im nächsten Kapitel dazu ausführlicher Stellung zu nehmen. Das Dargestellte soll für sich selbst sprechen und wirken.

Die drei Beispiele geben einen Einblick, wie die Wandlung eine schon bestehende Problematik oder Entfremdung verschärfen kann.

Ninas (57) Geschichte:
Unsere Ehe wurde unter den Voraussetzungen eines traditionellen Rollenverständnisses geschlossen (1957). Diesen Vorgaben entsprechend entwickelte sich auch das Familienleben recht angepaßt und deshalb unproblematisch. In der Zeit der Verselbständigung der drei Kinder war mein Partner beruflich sehr stark engagiert (Karriere!), während ich meine häusliche Tätigkeit als weitgehend beendet betrachtete. Ich fühlte mich überraschend frühpensioniert und fürchtete mich vor depressiven Zuständen.

Ich begann mich für andere Menschen und für die Öffentlichkeit zu interessieren, anfänglich mit riesigen, komplexhaften Schuldgefühlen. Im Feminismus bekam ich die beste Hilfe. Großes Interesse (Beruf, Berufung) in den Themen Rollenverständnis der Geschlechter und Auswirkung der Sexualität auf das Öffentlichkeitsverhalten von Mann und Frau.

Mein Partner reagierte auf meine Wandlung verbal sehr großzügig, scheinbar interessiert, hat sich das feministische Gedankengut angeeignet (intellektuell), aber sich nie wirklich damit identifiziert.

Denn in der Begründung zu seinem Scheidungsbegehren formulierte er: »Ich (Ehemann) habe die Ehe bis Mitte der siebziger Jahre als harmonisch empfunden. Wir lebten in einer glücklichen Familie und Partnerschaft mit der traditionellen Rollenverteilung. Mit der Ablösung der Kinder trat meine Frau in eine Emanzipationsphase ein, welche nach meiner Auffassung zu extreme Formen annahm und zu einer wachsenden Entfremdung führte… Es galt die Doktrin: Es ist gut, wenn sich meine Frau zu ihrer Zufriedenheit beschäftigt – aber die Grenzen setze ich!«

In diesem schwierigen Selbstwerdungsprozeß fand ich wertvolle Unterstützung in feministisch orientierten Gruppierungen.

Weiter ist im Scheidungsbegehren meines Exmannes zu lesen:»Verschiedene von meiner Frau vehement vertretene Auffassungen widersprachen meinen eigenen Ansichten. Auch der neue Freundeskreis meiner Frau, welchen sie sich durch ihre mannigfaltigen Tätigkeiten aufbaute, blieb mir fremd …«

Was mein Exmann als Zerrüttung erlebte, hatte für mich die Bedeutung einer wichtigen Neuorientierung in unserer langjährigen Partnerschaft.

Auch seinen Trennungswunsch versuchte ich im Rahmen unserer Veränderung zu begreifen. Ich erlebte schlußendlich unsere Wochenend- und Ferienbeziehung recht befreiend und hatte große Hoffnung auf eine Neugestaltung unserer Ehe.

Mein zunehmendes Interesse für gesellschaftliche Zusammenhänge und Entwicklungen führte nach und nach zu einem spätberuflichen Engagement, was mir sehr zusagte.

Die zunehmende Stabilisierung meines Selbstwertgefühles trieb meinen Exmann in die Arme einer Frau der Generation unserer Kinder, die ihn sehr bald zur Scheidung und Heirat zwang.

Damit hatte ich nie gerechnet!

Mein großer Wunsch, unsere traditionelle Ehe zu einer reifen Paarbeziehung wachsen zu lassen und mit meinem langjährigen (40 Jahre!) Partner zusammen »alt« zu werden, war völlig überraschend zerschlagen.

Es begann eine jahrelange Höllenfahrt mit zwei Suizidversuchen …

Nach den Irrwegen durch diese Abgründe, aus denen ich mit therapeutischer Hilfe herausfand, erschienen mit der Zeit ungeahnte Möglichkeiten und Dimensionen meines Lebens.

Ich bin im Begriff, überlieferte Werte zu hinterfragen und viele Tabus zu brechen – ein gewaltiger Befreiungsprozeß! Nichts von dem, was ich heute tue, hätte ich mir je vorstellen können. Wenn ich aber genau nachdenke, waren es aber geheime Träume, die sich verwirklicht haben. Eigentlich lebe ich jetzt wieder in der gleichen Selbstverständlichkeit wie als Kind, nur sehr bewußt.

Ich »brauche« eigentlich keinen Mann mehr. Ich denke, daß mir nichts mehr passieren kann und bewege mich überall in diesem Gefühl. Das tönt alles so selbstverständlich. Die jahrelange Höllenfahrt zeigte mir ein neues Stück Himmel.

Und ich weiß, daß ich noch nicht über dem Berg bin.

Alles, was geschehen ist, muß seinen Sinn gehabt haben. Ich hatte zu jeder Zeit immer das Gefühl, dem Leben das Maximum abzugewinnen oder ein Glückspilz zu sein. Vielleicht bin ich es jetzt wieder, obwohl ich manchmal fast sterbe vor Trauer und Schmerz.

Sind wir beide wohl Opfer einer romantischen Kollektivneurose geworden?

Ruths (69) Bericht:

Ruths Ehe:

Mein lange gehegter Wunsch, später Medizin zu studieren, wie mein früh verstorbener Patenonkel, blieb wie bei meiner Mutter unerfüllbar.

Mit 22 Jahren erfüllte ich ihn mir »durchs Hintertürchen«, indem ich einen Arzt heiratete.

Andere Bewerber beachtete ich schon gar nicht. Alles, was in der Beziehung zu meinem späteren Mann störend und irritierend war, verdrängte ich. Mein Partner erklärte mir schon sehr früh in der Bekanntschaft, daß er seine »große Liebe« hinter sich habe und nie mehr in der Lage sein werde, wirkliche Liebe zu empfinden. Ich war also die erste »nachher«. Ich habe mit meinen ganzen seelischen Energien um ihn gekämpft. Es war zeitweise ein grausames Hin und Her: Nimmt er mich? Nimmt er mich nicht? Auf meine eigenen Einwände tief in mir achtete ich überhaupt nicht, denn da war ja endlich der Arzt.

Er war für mich ein unumschränkter Herrscher. Ich betete ihn genau so an, wie meine Mutter meinen Vater. Ich fühlte mich in erster Linie als Ehefrau, und damit war bei mir das Rückstellen eigener Bedürfnisse gemeint. Ich ordnete mich seinen Wünschen völlig unter, vor allem auch nach der Geburt unseres ersten Kindes.

Eine Erinnerung: Nach etwa 16 Jahren ging ich durchs gemeinsame

Schlafzimmer, in das die Mittagssonne schien. Ich kam mir im Spiegel entgegen, blieb stehen, betrachtete die schlanke, dunkelhaarige Frau. Plötzlich war der Gedanke da:»Und das soll einfach so weitergehen? War das denn alles, mein ganzes Leben?« Hinterher passierte gar nichts Spektakuläres. Der Gedanke verschwand wieder.

Ich hatte mich in jener Zeit einem gemeinsamen Bekannten, der hie und da zum gemeinsamen Musizieren zu uns kam, anvertraut. Aus dieser Situation heraus entstand nach einigen Wochen eine heftige, leidenschaftliche Liebesgeschichte, die mich durch ihre Direktheit und Andersartigkeit so sehr erschütterte, daß ich spürte, jetzt kann und will ich nie mehr zurück. Das berauschende Gefühl, als Mensch anerkannt und geliebt zu werden, wurde zur treibenden Kraft.

Ich war damals 41 Jahre alt und 19 Jahre verheiratet.

Ich hatte das Gefühl von Jungsein, von einer Art Verzauberung durch die neue Liebe. Das Interesse an meinem Mann erlosch fast schlagartig. Zurück blieb eine»wohlwollende Toleranz«, die er mit dem Satz kennzeichnete:»Du bist zu mir so höflich wie mit dem Postboten.«

Ich spürte mich lebendig, begann mich immer deutlicher mit dem Gedanken zu befassen, ein eigenes Leben, in dem ich nicht nur»Hilfskraft für einen Mann« war, aufzubauen.

Statt im Haushalt aufzugehen,nutzte ich die Zeit für meine diesmal selbstgewählte Ausbildung. Zu meiner großen Freude bestand ich vier Tage vor der Scheidung die Eignungsprüfung und konnte sechs Wochen später anfangen.

Zuerst wollte mein Mann die Scheidung, dann ich selbst. 1966 arbeiteten wir beide darauf hin. Relevante Ursache: Die alten Beziehungsmuster sind aufgebrochen. Das klassische Mann-Frau-Gefälle stimmte nicht mehr. Solange ich abhängig und hörig war, predigte er mir»mehr Selbständigkeit«. Als ich meine Entscheidung traf, erschreckte ihn dies zutiefst.

Er zeigte nach der Scheidung – was vorher kaum der Fall war – Interesse an mir, wollte auch zurückkehren, als seine Freundin ihn verließ.

Zweite Partnerschaft:

Fast fünf Jahre nach meiner Scheidung lernte ich den um acht Jahre jüngeren P. kennen. Er arbeitete als Handwerker.

Obwohl auch ich mich nicht mehr zu verheiraten gedachte, irritierte es mich zeitweilig, daß P. trotz seiner deutlichen Zuneigung sich ganz klar gegen eine Heirat aussprach. Eine gemeinsame Wohnung kam wegen seiner beruflichen Situation nicht in Frage.

Als unsere Beziehung enger wurde, er auch in meiner Familie Aufnahme gefunden hatte und wir die ganze freie Zeit gemeinsam gestalteten, verletzte mich seine Weigerung.

P. war »einfach da« und vermittelte mir ein Gefühl von Sicherheit und Geborgenheit, wie ich es nie zuvor über eine so lange Zeit hinweg erlebt hatte. Er legte sehr viel Wert darauf, mir alles Erdenkliche zuliebe zu tun und mir Probleme, die in meinem Alltag auftauchten, lösen zu helfen. Zum Beispiel hatte er in meinem Haus, in dem ich zu jener Zeit wohnte, den Estrich für mich ausgebaut, die elektrischen Installationen gemacht und sämtliche Einbauregale in seiner Freizeit geschreinert. Es wurde unsere gemeinsame Wohnung. Ich selber übernahm die haushalterische Seite und half bei seinen Ausbauarbeiten als »Hilfskraft« mit. Intellektuell hatte ich eindeutig die Führungsrolle. Mir fiel das Formulieren und Planen leicht, ihm alle technischen Bereiche. Ich genoß diese Führungsrolle, weil mir das zum erstenmal passierte.

Für P. war mein Wissen über Partnerschaft und Konfliktlösung Neuland. Er nahm begierig auf, was ich zu geben imstande war. Das war für sein Rollenverständnis traditioneller Prägung eine große Leistung. Er war ein sehr eigenständiger Mann mit ausgeprägtem Verantwortungsbewußtsein und intensivem sozialen Engagement.

Wir entschlossen uns dann jeder für eine eigene Wohnung, jeweils in der Nähe des Arbeitsplatzes. Das hieß auch, daß wir die meiste Zeit zusammen verbrachten. Außerordentlich stark erlebte ich seine Präsenz, als es darum ging, ob ich mich beruflich selbständig machen sollte. Ich bin noch heute gerührt über die Unterstützung in jeglicher Form, mit der er mein Selbstgefühl stärkte: Er glaubte an mich und meine Fähigkeiten. Er wurde zu einer Art »stillem Teilhaber«, mit dem ich mich rückhaltlos aussprechen konnte.

Ich habe mich meist sehr wohl gefühlt in meinem Körper (Ausnahme waren einige Krisenzeiten) und mit der Erotik, wie ich sie mit P. meistens leben konnte.

Ich war 57jährig und seit neun Jahren mit P. zusammen, als wir eine schwere Krise erlebten, die sich von seiner Seite in folgendem Satz bündelte: »Du bist mir immer eine Nasenlänge voraus. Jedesmal wenn ich glaube, ich hätte dieselbe (intellektuelle) Wissensstufe erreicht wie du, gehst du wieder auf etwas Neues zu.« Wir überlegten uns ernstlich eine Trennung.

In der Zeit der Krise war ich verunsichert. Phasen von Rückzug wechselten mit verzweifelten, zärtlichen und leidenschaftlichen Begegnungen ab. Es ging um mein neues Selbstverständnis als Frau, um meine Selbstachtung als die Frau, die ich durch mein individuelles Leben geworden war und die ich schützen wollte. Damit löste ich manchmal heftigen Streit aus.

Ich bin – manchmal mit sehr viel Traurigkeit und Verzweiflung über diese Krise – bestimmter, deutlicher geworden. Ich kämpfte, wurde aggressiver und »unweiblich«, kurz eine »Emanze«.

Er begann daraufhin auch eine Ausbildung, die ihm sehr viel bedeutete. Ich nahm daran insoweit von ferne Anteil, indem ich mich interessierte, Fragen über Zusammenhänge stellte – und damit das nächste »Verhängnis« heraufbeschwor. »Deine Fragen zeigen mir, daß du viel schneller begriffen hast als ich, worum es geht.« P. fühlte sich von mir überrundet und dadurch auf eine gewisse Weise überfordert und im Stich gelassen. P. brach die Beziehung auf eine Weise ab, daß ich den Eindruck hatte, einem Erdbeben ausgeliefert zu sein. Nach einer massiven Krise seinerseits zu Beginn gemeinsamer Ferien sagte er zu mir, er bitte mich, ihn für »seinen eigenen Weg freizugeben«. Er hatte das Gefühl, immer in meinem Schatten zu leben. Ich spürte seine existentielle Not, wußte auch, daß keine andere Frau dahintersteckte. Noch am selben Abend, ein paar Stunden später, ging ich aus seiner Wohnung weg. Ich kehrte nie mehr dorthin zurück.

Wir sind seit Sommer 1981 getrennt. Ich lebe seither allein, habe von P. seit Frühjahr 1983 kein Lebenszeichen mehr bekommen, ihn nie mehr getroffen.

Relevante Ursache zur Trennung war wohl, daß ich je länger desto weniger dem traditionell-konservativen Frauenbild entsprochen habe, mit dem er sich vorstellte, leben zu können. Diese Frau hätte wohl alle frühen Wunden bei ihm vergessen machen müssen.

Ich habe mir ein Trauerjahr zugestanden, in welchem ich neben meiner beruflichen Arbeit wirklich nur das unternahm, wozu ich innerlich bereit war. Und das waren meist lange, lange Wanderungen auf Wegen, die ich nicht mit P. gegangen war. Es war ein richtiges Lernen, allein meinen Weg zu suchen. Als dieses Jahr vorüber war, habe ich meinen sechzigsten Geburtstag wirklich gefeiert mit Menschen, die mir damals nahestanden.

Die erotische Beziehung, vor allem das Leben von Zärtlichkeit, hat mir vor allem in den ersten Jahren nach der Trennung sehr gefehlt.

Ich hatte mehr Freiraum für mich selber, da mit einem Schlag sämtliche gemeinsamen Aktivitäten an Abenden, Wochenenden und Ferien wegfielen. Ich empfand diesen Freiraum zuerst meist als entsetzlichen Schmerz. Mit der Zeit brauchte ich ihn, um mit mir selbst klarzukommen als alleinlebende Frau. Heute nehme ich an, ich kann nicht mehr ohne diesen Raum sein.

Marias (52) Weg:
Unsere Partnerschaft kennzeichnete sich durch eine Dialogunfähigkeit im
emotionalen Bereich. Ich hatte dadurch kein Gegenüber. Ich trat ins Leere
und fühlte mich einsam. Mit der Zeit suchte ich diesen für mich wichtigen
Austausch bei anderen Menschen.
Ich fand mich nicht genügend schön. Ich hatte ständig Sorgen, nicht
zuzunehmen. Ich war und bin schlank, hatte in Wirklichkeit keine Mühe
mit meinem Gewicht.
Die Sexualität war enttäuschend. Er war unerfahren und ungeschickter als
mein erster Freund. Er traute sich die Sexualität nicht zu. Ich hatte erst
recht das Gefühl von Unbefriedigtsein. Ich kam mir wie ein Arbeitstier
vor. Ich hätte gerne meine Sexualität gelebt, aber zwischen meinem Mann
und mir entstand keine erotische Spannung. Auch wenn sie meinerseits
da war, wurde ich bitter enttäuscht. Er war froh, wenn ich nichts von ihm
wollte. Ich war wütend.
Meine innere Leere, das Gefühl von Trostlosigkeit, die Frage »Das kann
doch nicht alles gewesen sein?« zwangen mich, neue Lösungen zu suchen.
Lange Zeit lebte ich in der Ehe, wie meine Mutter sie gelebt haben mag.
Die Rollenverteilung, die Pflichterfüllung, wenig bis keine Sexualität, das
Sich-Zurückstellen, das Trotzdem-Durchhalten, die Lähmung. Ich wollte
meine Lähmung lösen, meine Leere füllen, meine Trostlosigkeit und Leere
loswerden. Ich wollte ein neues Lebensgefühl erwerben. Mich spüren!
Ich wurde aggressiver und vorwurfsvoll. Ich hatte Wutausbrüche.
Er stellte sich »grundsätzlich« theoretisch positiv zu meiner Entwicklung.
Ich hatte aber stets den Eindruck, daß er nie richtig nachvollziehen konnte,
worum es ging. Eine tiefe Auseinandersetzung zwischen uns reifte nie,
sie war unmöglich. Ich stieß bei ihm auf zu große Lücken in der Wahr-
nehmung seiner eigenen und anderer Personen.
Die passive Art meines Partners in unserer Beziehung, sein inneres Nicht-
Vorhandensein, beschleunigte meine Krise.
Mein ehemaliger Partner hat mich als dominant bezeichnet. Was er heute
denkt, weiß ich nicht.
Wir sind seit Oktober 1989 geschieden. Ich habe die Scheidung einge-
reicht.
Ich bedaure, daß ich so spät aufbrach, daß ich so lange brauchte bis zum
Durchbruch. Es war mir nicht anders möglich. Ich habe meinen Traum
über Heim und Familie verloren.
Meine unbewußten Ansprüche an einen möglichen Partner haben sich
verändert. Er muß nicht vollkommen sein, überlegen, gar weise. Wir sind
zwei gewöhnliche Menschen mit Fehlern, Schwächen, die wir einander

eingestehen können. Wir helfen einander, zurechtzukommen. Meine tiefe Sehnsucht erhofft sich viel; ich denke, es ist der Wunsch nach Symbiose, die, wenn sie vorübergehend gelingt, wieder aufgelöst werden muß, sonst würde ich ja wieder absterben.

Ich mußte einige Grenzen überschreiten, sonst wäre ich nicht lebendig geworden. Ich konnte mich nur erfahren, indem ich Tabus brach.

Ich sehe Gesetze nicht mehr als absolute Anforderungen, sondern als Richtlinien, mit denen man sinnvoll umgehen kann.

Vor dem weltlichen Gesetz scheinen Mann und Frau gleich zu sein. Die Tatsachen aber lehrten mich klar, daß wir Frauen benachteiligt werden. Ich fühle mich als Frau zutiefst als Mensch und darin dem Mann gleichgestellt.

Scheitern und Neuanfang

Einer der Väter der »Ehe-Wissenschaft«, der Schweizer Psychiater Dr. Theodor Bovet, der 1946 vermutlich eines der ersten deutschsprachigen Ehebücher publizierte (*Die Ehe. Ihre Krise und Neuwerdung*), sagte: Scheidung ist eine Amputation. Ein hartes Wort. Aber was kann härter sein als eine Scheidung?

Seine Grunddefinition der Ehe: Sie ist eine »Person«. Frau und Mann in der Ehe sind mehr als nur zwei Menschen. Sie bilden zusammen eine neue, größere Einheit: eben die Ehe als Person. Diese Person wird wie ein einzelner geboren, kann wachsen, krank und geheilt werden, oder chronisch dahinsiechen, durch Krisen gehen und fruchtbar sein. Und sie wird sterben. Entweder mit dem Tod des einen Partners oder mit dem Tod der Ehe-Person: die Scheidung. So gesehen ist Scheidung Amputation: Zwar leben die beiden Partner weiter, aber etwas in ihnen, und das, was sie zusammen in der Ehe waren, wird amputiert. Lange noch gibt es den Phantom-Schmerz, das heißt, das nicht mehr vorhandene Glied nach der Amputation verursacht starke Schmerzen, ebenso oder sogar noch stärkere, als das Glied noch da war. Und noch etwas: *Dieses* Glied wächst nicht nach. Wenn der einzelne heil werden soll, muß etwas ganz Neues werden, sei es allein oder später in einer anderen Partnerschaft.

Man könnte sagen, und nicht wenige Enttäuschte und Resignierte sagen es auch: Die Ehe ist nichts anderes als ein gesellschaftlicher Vertrag, eine Institution, sie ist völlig überholt. Aber die Ehe ist auch die Beziehung, die mit den höchsten Erwartungen belegt wird. Sie soll das Glück bringen, oder präziser: Der Partner soll glücklich machen. Kaum jemand erwartet das Glück vom Geschäft oder vom Reichtum, nicht einmal von den Kindern. Nur dem Partner ist diese »Gott-ähnliche« Rolle vorbehalten. Und es ist wahr, die Ehe ist die zentrale persönliche Beziehung.

Zum Thema Scheidung gehört ein anderes, das Thema der Bindung. Bei der kirchlichen Trauung, in der katholischen Kirche ein Sakrament, verspricht man, einander treu zu sein, bis der Tod scheidet. Damit ist nicht nur die sexuelle Treue gemeint, sondern die umfassende Hingabe. Man bindet sich also. Die Beziehung wird verbindlich. Sie hängt nicht mehr von Gefühlen, Verliebtheit oder Liebe ab, sondern von dieser innersten Verpflichtung, bis zum Tod.

Es gibt mehr Männer als Frauen, die vor einer solchen Bindung zurückschrecken und sie nicht eingehen wollen. Dies ist eine der Ursachen der Zunahme von unverheirateten Paarbeziehungen und der geringeren Bereitschaft zu heiraten.

Andere heiraten zwar, bleiben aber in der Ehe »Junggesellen«, das heißt, innerlich nicht verpflichtet, allein auf sich selbst statt auch auf das Wir der Partnerschaft bezogen. Sie bleiben unverbindlich, obwohl sie vielleicht nie an Scheidung denken – denn sie waren ja eigentlich nie verheiratet.

Nicht nur die Hochzeit in der Kirche vor Gott geschlossen, sondern der Pfarrer und der Segen Gottes, eine solchermaßen repräsentierte Öffentlichkeit, unterscheiden die Ehe von jeder anderen Beziehung. Das Fest endet bald. Das Ja-Wort, vielleicht nur als ein leeres Ritual gemeint, hat tiefere Wirkung. Ein Wissen ist da um eine verbindliche Verpflichtung. Sie gewährt auch Sicherheit, aber sie kann auch bedrohlich werden für eine falsch verstandene Liebe. Ich beobachte ein eigenartiges Phänomen: Nicht wenige Paare, die jahrelang zusammenleben, lassen sich kurz nach der Heirat scheiden.

Es gibt auch andere Beziehungen, die zerbrechen können: eine bedeutsame Freundschaft, ein Arbeitsverhältnis, eine Kampfgemeinschaft für ein wichtiges Ziel – kaum eines von diesen wird einen vergleichbaren Einschnitt ins Leben bedeuten, einen Bruch, wie die Scheidung. Die Ehe ist mehr als ein Vertrag, mehr als Verliebtheit, mehr als freie Sexualität, mehr als Chaos der Elternschaft, mehr als Geborgenheit und mehr als Versorgtsein. Das alles gehört mit zur Ehe. Doch die Ehe ist eine Beziehung mit einer umfassenderen, spirituellen Dimension. Das erklärt ihre Bedeutung und ihr Gewicht, ihre lebenssichernde sowie auch lebensgefährdende Rolle. Das erklärt auch das Gefühl von Gefährdung bei der Entscheidung, sie aufzulösen. Das erklärt auch das Ausmaß der Trauer, das Herausgeworfensein, die Phasen innerster Desorientierung nach der Scheidung.

Scheidung war immer schon ein tiefer Einschnitt. Bis vor kurzem war eine geschiedene *Frau* gezeichnet. Frauen konnten früher nicht an Scheidung denken wegen der ihr folgenden Isolierung, Ächtung, und das auch dann, wenn sie nicht Täter, sondern Opfer des Scheiterns waren. Von den finanziellen Folgen nicht zu sprechen. Auch heute noch leben alleinerziehende Mütter, als geschiedene Frauen, sehr oft an der Armutsgrenze.

Die Ächtung hat sich gelockert. Zwar kann man nicht sagen, daß das Mißtrauen völlig geschwunden ist, aber der Unterschied im Vorurteil gegenüber Frauen und Männern wurde geringer. Geschiedene Frauen werden nicht mehr ausgegrenzt. Im Gegenteil: Wenn man die Scheidungsberichte im letzten Kapitel liest, zeigt sich, daß viele dieser Frauen ein neues Leben angefangen haben, ein freieres, volleres, erfüllteres, im engen Kontakt mit anderen Frauen. Es entstehen Wohngemeinschaften, Frauenarbeitsgruppen und vieles mehr.

Letztlich sind es dann die Frauen, die die Scheidung selbst gewünscht und veranlaßt haben. Aber sie zahlen vorher einen hohen Preis. Es geht durch Tiefen von Zweifel und Verzweiflung, von Zerrissensein zwischen Liebe und Haß, zwischen Sehnsucht nach Nähe und ebenso nach Freiheit. Zwischen Verstanden-Sein und Nicht-länger-warten-Können. Die Verletzungen können furchtbar sein. Je mehr die Frau versucht, sich zu lösen, desto mehr wird der Mann sie verletzen (wollen). Und je mehr der Mann seine Hilflosigkeit und extreme Bedrohung zeigt, desto mehr wird die Frau gegen ihn ausschlagen aus Angst, zurückgebunden zu werden. Ich kann nicht mehr zurück – das sagen sie, nachdem sie sich in einer bestimmten Stunde gefragt haben: Ist das mein Leben, ist das alles? Besonders traumatisch wirkt eine Kampfscheidung. Ihre Verletzungen treffen alle in der Familie, besonders die Kinder. Die Nachwirkungen für alle sind lang, für die Kinder lebenslänglich. Für sie ist der Haß zwischen den Eltern schlichtweg unverständlich. Ihr Lebensboden erhält einen Riß.

Gibt es Kriterien, wann die Hoffnung und die Versuche für das Zusammenbleiben aufhören dürfen? Wer darf sie aufstellen, außer jeder allein für sich?

Wenn je Autonomie gefordert ist, dann bei der Frage der Scheidung. Ich muß es zuerst *vor mir* verantworten, ich muß den Rest meines Lebens damit leben. Vor dieser unteilbaren Einsamkeit schrecken viele Frauen zurück. Andere finden in der unteilbaren Einsamkeit die Kraft zum Schnitt. Ist es auch Einsicht in diese unteilbare Einsamkeit, die wiederum andere Frauen dazu führt, eine umwälzende Krise dann doch zu überstehen, abzuwarten und mit dem gleichen Partner einen Neuanfang zu wagen? Es ist selten, daß es ganz klar *nur einen* Weg gibt. Der Rest ist Ermessensfrage, und dieses Ermessen orientiert sich an den inneren Werten, die jeden Weg letztlich – oft verborgen – weisen.

Nina wurde von ihrem Mann nach 40 Jahren verlassen. Welcher Einbruch nach einem (fast) ganzen gemeinsamen Leben. Eine Wandlung des Mannes? Seine Flucht vor dem Altwerden? Sein Hunger nach Leben? Was ist hier geschehen? Für ihn war es nicht verkraftbar, mit einer so sehr gewandelten Nina zu leben. Hat sie es überzogen? Hat sie ihn überfordert? Hat sie ihn nicht gesehen und gehört? Oder konnte und wollte er nicht länger? Oder reißt ihre Wandlung bei ihm alte, gehütete Nöte auf? Seine Angst vor einer eigenen, längst fälligen Wandlung?

Für Nina sind es nicht diese Fragen, die ihr weiterhelfen, denn wenn es sogar eine vernünftige (!) Erklärung gäbe – sie wäre trotzdem in ihrem Zentrum getroffen. Für sie gibt es keine rechtfertigende Antwort. In jedem Leben gibt es Geheimnisse, tiefe Einbrüche,

Schicksalschläge – ohne Erklärung. Aber auch Licht-Geheimnisse gibt es in jedem Leben. Sie leuchten, wenn es dunkel ist. Was Nina braucht – und gefunden hat –, ist ein neuer Lebenssinn. Es ist zum Staunen, zum Wundern (Wunder!), was mit ihr geschehen ist: Amputation zuerst, eine Höllenfahrt mit großen Schmerzen, Verzweiflung, Wut und Haß. Aber nachher die Verwandlung. Verlassen zu werden bedeutet eine schwere, zentrale Kränkung. Das Frau-Sein, der Frauenstolz, der Selbstwert werden erschüttert. Es gibt Frauen, die sich lange oder gar nicht mehr ganz erholen. Andere brauchen Jahre für eine Wiederherstellung. Es gibt aber auch solche wie Nina, bei denen durch das Erdbeben Neues freigesetzt wird. Phantasie, Kreativität und auch die Kraft zur Realisierung. Diese waren bis jetzt gebunden und verborgen. Eine Scheidung kann auch einen Heilungsprozeß erst ermöglichen.

Die Kränkung hinterläßt fast immer Narben. Es gibt Narben, die ein Leben lang überempfindlich bleiben und stören. Andere verheilen, ohne sich wieder zu melden. Aber die Narben bleiben, wie ein Zeichen: Die Scheidung beziehungsweise ihre Geschichte gehört unauslöschlich zu diesen Frauen – ein Markstein in der Biographie.

Durch eine grundlegende Umwälzung ist auch Ruth gegangen. Zwei Partnerschaften sind gescheitert: die erste an ihrer Schwachheit, die zweite an ihrer Kraft. Sie begann die Ehe mit einem Defizit, das sie nicht korrigieren konnte. Ihre Selbsterniedrigung ließ keine tragfähige Basis wachsen. Sie konnte bei ihrem Partner keine verbindliche Zusage holen. Endlich hat sie sich noch vor der Scheidung für ihre Ausbildung entschieden. Das war der erste Schritt zu ihrer Gesundung. Die Ehe fiel von ihr ab wie ein totes Glied.

Dann fünf Jahre allein, Zeit zum Erstarken, sich gründen, in der Ausbildung ihrer selbst gewiß werden, allein sein *können* – ein umfassender Reifungsprozeß. Die zweite Partnerschaft bringt ein großes Stück Erfüllung, Vertrautheit, innere Heimat. Nur: Es gibt auch hier kein gutes Gleichgewicht zwischen den beiden. Diesmal ist *sie* voran, sie ist intellektuell überlegen, gebildet, und dies verletzt seine Männlichkeit tödlich.

Es scheint, daß Männer mit der Verletzung ihrer Männlichkeit noch schlechter umgehen können als Frauen mit der Verletzung ihres

Frau-Seins. Vielleicht sind die meisten Männer ebenso wie Frauen an diesem zentralen Punkt ihrer Existenz so unsicher, daß sie eine neue Verletzung ohne drohenden Selbstverlust nicht ertragen können.

Es ist bewegend, zu hören, daß diese gut fundierte Partnerschaft nach elf Jahren an dieser Verunsicherung zerbricht. Eine große Herausforderung für Ruth: Es ist ihre Entwicklung, Kraft und wachsende Autonomie, die ihren Partner an die Grenze bringt. Die Entscheidung liegt in ihrer Hand, sie muß wählen zwischen ihrem eigenen, ja eigensten und teuer erkämpften Selbstverständnis und der Beziehung mit ihrem Partner, den sie liebt. Wer will von außen wissen, was das Richtige wäre, um dann Richter zu spielen. Einmal mehr ist Respekt gefordert vor einem andern Menschen.

Ruth muß wählen, und jede Wahl bedeutet für sie Verzicht und Verlust, ja eine Amputation, eine Absage, auf die sie nicht mehr zurückkommen kann. Aber dieser Verlust bedeutet zugleich eine neue Zusage und Bestätigung der ersten Priorität, die Basis für den Rest ihres Lebens. Denn sie ist nicht mehr jung.

Das Scheidungswort spricht er aus. Aber die Scheidungstat, das heißt die Gestaltung ihres Lebens, kommt von ihr. Und *darum*, trotz des unersetzlichen Verlustes (sie lebt seither allein), ist sie nicht ärmer geworden. Die Wunden sind verheilt, die Liebe hat sich nicht in Haß verkehrt. Da ist keine Reue über ihren Weg, sondern Dankbarkeit begleitet sie ins Altwerden.

Maria hat die Scheidung ausdrücklich verlangt. Ihre Ehe war schon früh entleert. Zwei Jahrzehnte haben tiefe Spuren in ihr hinterlassen. Und auch hier: Wer könnte, wer dürfte von außen Einfluß nehmen wollen, ob Scheidung oder nicht? Wie lebt man in einer toten Ehe-Person?

Die äußere Lösung allein, bleiben oder gehen, bringt noch kein neues Leben. Zuerst die Frage: Wofür lebe ich? Dann die andere: Wie kann ich das realisieren? Es ist kurzsichtig, zu meinen, das einzig Richtige ist, aus dieser toten Ehe-Person zu fliehen. Und ebenso kurzsichtig ist es zu denken: Bleiben wird die Ehe retten.

Bei den wenigen großen Entscheidungen im Leben, denen keiner ausweichen kann, kommt es darauf an, aus welchen Quellen wir leben. Alles Leben wird aus verborgenen Quellen gespeist, das Leben der Materialisten wie auch jenes der Gläubigen. Im Rahmen der Frage nach der Scheidung drängt sich die Frage nach den Werten auf. Sie liefern die Richtlinien und Kriterien zur Beurteilung der Situation und zur Entscheidung.

Jede Entscheidung kann sich im Rückblick als Fehlentscheidung entpuppen, oder anders ausgedrückt: Nachträglich wird man vielleicht andere Gesichtspunkte berücksichtigen, die zu einer anderen Einsicht führen. War es also falsch? Man muß auch mit einem Fehlentschluß weitergehen können. Ob es gelingt, ohne Verbitterung weiterzuleben, hängt davon ab, ob man die Motive und Richtlinien auch nachträglich noch respektieren kann, die man damals hatte. »Nach bestem Wissen und Gewissen« hat man das damals richtig Erscheinende gewählt.

Nicht nur Geschiedene sind Verletzte. Darin sind wir alle solidarisch. Auch in der Ehe werden wir, und nicht nur die Frauen, vielfach verletzt, mißverstanden, beladen. Die Chance, ein ganzer Mensch zu sein, ist vom Ziel her gesehen für alle möglich. Und ein ganzer Mensch ist nicht ein unversehrter Mensch, sondern ein Geheilter, ein Versöhnter.

V. Frauen beurteilen
ihren Wandlungsprozeß

Der fünfte Teil dieses Buches unterscheidet sich von den ersten vier. Bisher wurde ein Phänomen beschrieben, das für unsere Zeit bezeichnend und wichtig ist: die Wandlung von Frauen. Die Zitate sollten dieses Phänomen veranschaulichen. Mit den Kommentaren versuchte ich einen größeren Zusammenhang darzustellen und zu beschreiben.

In diesem fünften Teil kommen die Frauen ohne Kommentar zu Wort. Den Abschluß des Fragebogens bildete eine Serie von Fragen, die auf die eigene Beurteilung der Frauen hinzielten (siehe Anhang).

Das Thema lautete: Wie hat sich die Lebensgestaltung der Frau verändert, und welche Werte hat sie hinterfragt – neu bestätigt oder ersetzt? Die Frauen waren also aufgefordert, ihren Prozeß kritisch zu beleuchten und die wichtigsten Elemente herauszusuchen. Was habe ich erfahren? Was habe ich getan? Was habe ich gelernt? Was hat sich verändert? An welche alten Werte glaube ich noch? Woran orientiere ich mich jetzt? Wie stehe ich heute im Leben? Wer bin ich geworden? Was habe ich gewonnen, und was habe ich verloren? Und: Wohin gehe ich von hier aus? Wo ist weitere Heilung nötig?

Man sollte meinen, daß sich jeder Mensch hin und wieder solche Fragen stellt. Aber gewiß sind sie bei einer Wandlung dieser Bedeutung und dieses Umfangs unerläßlich.

Ein Teil eines jeden Lebensprozesses »geschieht« von selbst, so wie man von selbst atmet und das Herz unbeeinflußbar schlägt. Aber diese Wandlung ist gerade *nicht* vor allem ein unbewußter, unbemerkter Prozeß, der sich zufällig ereignet, sondern, im Gegenteil, es handelt sich um ein Sich-bewußt-Werden, ein Erwachen, ein Aufmerken, um einen Aufbruch. Wohin? Man wird nicht irgendwohin hingespült, sondern man stellt selbst Weichen. Natürlich wird man auch durch die Wandlung nicht »Herr des eigenen Lebens«, als könnte man jetzt über alles verfügen. Aber man lernt, daß sehr viel mehr Verantwortung, Gestaltung und Wahl möglich ist, als man bisher dachte und lebte.

Wer bin ich geworden? Diese Frage ist bei einer Reflexion wichtig. Die Antwort – und diese bezeichnet dann einen Übergang – wird auf die Richtung der Zukunft hinweisen. Wohin gehe ich? Die Antworten der Frauen sind wesentlich. Sie zeigen, daß ein Bedürfnis und auch die Fähigkeit zu kritischer Rückfrage an sich selbst vorhanden sind. In ihrer Beschreibung gewinnen die Frauen zusätzlich Konturen. Es entstehen Selbstkritik ohne Destruktion und gewachsener Selbstwert ohne Arroganz.

Diese Beiträge zu einer Standortbestimmung haben mich sehr bewegt. Sie haben in mir auch ein tiefes Staunen darüber geweckt, daß das Leben so viel Neues hervorbringt, daß es einen Heilungsprozeß wirklich gibt und daß Menschen – hier diese Frauen – zu ihrer eigenen Statur heranwachsen können.

Um die Überschaubarkeit zu erleichtern, habe ich am Rand kurze inhaltliche Angaben angebracht.

Mirjam (49):
Wir sind, glaube ich, jetzt wirklich zusammen unterwegs.

Mein Mann ist eher erstaunt darüber, daß für mich Partnerschaft so viel Ausschließlichkeit beinhaltet. Seine eigene Überzeugung kenne ich nicht wirklich. Ich denke, auch er ist am Suchen.

Partner können einander nicht alles geben

Ich glaube nicht mehr an eine lebenslange Partnerschaft. Ich glaube aber daran, daß es sich lohnt, daran zu arbeiten, daß eine Partnerschaft nicht stirbt.

Ich glaube auch nicht mehr daran, daß ich meinem Partner alle Wünsche erfüllen kann und umgekehrt. Viel eher müssen wir ehrlich dazu stehen, was wir einander geben können und was nicht. Dazu braucht es viel Gesprächsbereitschaft und viel gegenseitige Achtung; es ist ein Prozeß. Ich spüre genau, daß ich noch geprägt bin von meiner Geschichte und den Anspruch an die Ausschließlichkeit der Zweierbeziehung nicht einfach wegschieben kann. Da bin ich irgendwo unterwegs.

Die alte Prägung ist noch da

Ich bin Frau. Ich bin geprägt von einem dienenden Frauenbild, mein Ziel ist die eigenständige, selbstbewußt lebende Frau. Da stehe ich irgendwo dazwischen – gehöre ja auch zu dieser Zwischen-Generation: Die Tür ist zwar offen, ich sehe hindurch. Aber endgültig über die Schwelle bin ich bis jetzt nicht gegangen.

Zwischen Geborgenheit und Freiheit

Der Preis ist Abhängigkeit – Eingebundensein. Der Gewinn Geborgenheit. Und dies ist eine Wechselbeziehung. Manchmal träume ich von Freiheit – manchmal wünsche ich mir Sicherheit. Mein Weg ist im Hin und Her zwischen beiden. Diese Spannung, die vielleicht das Ganze erträglich und kostbar macht. Ich weiß es nicht so genau.

Was ist Verantwortung?

Ich habe die Überzeugung, daß ich die Verantwortung für mein Leben selbst übernehmen muß, daß ich auch Verantwortung für andere trage (zum Beispiel die Kinder) und daß ich mein Bild von Partnerschaft nicht grundsätzlich verändern kann. Ich habe erlebt, daß der Begriff Treue für mich eine große Rolle spielt.

Und die Treue?

Meine Ansicht von Treue ist im Fluß. Eigentlich weiß ich noch nicht, was das Wesentliche daran ist, vielleicht in derselben Richtung wie die Verantwortung wichtig. Was ich verantworten kann vor mir, kann ich auch leben mit andern.

Beide sind berufstätig

Eine lange Zeit haben mein Mann und ich zusammengearbeitet. Daß unsere berufliche Tätigkeit jetzt getrennt ist, stimmt für uns beide. Die Alltagsarbeiten im Haushalt teilen wir. Wir sind beide Teilzeit-Angestellte, und dies ganz bewußt.

Ursula (47):

Der Haushalt kann auch Spaß machen neben dem Beruf

Am Anfang unserer Partnerschaft war ich berufstätig. Jetzt arbeite ich wieder circa 14 Stunden pro Woche. Die Kinder sind mittlerweile 12 und 16 Jahre. Die Berufstätigkeit läßt sich mit weniger Organisation durchführen. Der Beruf hat auch einen andern Stellenwert als früher, er trägt in einem geringeren Maße zu meiner Identität bei. Ich bin heute lieber Mutter als früher. Ich glaube, ich bin eine bessere Mutter für ältere Kinder als für Kleinkinder. Hausarbeit nimmt auch einen kleineren Teil ein als früher. Es macht mir auch nichts aus, den Haushalt zu besorgen, solange ich mich nicht als Dienstmagd fühle. Manchmal macht mir der Haushalt auch richtig Spaß, vor allem als Abwechslung zur Arbeit. Wichtig ist der Garten für mich, als Möglichkeit mit den Händen zu arbeiten und als Refugium. Ich arbeite manchmal gerne körperlich streng. Es gibt mir ein gutes Gefühl. Ich finde, daß mein Alltag gut ausgewogen ist im gesamten.

Werte aus der alten Welt

Werte aus der »alten« Welt verwerfe ich nicht. Sie haben für mich eine wichtige Bedeutung als menschliche Qualitäten (für Mann und Frau). Sobald sie von Männern mißbraucht werden, um die Frauen in einer subalternen Position festzuhalten, oder moralisiert werden, verkehrt sich ihr Wert ins Gegenteil.

Nach außen wirkt mein Selbstwertgefühl stabil, aber es unterliegt inneren Schwankungen. Ich merke, daß mir Ausdrücke wie »Emanze« oder »intellektuelle Feministin« immer noch einen Stich versetzen und ich dann schnell die innere Balance finden muß. Sie werden meistens auch sehr abwertend gebraucht. Ich bin aufmerksamer geworden gegenüber solchen die Frauen abwertenden Aussagen und Gebärden und wehre mich mehr dagegen heute.

Neue Fragen nach dem Glauben

Ich möchte gerne mit meinem Mann weiterleben, die Kinder gut aufwachsen sehen, weiter in meinem Beruf arbeiten, mich wieder mit religiösen Fragen beschäftigen (ich bin aus der Kirche ausgetreten), mich engagieren für Umwelt und gegen Menschenunwürdiges, einen Bildteppich gestalten und Tonfiguren und Freundschaften erleben.

Neues erfahren

Hanna (50):
Es ist mein Wunsch, als Frau gleichberechtigt zu sein, und mein Wille, nicht ein Leben aus zweiter, dritter Hand zu leben, sondern mein eigenes. Ich habe erkannt, daß ich Kraftreserven habe, die ich früher nicht kannte, nicht ausschöpfte. Auch weiß ich jetzt, daß ich ein realistisches Ziel erreichen kann, wenn ich mich voll dafür einsetze. Nicht vor Schwierigkeiten davonlaufen, sondern sie anpacken, kämpfen, siegen. Meine Faulheit, Bequemlichkeit überwinden. Aktiv werden und an mein Leben glauben.

Es wäre besser gewesen, ein Mann zu sein …

Ja, meine Werte haben sich sehr stark verändert. Früher dachte ich, wenn ich doch nur als Mann geboren worden wäre, was könnte ich da alles vollbringen, welches Ansehen würde ich mir erringen! Als Frau sah ich keine Chance, andere Fähigkeiten, als die einer Hausfrau/Mutter zu leben. Ich sah nur die dienende Rolle der Frau, die wenigen, die anders lebten, habe ich beneidet. Weil ich ja »dumm« war, hatte ich sowieso keine Möglichkeiten.

Das gleiche anders tun …

Ich will unsere Partnerschaft erhalten. Ich will unser Zuhause zu einem Ort der Geborgenheit machen, wo jeder sich wohl fühlt. Ich will nicht, daß mein Mann nun plötzlich zum Hausmann umfunktioniert wird. Nach so langer Rollenteilung geht das nicht mehr.

Ich fühle mich unabhängiger, freier, weiß, daß ich auch ohne Partner leben könnte, mein Leben schön, interessant wäre. Ich habe kaum mehr Angst vor der Zukunft. Ich weiß, ich kann überleben, irgendwie würde ich es schon schaffen. Dies gibt mir Sicherheit, Selbstvertrauen, Selbstwertgefühl. Ich bin eine Frau, und ich will es auch sein.

Sie wird für viele zu stark

Ich bin vielleicht nicht mehr so sehr beliebt wie früher. Werde als autoritär bezeichnet, Emanze. Frauen ziehen sich vor mir zurück, ich spüre ihre Unsicherheit, Ängstlichkeit, sie lehnen mich zum Teil ab. Solches ist mir früher nie passiert. Mit viel Mühe und Einfühlung versuche ich dieser Ablehnung zu begegnen. Manchmal fühle ich mich isoliert, einsam. Dies ist der Preis, den ich bezahle. Dafür habe ich viele interessante Frauen kennengelernt, die mich akzeptieren, dies ist immer eine große Freude für mich.

Maude (57):

Das Leben, ein
Stückwerk

Die Organisation des Alltags ist wenig verändert. Meine Vorstellungen von partnerschaftlicher Haushalts-Organisation und -Führung stoßen auf Widerstand. Die Beziehung zu P. ist mir zu wichtig, als daß ich sie hätte aufgeben wollen. Dies bedingt für mich Verzichte um der Beziehung willen, Gratwanderungen zwischen dem, was die Familie möchte, und dem, was ich möchte. Oft gerate ich unter die Räder, indem ich mich überfordere, der Familie entgegenkomme und doch meine eigenen Interessen verfolge. Migräneanfälle sind noch heute die Folge.

Noch heute reagiere ich oft mit trotzigem Rückzug oder Kopfschmerzen, wenn Fürsorge, Rücksicht, Geduld, Nachgeben in meiner Männerfamilie vor allem von mir gefordert wird.

Die Welt draußen
wird wichtig

Ich interessiere mich viel mehr für Politik. Im Laufe der Jahre habe ich politisch einen »Links«-Rutsch vollzogen. Früher, bei Abstimmungen, war ich oft in einer persönlichen Patt-Situation, sah Argumente von Befürwortern und Gegnern. Diese sehe ich heute auch noch, aber ich kann einen Entscheid fällen im Wissen darum, daß es stichhaltige Gegenargumente gibt.

Annelies (32):

Geschieden auf
dem Weg der
Heilung

Ich bin geschieden, lebe allein und habe meinen Beruf in Form von einem Teilzeitpensum wiederaufgenommen. Die Hausarbeit hat für mich an Bedeutung und somit an Ernst verloren. Freundschaften haben mehr Raum eingenommen.

150

Ich bin selbstsicherer und selbständiger geworden. Ich denke, mein Kern ist derselbe geblieben, aber ich kann meine Gedanken, Wünsche und Gefühle besser nach außen tragen. Ich kann intensiver leben. Ich kann besser Forderungen anbringen und bin konfrontationsfreudiger. Meinem Körper gegenüber mache ich mehr Eingeständnisse. Ich bin mir seiner Zerbrechlichkeit bewußt und achte mehr auf ihn.

In manchem hart gelandet

Verloren habe ich einen großen Teil meiner Naivität und meiner heilen Welt, die mir einst so wichtig war. Bedauern tue ich das eigentlich nicht. Nur äußerst selten beneide ich all die blinden, selbstzufriedenen Frauen.

Ebenfalls verloren habe ich meinen gesellschaftlichen Status. Ich glaube oft zu spüren, daß ich von der Gesellschaft schief angesehen werde, als geschiedene Frau und alleinerziehende Mutter. Dem verlorengegangenen Ansehen trauere ich manchmal nach.

Meine Werte wurden um einige »männliche« Ideale reicher (zum Beispiel Härte, Konsequenz, Durchhaltevermögen, Kampfbereitschaft ...). Die Welt erscheint mir komplexer, und sie entzieht sich deshalb immer mehr einer Wertordnung.

Die Kinder werden es weitertragen

Während des Prozesses wurde ich von einem Streben nach Unabhängigkeit, Selbstfindung, Selbstverwirklichung und nach Integrität begleitet. Meine Kinder waren mir Ansporn, in schwachen Stunden nicht aufzugeben. Denn meine Entwicklung kommt letzlich auch ihnen zugute. Meinen Söhnen wird es später leichter fallen, Frauen zu achten, wenn ich mich selber achten kann und fähig bin, gerade

und erhobenen Hauptes durchs Leben zu
schreiten. Ich erachte es als notwendig, die
Freiräume meiner Mitmenschen zu respektieren.

Erica (40):

Zuerst war es Ich liebe meinen Beruf, habe eine interessante
übertrieben, dann Weiterbildung, lebe eigentlich so ein Leben,
korrigiert wie ich es mir wünschen täte.
Ich beurteile alles positiv, außer eine ganz
kurze Zeit, wo ich denke, daß ich zu extrem
feministisch war und mich in einer Gruppe
Frauen bewegte, wo es destruktiv wurde –
diese Zeit bedauere ich, aber es war trotzdem
eine wichtige Erfahrung. Vielleicht habe ich
mich gar nicht gewandelt, sondern eben einfach nur entfaltet.
Ich bedauere, daß nicht alles möglich ist im
Leben, zum Beispiel, daß ich keine Kinder
habe.

Einsam sein oder In den Jahren ohne Partner habe ich Einsam-
aber allein keit bis zum äußersten kennengelernt – bis ich
verstand, daß Menschen daran sterben kön-
nen. Heute bin ich oft innerlich allein, weil
ich so anders lebe als die meisten, auch in
keine Gruppe mehr so richtig reinpasse.
Geleitet haben mich auch viele Erlebnisse, wo
ganz deutlich wurde, daß ich in meinem Leben geführt werde. Mein Leben war voll mit
Ereignissen, die sinnvoll zusammengehörten,
vieles wurde mir geschenkt im richtigen Moment, diese Erlebnisse haben mich eigentlich
»religiös« gemacht, obwohl ich zwischen 20
und 30 von Religion nichts wissen wollte.
Alles, was ich heute tue, konnte ich mir mit
20 nie vorstellen. Erica mit 20 und Erica mit

Eine neue Frau, die alles gewonnen hat

40 sind zwei verschiedene Menschen, verschiedene Welten – so verschieden, daß es kaum in Worten auszudrücken geht. Es ist ein Stück weit tot sein oder leben, gefangen sein oder in Freiheit. *Eigentlich habe ich nur gewonnen. Eigentlich habe ich alles gewonnen.*

Trudi (51):

»Allzeit bereit«

Meine früheren Ideale orientierten sich an Vorstellungen von Baden-Powell, dem Gründer der Pfadibewegung: Eine Frau werde glücklich, indem sie andere glücklich mache. Dies versuchte ich voller Enthusiasmus zu verwirklichen: Berufswahl, Familiengründung.

Im Laufe der Jahre habe ich gemerkt, daß das der Realität nicht standhält: Ich bin kein Engel, mache Fehler, bin ungeduldig, betrübe andere und mich selber.

Als ich mehr männliche Werte lebte und entwickelte, hatte ich manchmal das Gefühl, das »Weibliche« gehe mir verloren. Ich bemühe mich immer wieder: nicht entweder oder, son-

Und das Gegenteil

dern sowohl als auch. Wobei im täglichen Zusammenleben es oft anstößig und mühsam ist, zur Aggressivität zu stehen. Dann ist Rückzug doch viel einfacher. Auf diesem Gebiet habe ich noch zu lernen und zu üben.

Denn in meinem Kopf ist es klar: Ich als Frau will mich durchsetzen (nicht um jeden Preis, aber um den Preis verhandeln dürfen), will auch streiten und verletzen dürfen: offen und nicht mit versteckten Sticheleien. Ich will initiativ, aktiv und autonom sein dürfen (immer im Bewußtsein, auch ein Teil des Ganzen, interdependent zu sein).

Neues Ehe-Ideal und der Alltag

»Sich gegenseitig ergänzen« – »zusammen eins sein« hat sich gewandelt zu »Mann und Frau sollen sich in ihrer Partnerschaft zu ganzheitlichen Menschen entwickeln, auf eigenen Füßen stehen, gleichwertig und liebevoll einander begegnen.«

Vom Kopf her findet mein Partner das okay, aber im täglichen Zusammenleben bin ich damit unbequemer, widerborstiger, weniger sanft und pflegeleicht geworden. Vielleicht auch interessanter – wir sind unterwegs. Der Preis dafür: innere Unruhe, mich getrieben fühlen, wenig Muße und Zeit zum Nichtstun-Müssen, neues Eingebundensein in Verpflichtungen.

Mut zum Licht

Silke (57):

Ja, mir ist der Mut sehr gut in Erinnerung, das Gespräch mit meinem Mann zu führen, mit dem ich das Schweigen in unserer Ehe durchbrechen wollte. Ich wollte nicht mehr stillschweigend dulden, sondern entscheiden, wie es weitergehen sollte, auch wenn die Familie dabei zerfallen sollte. Bis dahin war ich eine im Dauerlauf arbeitende, alle persönlichen Probleme und Gefühle verdrängende, zunehmend verbitterte Frau, depressiv und selbst in meinem Schneckenhaus verarmt. Heute frage ich mich, warum ich so lange stillhielt.

Die eigene Stimme

Ich denke, ich bin freier geworden im privaten Umgang mit anderen. Allerdings gehört dazu eine bestimmte Vertrauensbasis. Wo diese nicht vorhanden ist, gelte ich als kühl und zurückhaltend und bin es auch. Ich sage meine Meinung, auch wenn sie nicht die der anderen ist. Früher schwieg ich dann. Erschrocken war ich, als ich das erste Mal meine Stimme in einer Bandaufnahme hörte. So hart und scharf höre ich mich nicht. Aber ich kann jetzt manche Situation verstehen, die sich allein durch meine Stimme in eine Richtung entwickelte, die ich gar nicht meinte. Mit meinen 57 Jahren bin ich nicht matronenhaft, denke ich. Ich akzeptiere meine grauen Haare, meine zunehmenden Falten und wäre sexuell gern noch etwas aktiver, allerdings nicht außerehelich.

Überfordert

Ich hatte immer die Vorstellung, daß Frauen einen Beruf haben müssen, ihn ausüben sollten, um gegebenenfalls nicht abhängig zu sein. Wie hart das ist, habe ich erfahren und mich selbst dabei verloren. Aber es muß ja nicht ein Beruf sein; Tätigsein und genügend gefordert ist das Wichtigste.

Ist es spät?

Ich war durch meinen Beruf und die Familie – meine Kinder sollten nicht darunter leiden, daß sie eine berufstätige Mutter hatten – und die mangelnde Zuwendung von meinem Mann restlos überfordert und verlor mich. Aber es ist, denke ich, noch nicht zu spät, mich wiederzufinden. Manchmal habe ich dabei das Gefühl, daß mir die Zeit wegläuft. Ich möchte sowohl vorwärts als auch rückwärts denken.

Welche Arbeit paßt und stimmt?

Margrit (45):
Ich ging auf die Suche nach verschiedenen Weiterbildungsmöglichkeiten. Ich wollte einen neuen Schwerpunkt finden – nun, da die Familie weniger Raum braucht (Älterwerden und Ausfliegen der Kinder). Eine Zeitlang hatte ich genug von unbezahlten, freiwilligen Aufgaben (in denen ich mich vorher sehr wohl

155

gefühlt hatte, mein Selbstwertgefühl bezogen hatte).

Krise zum Neuland, leider erst so spät

Ich erlebe mich ganzer und unfertiger, offener und abgegrenzter, fester, standhafter und verletzlicher, dynamischer und ruhiger. Ich freue mich, neue Energien zu spüren, einzusetzen, und habe auch eher Geduld, Kontakt zu mir, wenn ich nicht mag. Ich habe Dinge, die mich verletzten, nicht mehr geschluckt und mich sehr vehement gewehrt.

Ich bedaure, daß ich mich nicht früher aufgemacht habe. Gerne hätte ich den Kindern – besonders dem Ältesten – mehr von meinen neuen Werten und gesünderes Selbstvertrauen mitgegeben. Doch darin vertraue ich, daß auch er selber aufbrechen kann.

Für eine autonome Frau gehen Privilegien verloren

Verloren habe ich gewisse Privilegien (verwöhnt werden durch meinen Mann und andere Leute, die mir Dinge abgenommen haben). Meine größere Selbständigkeit und mein gewonnenes Selbstwertgefühl und größere Unabhängigkeit wiegen dies auf.

Verloren habe ich zum Teil auch etwas von meiner »Sanftheit«. Im Moment erlebe ich mich wohl nochmals in einer Abgrenzungs- und Ablösungsphase … manchmal stachelig, ruppig und abgekapselt.

Neuformulierung von Werten

In letzter Zeit suche ich nach einem neu gefüllten Gegenpol: Nachgeben, ohne dabei zu verlieren? Zum Beispiel aus Einsicht, daß dies für den Moment gut ist.

Gütig sein aus »Ich-Stärke« statt »Bemutterung«.

Geduld aufbringen, nicht weil sich das für eine einfühlsame Frau gehört, sondern aus dem Wissen, daß Veränderung Zeit braucht.

Ich will diese Begriffe nicht wegwerfen und als schwach ansehen, sondern darin die verborgene »Stärke« entdecken und sie so neu einsetzen.

Ich habe gelernt, mich viel mehr und auf bessere Art durchzusetzen, Konflikte anzugehen, auch zu meiner Aggressivität eine neue Beziehung zu finden (Kraft in mir zur Veränderung). Initiative, Aktivität und alle oben genannten Gebiete, so scheint mir heute, gehören zur Autonomie (Selbstverantwortung übernehmen für mein Leben, meine Gefühle, mein Tun). Früher »gehörte sich das nicht für eine Frau« in meinem Frauenbild. Versteckt habe ich es auch gelebt und negativ erlebt. Meine Beziehung zu diesen Seiten ist noch ambivalent. Vom Kopf her neu gefüllt. Von den Gefühlen her zum Teil noch Barrieren, oder im nachhinein schlechtes Gewissen. Übungsfeld.

Weiter Horizont und bescheidene Ideale

Mein Horizont hat sich vergrößert. Ich interessiere und informiere mich mehr für Politik, soziale Fragen, Zusammenhänge in der Entwicklung usw.

Meine Ideale wurden wirklichkeitsnaher und meine Vorstellungen von Entwicklung/Veränderung differenzierter – offener. Mit 40 Jahren freue ich mich, daß ich insofern reifer geworden war, daß ich nicht mehr so vollkommen sein wollte.

Kreatives neues Denken

Claudine (49):
Ich habe mir eine große, aber immer gefährdete Sicherheit erworben, die nicht auf »richtig und falsch« bezüglich Tatsachen gründet, sondern auf »lebensfördernden oder lebens-

mindernden« Prozessen. Dazu gehört, daß ich das, was mich am Leben gehindert hat, nun nicht meinerseits benutze, andere am Leben zu hindern, daß ich mich aber auch nicht mehr hindern lasse.

Vorher: Frauenexistenz gebunden an die konventionelle Rolle als »Leben für und durch den Mann, die Kinder, die menschliche Gemeinschaft«, entsprechendes Verhalten, entsprechende geplante Lebensgestaltung (Berufstätigkeit als ewiges Provisorium). Jetzt: Frauenexistenz, was ist das? Ich als Frau, wer bin ich, wo liegen meine Werte, was möchte ich, welche Aufgabe ist für mich »von innen her« richtig? Warum gelten meine/die weiblichen Werte so viel weniger als die männlichen, wie kann ich das bei mir selbst erkennen und verändern? Wie sähe gesellschaftlich und politisch, im Alltag, in Kunst und Kultur, in der Sprache, bezüglich des Denkens, Fühlens und der Körperlichkeit eine Wirklichkeit aus, in der Chancen, Aufgaben, Gemeinschaftsaufgaben für Frau und Mann gleich wären? – Weibliches Denken: Wie unterscheidet es sich von männlichem, welche Vision einer zukünftigen Wirklichkeit entwirft es, welche Vorschläge und Möglichkeiten gibt es für »Inkarnation« dieser Vision? Kleine Schritte in Verhalten und Lebensgestaltung als Folge des einen, ganz großen Schrittes: »Weibliches Leben und Denken ist ebensoviel wert wie männliches«. Manchmal reden und dann tun – oft auch tun als ein Setzen von Lebensmöglichkeiten und hinterher dann darüber reden, um die neue mit der alten Wirklichkeit zu verbinden.

Ich habe ein starkes, aber auch fragiles Selbstwertgefühl als Frau in einer noch immer weitgehend von männlichen Werten geprägten Welt. Lebendig fließende Kraft, die oft plötzlich wieder im Untergrund verschwindet, je nach Situation und Gesprächspartner.

Berufliche Tätigkeit: Weg von den Hilfsarbeiten und der Stellung als Seelentrost des Chefs, hin zu selbständiger Arbeit: immer erneute Weigerungen, als Hilfskraft mißbraucht zu werden (es möge bitte jede/r die Hilfsarbeiten im eigenen Bereich selber erledigen), immer erneute Versuche, das auf eine Weise auszusprechen, daß es verstanden und inzwischen auch aktiv unterstützt wird, immer erneute Entscheidung, Verantwortung für aktives Tun zu übernehmen.

Meine ehemals vorhandenen festen Grenzen sind flexibel und durchlässig geworden, werden immer wieder neu aus den sich entwickelnden Bedürfnissen heraus erfahren und überschritten – oder auch nicht. Grenzen entstehen/vergehen in und während der Auseinandersetzung in den verschiedensten Lebensbereichen, gelten für längere oder kürzere Zeit. (Ich/wir haben die Partnerschaft aufs Spiel gesetzt, religiöse und ethische Überzeugungen als »Bilder« erfahren, lebbar nur dort, wo sie mit der tiefsten, eigenen Wahrheit übereinstimmen, die eben auch ein Gemeinschaftsgefühl mit einschließt.)

Christine (48):
Auf vielen Umwegen ist es mir gelungen, meine Freiheit zu entdecken und die Verantwortung für mein Dasein selbst zu übernehmen.

Oder anders ausgedrückt, den schwierigen Segen des Leidens zu verstehen.

Die Ehe ist (auch) ein Geheimnis

Ich habe immer die Vorstellung gehabt, daß es kein Zufall ist, daß P. und ich zusammen sind. Wir sind zusammen, um einen Auftrag zu erfüllen. Wenn unsere Ehe auseinandergegangen wäre, hätte ich ganz stark das Gefühl von Versagen gehabt, mir gegenüber. Ich meine nicht, daß es keine Trennung geben kann, aber es muß zuerst eine Versöhnung stattfinden, bei jedem einzelnen und miteinander.

Alte Werte

Ich denke, daß die alten Werte für mich eine andere Bedeutung bekommen haben. Hingabe – loslassen, angstfrei sein, Hingabe ans Leben, offen sein für das, was andere mir geben können. Hingabe ist für mich etwas vom Wichtigsten, was ich lernen muß.

Fürsorge ist einengend, wenn ich zu wissen meine, was für andere gut ist.

Leben im Licht

Ich bin nicht mehr bereit, um der Beziehung willen alles zu ertragen. Die Rechnung geht am Schluß nicht auf. Ich muß wissen, wo meine Bedürfnisse beginnen. Aber ich muß mir auch im klaren sein, daß meine Handlungen auch zum Wohl meiner Umgebung sein müssen. In diesem Sinn gehört Rücksicht, Geduld, Güte, Nachgeben und Tragfähigkeit auch dazu.

Ich möchte, daß mein Denken, Fühlen und Handeln immer mehr auf einer Ebene stattfindet. Ich möchte, daß das, was ich realisiere, auch zum Wohl meiner Umgebung ist. Ich will keine Heimlichkeiten in meinem Leben. Ich brauche Licht, sonst ist es für mich entwürdigend.

Ich wünsche, daß sich mein Vertrauen ins Leben immer mehr vertieft, unabhängig von den

äußeren Ereignissen. Daß ich mich versöhne
mit dem, was ist und sein wird.

Ich wünsche mir auch, in der zweiten Lebens-
hälfte eine Tätigkeit auszuüben, bei der ich mit
meiner Intuition und meinem inneren Wissen
arbeiten kann, im Vertrauen auf eine höhere
Führung.

*Entlastung und
Belastung durch
Doppelrolle*

Anna (38):
Ich erlebe mich vor allem dann freier als früher, wenn es zu Hause wieder einmal nicht
klappt – oder umgekehrt. Das heißt durch die
beiden Bereiche Familie – Arbeit habe ich die
Chance, Schwierigkeiten im einen oder andern Bereich nicht als Schwierigkeiten von
mir ganz persönlich erleben zu müssen, weil
weder die Familie noch die Arbeit mein ganzes Leben ausmachen.
Ich fühle mich in meiner Entwicklung, in mir
selbst, durch die Kompetenz, die ich in meiner
Arbeit habe, gestärkt.
Aber manchmal, da erlebe ich das teils, teils
(teils zu Hause – teils bei der Arbeit) als zer-
reißend. Es gibt Tage, da denke ich während
der Arbeit vor allem an zu Hause und zu
Hause vor allem an die Arbeit.

*Hausarbeit mit
dem Partner
geteilt*

Auch bringt die Teilung der Hausarbeit (mein
Mann ist Teilzeit-Hausmann), eine Unmenge
von Organisatorischem mit sich, das zu lösen
zwar durchaus möglich, aber sehr energie-
und zeitaufwendig ist. Hier fühle ich mich
zum Teil sehr überfordert. Vor allem da, wo
es nicht nur um die Lösung organisatorischer
Fragen geht, sondern auch um die Klärung,
wer von uns beiden wie was wann macht,
damit es ihm entspricht.

161

Kehrseite der Medaille der Berufstätigkeit als Frau und Mutter: Der Partner, der als Vater und Hausmann zu Hause bleibt, hat es viel schwieriger in diesem Bereich, sozial vernetzt zu sein, als die Mutter und Hausfrau. P. ist in unserer Siedlung der einzige Teilzeit-Hausmann. Er ist somit sowohl für die Männer als auch für die Frauen hier ein exotisches Wesen. So ist es für ihn sehr schwierig, zu den Männern in der nächsten Umgebung Beziehung zu finden. Sie haben kaum das »Heu auf derselben Bühne«.

Frauen in der Siedlung (Mütter, die ihre Kinder betreuen) suchen sehr selten bis nie Kontakt zu ihm, und wenn er es seinerseits tut, spürt er ihre Unsicherheit bis Ablehnung: Hausfrauen tun sich schwer damit.

Hausmann und
Hausfrau

Beruflich ist der Mann, wenn er nur teilweise arbeitet, in seiner beruflichen Entwicklungsfähigkeit, seinen beruflichen Gestaltungsmöglichkeiten ebenfalls eingeschränkt, verglichen mit seinen voll berufstätigen Geschlechtsgenossen.

Die Frau gewinnt
mehr

So habe ich entdeckt, daß ich meine Entwicklung als berufstätige Frau, Ehefrau, Mutter, die recht selbstverständlich all diese Bereiche leben will (so empfinde ich mich manchmal), eigentlich nur auf Kosten meines Partners machen konnte.

Ich glaube, daß ich als Frau und Mutter, die auch berufstätig (sprich selbständig, eigenverantwortlich, ihre Bedürfnisse wahrnehmend, sich selbst suchend, verändernd) ist, mehr gewinne als der Mann und Vater, der auch Hausmann ist. Diese Tatsache zu akzeptieren, fällt mir schwer. Zu wissen, daß er für mich verzichtet, erfüllt mich mit Unbehagen. Ich fühle mich manchmal egoistisch, schuldig.

Und deshalb
bleibt die Angst

Ich spüre manchmal Angst, P. könnte das Ganze verleiden oder irgendwann kommt dieser Verzicht von ihm als Vorwurf wieder auf mich zurück – P. gibt mir zwar keinen Anlaß dazu.

Helga (60):

Aus der Tiefe ins
Licht

Die eigentliche Wende trat ein, als ich meine Verstrickung in die Alkoholabhängigkeit realisierte und Hilfe beim Sozial-Medizinischen Dienst suchte. Dort wurden mir sehr rasch die verschiedenen Punkte meines bisherigen Fehlverhaltens aufgezeigt. Außer zum Entzug riet man mir damals zur Psychotherapie. So absurd es tönt, muß ich heute meine Sucht als »Glücksfall« bezeichnen.

Schon bald nach Entzug und einigen Monaten Psychotherapie begann ich den Alltagszwängen immer weniger Bedeutung zuzumessen. Vorher führte ich einen fast perfekten Haushalt. Mit »Todesverachtung« habe ich jeweils mein Putzsoll erledigt.

Bin sehr selbstbewußt geworden, sehr wohl imstande, meine Bedürfnisse anzumelden, eigene Meinungen zu vertreten. Ich finde, daß ich in einem sehr schönen Alter bin. Vieles ist nicht mehr so wichtig. Schönheit spielt nicht mehr die Rolle. Sonderbarerweise fühle ich mich heute attraktiver.

Aus Verlust wird
Gewinn

Eigentlich erachte ich mein ganzes schwieriges Leben als positiv. Ich wäre nie zum heutigen Menschen geworden ohne die Schwierigkeiten, die mich immer wieder forderten. Ich bedaure heute etwas, daß ich die Möglichkeit nicht hatte, meine fraulichen Seiten (wie komplette, vertrauensvolle Hingabe usw.) zu entwickeln. Sehr oft mußte ich »Mann« spielen, ohne die Privilegien, die ein Mann hat, genießen zu können. Ich habe heute auch keine Schuldgefühle, irgend etwas falsch gemacht zu haben. Bringt ja doch nichts ... Ich schaue vorwärts und bin neugierig auf die nächsten Jahre.

Fühle mich enorm erleichtert, die Zwänge, die frühere Frauengenerationen plagten, abgelegt zu haben. Nicht immer zu müssen, was andere bestimmten, sondern frei entscheiden zu können, ist einfach herrlich. Vernünftige Grenzen gibt es natürlich immer, aber das Feld ist doch viel weiter abgesteckt.

Sehr wichtig ist für mich, wieder eine bezahlte Tätigkeit außer Haus aufgenommen zu haben. Gab mir enormen Auftrieb.

Die Öffentlichkeit schreckt nicht mehr

Ich kann heute sehr gut mit mir allein sein, auch allein in die Ferien gehen. Ich kann ein öffentliches Lokal allein ohne Hemmungen betreten. Ich kann, wenn notwendig, wildfremde Menschen um einen Gefallen bitten. Mißgeschicke in der Öffentlichkeit bringen mich nicht mehr um mein seelisches Gleichgewicht.

VI. Aus einer anderen Welt

Seit 1978 habe ich Gelegenheit, alle ein bis zwei Jahre Übersee-Eheseminare zu halten. In der Begegnung mit Menschen aus anderen Kulturen fand ich einen großen Gewinn. Ich wurde auch bescheidener als eingebildete »Westlerin«. Mir scheint, zu diesem Buch paßt es gut, den Wandlungsprozeß zweier Chinesinnen zu hören.

Die eine, Ellen, lebt in Malaysia. Die Chinesen dort sind schon lange einheimisch. Sie kamen vor Generationen aus den verschiedensten Teilen Chinas, mit verschiedenen chinesischen Sprachen, so daß sie sich sprachlich nicht verständigen können. Ihre gemeinsame Sprache ist Englisch! Ihre Sitten sind auch etwas verändert in einer malaysisch-islamischen Welt, aber in der Grundstruktur immer noch in der alten chinesischen Ordnung, besonders was die Beziehung zwischen Frauen und Männern betrifft.

Ellen ist 46 Jahre, seit 22 Jahren verheiratet und hat zwei Söhne. Sie war von Beruf organisatorische Leiterin einer Nationalen Jugendbewegung. Seit ihrer Verheiratung war sie nicht mehr berufstätig. Zum jetzigen Zeitpunkt erhält sie für Beratungen und Kurse für Eltern und andere Tätigkeiten keinerlei Vergütung.

Betty lebt in Hongkong. Der Unterschied zwischen Hongkong und Malaysia ist fast so groß wie zwischen Malaysia und der Schweiz.

Die Chinesen in Hongkong sind zu einem großen Teil neue Flüchtlinge aus China. Die Eltern der Generation, die jetzt in der Lebensmitte ist, lebten noch dort, im kommunistischen China. Und diese Eltern emigrierten nach Hongkong. Die »junge« Generation, in Hongkong geboren, jetzt über 25 bis 30 Jahre alt und darüber, steht dazwischen, in vielem unsicher, auch wenn sie schon in Hongkong aufgewachsen ist. In der Herkunftsfamilie gelten heute noch die alten Normen.

Äußerlich gesehen ist die Schweiz ein langsames, gemütliches Land, was Tempo und Leistung betrifft, im Vergleich zu Hongkong. Der westliche Einfluß ist stark. Was das Zusammenleben von Frau und Mann betrifft, gibt es zwischen der alten Tradition und den neuen Versuchen alle Schattierungen. Aber die traditionellen Werte und Sitten sitzen noch allen in den Knochen, ungleich stärker als bei uns.

Betty ist 43 Jahre alt, sie hat einen Universitätsabschluß in Biologie. Seit ihrer Verheiratung vor 21 Jahren war sie Hausfrau. Sie hat drei Kinder. Sie ist jetzt wieder an der Hochschule berufstätig, als Beraterin für Studenten, für Planung von Kursen und auch stundenweise im Unterricht.

Trotz tiefgehender kultureller Unterschiede sind die Ähnlichkeiten der Erfahrungen der beiden Frauen mit denen der Schweizer Frauen frappant. Beide datieren den Anfang ihrer Wandlung auf ein Eheseminar mit mir (circa 1984). Ellen nahm einige Jahre später auch an einem Kurs meines Mannes teil. Betty und ihr Mann besuchten später noch einige Kurse bei meinem Mann und auch zwei Eheseminare bei mir, mit je ein bis zwei Jahren Abstand. Einige wenige Wochen Kurse – und was haben die Frauen daraus gemacht! Sie kennen und lesen keine feministische Literatur, kennen keine »emanzipierten« Frauen. Was stattfand, war ein eigener, innerer Prozeß, der in den Kursen ausgelöst worden war und an dem sie beharrlich weitergearbeitet haben. Beide Berichte habe ich aus dem Englischen übersetzt.

Ellen (46):
Meine Erwartung an die Ehe war, daß sie mir große persönliche Freiheit und Glück bringen wird. Verheiratet zu sein würde auch bedeuten, daß mein Mann und ich Zeit miteinander verbringen, im Gespräch und mit Lachen. Unsere Beziehung würde offen und ehrlich sein.
Ich erwartete von meinem zukünftigen Mann, daß es für ihn Glück bedeuten werde, einfach mit mir zusammen zu sein. Im Konfliktfall erwartete ich von ihm, daß er wohlwollend sei und sanft – nie scharf oder sogar kritisch. Ich erwartete von ihm auch, daß er mich schützen würde und meine emotionellen Bedürfnisse kenne, auch dann, wenn ich sie ihm gegenüber nicht erwähne.

Erfüllung brachte mir die Mutterschaft. Unser ältester Sohn wurde am Ende des ersten Ehejahres geboren. Ich empfand tiefe und große Freude, eine Mutter zu sein. Ich lächelte und lachte und sang Lieder. Ich las Bücher und strengte mich als Mutter schwer an. Mein Sohn schenkte mir ein Gefühl von Erfüllung. Er brachte meinen kreativen Teil ans Licht. Vor unserer Heirat war ich vier Jahre lang organisatorische Leiterin einer Nationalen Jugendorganisation. Ich genoß die Anerkennung in meiner leitenden Stellung als Jugendarbeiterin. Ich reiste sehr viel. Ich sprach in Kirchen, Schulen und in anderen, der Jugend verbundenen Gruppen. Ich entwarf und korrigierte Programme, ich erarbeitete und bestimmte die grundsätzliche Ausrichtung der Arbeit und organisierte nationale Jugendkonferenzen. Aus dieser Positon heraus habe ich mich verheiratet und übernahm die Rolle einer Hausfrau. Von einer sehr stark öffentlichen Rolle wechselte ich in ein privates Haus. Ich verlor den Sinn für meine Identität, für Selbstwert und Selbstachtung. Ich wurde jetzt vorgestellt als die Frau von …! Vorher war ich »nationale Organisatorin«. Das Bewältigen dieser Veränderung, die Anpassung an die Rolle der Ehefrau und Hausfrau wurde für mich zuviel. Ich weinte bitterlich wegen meiner Verluste.

In der Ehe entdeckte ich, daß ich mich nicht durchsetzen kann. Ich behielt mein Unglück für mich und verschloß mich. Ich hasse Konfrontation. Ich habe mich so eingerichtet, daß ich sie vermeide. Ich wollte nie dazu beitragen, daß andere unglücklich werden. Als Resultat dieses völligen Mißverständnisses von Reife habe ich sehr gelitten. Alle meine Leidenschaften, Ängste und mein Haß waren in mir verschlossen. Ich fühlte mich isoliert und extrem einsam. Ich fühlte mich wie zwei verschiedene Personen – das Vorbild, das ich als Ehefrau meinte, sein zu müssen, und mein wirkliches Ich, welches innerlich lebt.

Am Ende unseres zweiten Ehejahres kamen wir in eine christliche Arbeit. Mein Mann war Pfarrer.

Wir hatten finanzielle Probleme. Wir hatten gerade genug für Essen und Wohnung. Das machte unser soziales Leben extrem schwierig. Eine ganz einfache Situation zum Beispiel: Ein unerwarteter Besuch wurde zu einem großen Streß. Ich litt emotional an allem und war von Groll erfüllt. In dieser extremen Unsicherheit zu leben, demoralisierte mich.

Ich beobachtete meinen Ehemann, wie er darum kämpfte, aus mir eine Pfarrfrau zu machen. Zugleich zwang das wirkliche Leben auch ihn, mit so vielen Opfern zurechtkommen zu müssen. Dies hat mich zutiefst entmutigt. Ich war von ihm abhängig – daß er mir ein Vorbild gab –, daß man in all diesen Umständen zufrieden sein kann. Ich interpretierte seinen persönlichen Kampf als persönliches Versagen. Auch diese Sicht trug dazu bei, daß ich noch unglücklicher war und noch mehr litt. Es gab einige Frauen und auch Ehepaare, mit denen eine offene und ehrliche Beziehung möglich wurde. Durch sie bekam ich neue Augen – für die Bedeutung von Leiden und persönlichem Versagen im Glauben. Ich sah, wie Leiden ein Teil ihres Lebens war: Im großen Leid begann auch ich bereit zu sein, all meine Unzufriedenheit anzunehmen. Das war für mich eine Offenbarung und brachte mich zu tiefer Reflexion und zum Nachdenken.

Ich verdanke viel meiner Freundin, die viele Stunden mit mir im Gespräch verbrachte. Ich war hungrig nach tieferen Einsichten über mich und mein Leben.

Als ich 39jährig war, besuchten mein Mann und ich ein Eheseminar bei A.B. Das erste Mal ist mir jemand begegnet, der Ehemann und Ehefrau gemeinsam ansprach, mutig und ehrlich. Ich lerne seither eine neue, andere Perspektive über die eheliche Beziehung. Ich sah mich immer als Opfer in der Ehe, aber jetzt lerne ich, daß ich eine Partnerin bin. Ich lerne, daß Ehe für mich auch bedeutet, zu verzeihen und mich zu verändern. Ich lerne auch, daß ich, so wie ich auf Anerkennung und Bestätigung angewiesen bin, mehr Offenheit und Sensibilität meinem Mann gegenüber aufbringen muß für sein Bedürfnis nach Bestätigung. Ich realisiere, wieviel ich verlangt habe, ohne eine persönliche Verantwortung wahrzunehmen.

Nach dem Seminar habe ich schwer daran gearbeitet, zu verstehen, was das für mich bedeutet. Anstatt daß ich anklage, habe ich versucht, meine vielen Schwachheiten zu verstehen. Ich habe darum gekämpft, in meiner Beziehung mit meinem Mann ehrlich sein zu können. Ich habe gelernt, meinen Ärger, meine Ängste und meine Bedürfnisse offen auszusprechen. Es war sehr neu und ein sehr großer Schritt für mich. Es brachte mir das Gefühl von einem großen Risiko, daß ich mich selbst behaupte, aber es war nötig für mein persönliches Wachstum und damit unsere Ehe sich verändern konnte. Es ist eine lange Reise, die ich angetreten habe. In Begleitung von guten Freunden bin ich geborgen.

Ich brauchte eine neue innere Ausbildung, neues Nachdenken über meine eigenen Konzepte. Verschiedene Sachen halfen mir dabei.

1. Lesen: Ich fing wieder an, viel zu lesen. Das bezog sich auf Themen wie Familie, Leben, Beratung und menschliche Entwicklung.
2. Kleine Gruppen: In der Kirche gründete ich eine Gruppe für junge Mütter. Unser Fokus war Erziehung. Ich habe dieses Thema schritt-

weise ausgedehnt auf persönliches Wachstum. Die Fragen des Wachstums zeigten tiefe Leiden der jungen Frauen in ihrer Rolle als Mutter, Ehefrau, um darin eine Frau zu sein. Wir konnten einander gegenseitig helfen. Unsere Arbeit gab uns sozusagen Ausbildung und vor allem neuen Selbstwert für uns selbst. In den vergangenen acht Jahren haben wir uns immer wieder für kurze Zeiten getroffen. In den letzten zwei Jahren haben unsere Ehemänner sich auch zu uns gesellt. Wie ich aus den Geschichten dieser Freundinnen höre und sehe, wie sie sich verändern, bin ich zutiefst ermutigt. Es hat mir geholfen, mein Leben besser zu sehen und auch zu sehen, wie gnädig sich alles entwickelt hat.

3. Ein Kurs von H.B.: Dort habe ich gelernt, meinen »Lebensatlas« zu zeichnen. Ich lerne, meine alten Lebensbilder anzuschauen, ich lerne, daß ich sie verändern kann, und ich zeichne neue Lebensbilder. Eine neue Freiheit sollte mehr Intimität mit meinen alten Eltern ermöglichen. Mein kultureller Hintergrund schließt im Umgang mit Eltern nicht die Sprache von Spiel oder Lachen oder Liebe mit ein. Das Erfinden einer neuen Sprache der Liebe brachte wunderbare Überraschungen. Jetzt wage ich, meine Eltern anzulächeln, mich nahe zu ihnen zu setzen, so, daß ich mich wohl fühle. Ich berühre ihre Hände und kann ihnen in die Augen schauen ohne Angst.

Es brachte eine weitere Bestätigung meines neuen Lernens, daß ich vieles verändern kann, wenn ich nur tief genug schaue.

Ich fühle mich unabhängiger und sehe mich selbst positiver. Diese vergangenen acht Jahre, oder etwas mehr, war ich an vielen wesentlichen neuen Beziehungen beteiligt. Dieses Eingebundensein hat mir geholfen, mein inneres Leiden anzuschauen und Hilfe anzunehmen, die zu Heilungen führten. In all diesen neuen Abenteuern des Lebens habe ich neue Erfüllung erfahren.

Ich lerne jetzt, aus meinen kulturellen Tabus auszubrechen, welche für mich wie ein Gefängnis sind, indem ich über meine persönlichen Nöte mit neuer Offenheit spreche, und mich dabei nicht schuldig fühle, nicht schweigen und leiden muß.

Ich bin meinem Mann dankbar, daß er mich zu diesem Lernen ermutigt hat und dazu, mich in diesen Prozeß ganz einzulassen. Er wächst und verändert sich mit mir zusammen.

Betty (43):
Ich erwartete von meinem zukünftigen Mann Gemeinsamkeit, Liebe, Nähe, Fürsorge und Geborgenheit. Die Erwartungen meines Mannes wa-

ren: ein Heim zu haben, Sich-niederlassen-Können, Gemeinsamkeit, speziell sexuell.

In der frühesten gemeinsamen Zeit brachte mir Erfüllung, wenn ich meinem Mann eine Hilfe sein konnte und von ihm geschätzt, manchmal auch von anderen gelobt wurde.

Etwas später war mir wichtig, ihm nicht helfen zu *müssen*. Ich lebe nicht nur für meinen Mann und für meine Familie und die Kinder, sondern auch für mich selbst.

In jüngerer Zeit bringt mir Erfüllung: Gemeinsamkeit, Akzeptanz und Verständnis. Es ist wichtig, miteinander Interessen teilen zu können und zusammen zu arbeiten. Auch sexuelle Erfüllung bringt mir viel.

Es gab aber auch Leiden: In der frühesten Zeit hatte ich den Eindruck, ich bin nicht geliebt, nicht wichtig. Mein Mann war immer beschäftigt und müde. Ich hatte den Eindruck, daß er mir nicht zuhört. Die Kommunikation war schwierig. Von meinem Mann kam selten eine Antwort, ich nahm das als ein Zeichen dafür, daß er meine Bedürfnisse gar nicht wahrnimmt. Aus seinem Schweigen entstanden Konflikte und viel Selbstmitleid auf meiner Seite.

Später litt ich an der schweren Last, daß ich hauptverantwortlich war für das Heim und die Kinder. Mit drei Kindern wurde die Last überwältigend.

Mein Mann machte mir auch Vorwürfe, daß ich mit meiner Schwiegermutter nicht freundlicher war. Aber in Wirklichkeit zeigte er selbst wenig Bedürfnis, mit ihr mehr Kontakt zu haben. Trotzdem resultierten daraus für mich viele unnötige Schuldgefühle.

Jetzt ist ein neues Element in der Familie, das ich zwar nicht gerade als Leiden bezeichne, aber mir doch öfter schwer wird, nämlich: Manchmal sind sowohl mein Mann als auch die Kinder emotional zu abhängig von mir. Ich brauche Raum.

Zum Thema Wandlung überblicke ich meine Jahre.

Ungefähr mit 28, in der Schwangerschaft mit dem zweiten Kind und mit sehr begrenzter Zeit und Energie, realisierte ich, daß ich meinem Mann nicht sehr viel helfen kann. Auch wurde ich mißtrauisch, daß diese Rolle der Helferin mir von außen aufgezwungen wurde, ganz besonders von seiner Mutter (die ihrem Sohn unbedingt helfen wollte). Ich entschied mich, daß ich die Helferrolle nicht mehr weiter auf mich nehmen will. Er soll Verantwortung übernehmen für das, was er wählt, und hat die Erfüllung, wenn es gelingt, oder er lernt von dem, woran er scheitert. Zuerst mochte er diese Idee gar nicht. Aber später akzeptierte er sie. Er fing an, selber Briefe zu schreiben und Freunde zu suchen usw. Er wurde auch weniger passiv. Und ich habe mehr Raum. Aber manchmal helfe ich ihm trotzdem, so wie auch er mir manchmal hilft.

Mit ungefähr 30 nahmen wir an einem Eheseminar mit A.B. teil. Ich fing an, sein Schweigen nicht mehr als eine persönliche Beleidigung anzusehen. Wenn er sagte, er hörte, was ich sagte, glaubte ich ihm, obwohl er nicht noch ein Wort hinzufügte. Aber ich realisierte einige Stunden oder einige Tage später, daß er mich tatsächlich gehört hatte. Das machte mir Mut, ihm mehr zu sagen. Allmählich begann auch er, sich mir gegenüber mehr zu öffnen. Wir können heute erfolgreich und gerne miteinander reden. Der Prozeß brauchte einige Zeit. Ganz besonders gefördert wurde er durch die Gewißheit, daß wir uns gegenseitig akzeptieren.

Um 34 Jahre: Zum erstenmal war es uns möglich, über seine Eltern, besonders über seine Mutter, zu reden. Ich realisierte das erste Mal, daß er seine Mutter nicht gern hat. Der Zeitpunkt war gut. Eine Woche später diagnostizierte man bei seinem Vater Leberkrebs, und ein paar Monate später starb er. Irgendwie, ohne daß wir darüber speziell gesprochen hätten, wollten wir seine Mutter unterstützen, ohne sie in unser Heim aufzunehmen. Später arbeitete ich mit meinen Schuldgefühlen, daß ich nicht lieb genug mit ihr bin. Ich wies auch seine Vorwürfe zurück, wenn sie bei uns nicht eingeladen war. Ich gab ihm die Verantwortlichkeit für die Sorge um seine Mutter zurück. Und ich unterstütze ihn, wenn er die Verantwortung wahrnimmt. Es ist besser so für seine Beziehung mit seiner Mutter. Seine Mutter sollte zufriedener sein, weil sie wirklich ihren Sohn wünscht und nicht mich, und ich bin von Schuldgefühlen nicht mehr geplagt.

Mit ungefähr 35/36 Jahren: Ich realisierte, daß ich die Tradition offenbar zu meiner Lebensrolle gemacht hatte: Die Hauptverantwortung der Frau liegt darin, für die Hausarbeit und für die Kinder zu sorgen. Dieser Wert ist sehr tief verankert, so daß ich ohne zu denken akzeptiert habe, daß ich so leben soll. Allerdings erwartete ich von meinem Mann, daß er mir hilft. Der Übergang war nicht einfach, weil ich mich oft dabei ertappte, daß ich wieder alles selbst übernahm. Aber es hat sich gut entwickelt, weil mein Mann in seiner jetzigen Lebensphase mehr zu Hause und bereit ist, mehr Verantwortung zu übernehmen. Manchmal gibt es Uneinigkeiten und Konflikte, und jemand muß nachgeben oder die Extraarbeit auf seine Art machen.

Mit ungefähr 41/42 Jahren: Plötzlich realisierte ich zwei Sachen. Zuallererst fand ich, daß unsere Ehe sich so verändert hat, wie ich es mir gewünscht habe. Sie konnte sehr erfüllend sein. Zweitens realisierte ich, daß ich nicht mehr so abhängig war von einer wunderbaren Ehe. Oder anders ausgedrückt: Die Ehe ist etwas, das ich genieße, aber ich muß sie nicht festhalten aus Angst vor Verlust.

Diese Einsicht entstand, als unsere Ehe besser wurde. Sie entsteht auch, wenn ich in meiner beruflichen Arbeit und in enger Zusammenarbeit mit andern Erfüllung finde, ebenso wie in guten Freundschaften, die ich gefunden habe. Es kommt auch aus dem tieferen Gefühl, daß ich bei mir selbst zu Hause bin. Gleichzeitig ist auch mein Mann in vielem gewachsen.

Da ist ein Problem. Mein Mann ist jetzt mehr von mir abhängig, als ich von ihm. Ich akzeptiere diese Abhängigkeit, weil ich mich zurückerinnere an die erste Zeit unserer Ehe, als ich von ihm stärker abhängig war. Ich erinnere mich an meinen Schmerz damals und habe Mitgefühl mit ihm. Auch bin ich bereit, für ihn zu sorgen, in der Art, wie ich es damals brauchte, daß er für mich sorgte. Wenn mir die Abhängigkeit zuviel wird, dann versuche ich mir Raum zu schaffen, manchmal gehe ich für einen oder zwei Tage fort. Er hat weniger Freunde, und ich hoffe, daß wir mehr gemeinsame Freunde finden werden.

Mit 43 Jahren: Nach mehr als vier Jahren Kämpfen mit mir selbst habe ich gelernt zu glauben, daß ich wichtig bin. Daß das, was ich habe, gut ist, und daß ich anderen etwas zu geben habe. Dieses Grundgefühl macht mich stark. Ich arbeite in einem Team mit meinem Mann und auch mit Kollegen.

In diesem Lebensabschnitt gehe ich zunehmend mehr nach außen. Der Wiedereinstieg in die Welt und der Versuch, verlorene Zeit einzuholen, in der ich nur daheim in der Familie war, erfordert, daß ich den größten Teil meiner Energie in die Arbeit investiere. Ich arbeite teilzeit, damit ich genug Raum habe. Ich finde meine Arbeit hochinteressant und erfüllend. Es ist gut, daß mein Mann dies alles versteht und einverstanden ist. Er ist bereit, mehr Verantwortung im Haus auf sich zu nehmen. Auch auf ihn kommen in seiner Arbeit neue Herausforderungen zu, und er entwickelt allmählich mehr Beziehungen mit Freunden und Kollegen. Wir arbeiten zusammen. Es ist gut so, und unsere Beziehung wächst weiter.

VII. Phasen der Wandlung und andere Beobachtungen

Phasen der Wandlung

Die Wandlung ist ein Prozeß der Bewußtwerdung. Nicht der Gegenstand der Betrachtung wird anders, sondern die Augen, die ihn ansehen. Die gleichen Mosaiksteine der Biographie und der eigenen Partnerschaft werden im Innersten neu zusammengesetzt und ergeben ein anderes Bild, das heißt, sie bekommen eine andere Bedeutung als bisher.

Dieser Prozeß ist die Bewußtwerdung von bisher nicht wahrgenommenen Fakten und Zusammenhängen sowie Gefühlen, die von diesen Ereignissen ausgelöst worden sind. Bis jetzt konnten sie nicht zugelassen werden. Jetzt erwachen diese Gefühle mit Macht. Die Einsichten durch das Bewußtwerden sind überwältigend, weil zutiefst wahr. Deshalb gibt es kein Zurück, das heißt kein »Vergessen« mehr.

Diese Bewußtwerdung liefert neue Kriterien zur Beurteilung der Vergangenheit und der Gegenwart und fordert deshalb notwendigerweise zu neuer Stellungnahme. Diese kann auch die Bestätigung des Bisherigen bedeuten! Dann aber wird aus dem bisher Vorgegebenen ein selbstgewähltes Schicksal.

Die Wandlung stellt auch einen Prozeß des Wachstums und des Reifens dar. Sie ist ein integraler Teil des Reifeprozesses dieser Frauen. Er wird geboren, breitet sich aus, vertieft sich und begleitet sie bis ans Ende ihres Lebens. Erst im Tod ist der Prozeß abgeschlossen.

Vorzeichen

Bis vor kurzem heirateten die meisten Frauen im herkömmlichen Rollenverständnis und waren darin am Anfang glücklich und zufrieden. Aber es blieb nicht so. Allmählich entsteht ein zunächst diffuses Unbehagen, das Gefühl von Unerfüllt- und Unterfordert-Sein, trotz nie endender Arbeit. Frauen fühlen sich vom aktiven Leben draußen getrennt, die Kinder sind kein Gegenüber, der Mann hat wenig Zeit und ist müde – auch eine schöne Wohnung und ein Leben ohne materielle Sorgen können das Gefühl von Eingesperrt-sein nicht verhindern. Es entstehen kleinere oder größere Gereiztheiten. Dies alles ist noch nicht klar definierbar, es ist noch nicht sicher, ob es wirklich von Bedeutung ist.

Es gibt auch kürzere oder längere Verstimmungen, die zunächst »erklärbar« sind. Frauen zeigen Enttäuschung über die Partnerschaft, die sie nicht (mehr) erfüllt. All dies ist noch diffus, hat noch keinen Namen, ist noch nicht faßbar, man kann es weder klar ablehnen, noch sich damit identifizieren. Jeden Tag ein neuer Anlauf, vielleicht ist der Nebel nur Einbildung.

Aggressionen – Depressionen

Aber der Nebel verschwindet nicht, sondern allmählich entstehen in ihm klarwerdende Gestalten, die einen Namen haben: Enttäuschung, zu kurz kommen, nicht genügend geachtet und geschätzt sein, zuwenig eigener Freiraum, zuviel nicht gewählte und nicht bejahte Einschränkung, der Partner nimmt sich den besseren und größeren Teil vom Leben.

Es gibt Frauen, deren Augen sich nur allmählich, langsam verwandeln. Ein neues Bewußtsein entsteht Schritt für Schritt und zeigt ihnen, wie ihr Leben eigentlich ist. Es ist zunächst schwierig, zu wissen, wem sie glauben sollen: dem bisherigen Stil, den ihre nächste Umgebung für natürlich und selbstverständlich ansieht, oder dieser neuen Unruhe, mit der sie allein sind.

Andere werden jäh aufgeschreckt, manchmal durch ein großes Ereignis, aber noch öfter durch eine Banalität, in der ein Blitz das

Gewohnte fremd werden läßt und etwas völlig Neues zeigt. Zunächst ist es nicht zu glauben.

An diesem Ort der Wandlung werden Frauen aggressiv oder depressiv. Die einen wehren sich, klagen an, greifen an, weisen Schuld zu. Es gibt Streit, heftige Ausbrüche, Tränen, Vorwürfe als Dauerzustand.

Die andern stürzen ab in schwarze Depression, trauern über die vergangenen, verlorenen Jahre und sind noch ohne Hoffnung auf eine andere Lebensmöglichkeit. Sie schweigen, ziehen sich ganz in sich selbst zurück, sind für den Partner unerreichbar. Es sind schwere Zeiten von Zweifel oder Verzweiflung, oft ein Gefühl von Lähmung und Isoliertsein. Nicht nur alle anderen erscheinen schuldig, sondern man verachtet sich selbst, daß man so lange mitgespielt hat.

Sowohl die Aggression als auch die Depression machen geradezu blind durch ihre Intensität. Die Frauen verschließen sich gegen vernünftige Argumente, aber auch gegen die Zuwendung ihres Partners.

Wenn sich dieser Zustand akuter Bedrängnis etwas gelockert hat, machen sich Frauen – meistens wörtlich – auf den Weg, um das ihnen jetzt Gemäße und Mögliche zu finden und zu tun. Hier begegnet ihnen ein bisher wenig beachtetes Hindernis in ihnen selbst: ihre Abhängigkeit vom Mann.

Alleingang

Frauen erkennen jetzt, wie selbstverständlich für sie die Abhängigkeit vom Mann ist. So viele Jahre fühlten sie sich darin geborgen – jetzt erscheint sie ihnen als Bevormundung. Sie setzen alles daran, aus dieser Abhängigkeit herauszutreten und lehnen sie ab. Praktisch lehnen sie damit den Mann ab. Sie wollen weder seine wohlwollende noch seine einengende Bevormundung. Sie wollen sich entflechten, ziehen sich zurück und gehen ihren Weg allein. Sie werden »Egoisten«, geben sich nicht mehr für ihre Familie auf, fällen Entscheidungen *auch* in ihrem eigenen Interesse. Wohl erfüllen sie ihre Pflicht als Mutter und Hausfrau, investieren aber viel von ihrer

Herzenskraft in ihre neuentdeckten Möglichkeiten. Sie finden andere Frauen auf ihrem Weg, und zusammen mit diesen wird ihr Bild neu gezeichnet – ja, sie selbst zeichnen ihr eigenes Bild und sagen, wer sie sind.

Sie übernehmen ihr Leben in eigener Regie, auch wenn darin ein Stück Einsamkeit enthalten ist. Es ist beängstigend, aber auch erregend; voller Risiken, aber auch voller Entdeckungen von bisher ungenutzten Quellen, Gaben und Kräften. Eine Reise ins Unbekannte, aber auch in einen unbekannten und doch klar vorhandenen Reichtum und in eine Erfüllung, eine Expedition in die Freiheit und Autonomie.

Es gibt Frauen, die daran scheitern. Aber es gibt viel mehr Frauen, die daran stark und schön werden und erst eigentlich liebesfähig, fähig zur Begegnung mit ihren Partnern. Denn der Alleingang ist nicht das Letzte.

Wo ist der Partner?

Wenn sich Frauen im Alleingang stark genug fühlen, wenden sie sich wieder neu ihrem Partner zu, sie suchen ihn mit neuer Kraft, Hoffnung und Interesse. Die Männer aber sind keinesfalls immer schon bereit. Sie sind noch schockiert, verstehen nicht viel, fühlen sich abgelehnt, entthront, sind verärgert und völlig verunsichert in der Beziehung und auch als Mann.

Diese Phase kennzeichnet die eigentliche Auseinandersetzung zwischen Frau und Mann. Ein billiger Frieden tut es nicht. Es muß den Dingen auf den Grund gegangen werden. Es muß klar Ja und Nein gesagt werden. Dies bedeutet, daß Verletzungen und Verfehlungen ausdrücklich anerkannt werden müssen und vielleicht sogar um Verzeihung gebeten werden muß. Es wird noch manche Erdbeben geben, bevor der Boden wieder tragfähig wird.

Oder aber das Haus der Partnerschaft bricht auseinander, weil das notwendige Reinemachen zu schwer erscheint.

Das Resultat ist entweder eine neue Begegnung der Partner oder zwei getrennte Einsame, auch dann, wenn sie sich nicht scheiden lassen. Nicht nur die Geschiedenen sind einsam. Das Gefühl der

Einsamkeit in der Ehe – wo man die Zweisamkeit erwartet – kann das Leben überschatten.

Versöhnung

So wie ich es sehe, ist das Ziel eines jeden Lebens (und auch einer jeden Therapie) die Versöhnung. Im Zusammenhang der Wandlung heißt Versöhnung, die dem Menschen eigene Geschichte (das heißt die Herkunftsfamilie, Partnerschaftsgeschichte) zu akzeptieren, denn retrospektiv kann nichts mehr geändert werden. Der Kampf gegen die Vergangenheit ist von Anfang an verloren, auch wenn er zu Recht geführt wird. Dazu gehört auch die Bereitschaft zu verzeihen. Nur so kann Gesundes, Neues wachsen, für die Frau und für die Partnerschaft.

Die Wandlung ist somit auch ein Heilungsprozeß: Das Alte, Kranke wird durch Versöhnung entkräftet, wenn auch nicht vergessen. Den Schaden kann man nicht ungeschehen machen, aber seine Folgen, die ebenso schlimm sind, da sie das ganze Leben überschatten und einschränken können, entmachten. Es bleiben statt Wunden noch Narben, ein Leben lang.

Versöhnung ist kein Gefühl, sondern eine Entscheidung. Man kann sich – und das wird die Regel sein – zur Versöhnung entschließen, wenn die Wunden noch schmerzen, der Groll noch lebt und die Verständigung noch aussteht. Frieden und Neuanfang für den einzelnen und für das Paar ist Folge der Versöhnung und nicht umgekehrt: Nicht Frieden bringt die Versöhnung, sondern Versöhnung bringt den Frieden und die Offenheit für einen neuen Start.

Das Motto, das ich dem Buch vorangestellt habe, drückt dies sehr treffend aus: Ein ganzer Mensch ist nicht ein unversehrter, sondern ein geheilter Mensch.

Wandlung in der Lebensmitte

Über die Hälfte der Frauen war zur Zeit ihrer Wandlung zwischen 30 und 40 Jahre alt. Das ist die Zeit der Lebensmitte, die in unserer Kultur bei Frauen und Männern vielfach zu einer Lebenskrise führt.

Es handelt sich um eine der wichtigen Ursachen kulturspezifischer Krisen, die Krise des Wohlstands. In Ländern, in denen die Menschen um ihre Existenz kämpfen, ist eine solche Krise höchstens in der (intellektuellen) Oberschicht zu finden. Der innere Werdegang ist bei Frauen und Männern grundsätzlich ähnlich, nämlich daß sie sich erschrocken fragen, was sie bis jetzt mit ihrem Leben gemacht haben und was aus ihnen werden soll. Die Folgen solchen Fragens sind verschieden. Für Frauen setzt dann oft der Prozeß ein, der hier als Wandlung beschrieben wird.

Erlernte Berufe und neue Ausbildung nach der Wandlung

Diese Untersuchung basiert auf Aussagen von Frauen der Mittelschicht, es sind keine Repräsentantinnen aus der Unter- oder aus der Oberschicht befragt worden. Die Mittelschicht ist mit einer großen Vielfalt von Berufen ziemlich gut vertreten. In der Mehrzahl handelt es sich um »Frauenberufe« (Kindergärtnerin, Lehrerin, Krankenschwester usw.), außerdem wurden 20 Akademikerinnen befragt (die Mehrzahl sind Ärztinnen und Psychotherapeutinnen). Es sind also nicht besonders privilegierte oder unterprivilegierte Frauen, weder finanziell noch bildungsmäßig, über die hier gesprochen wird. Es sind Vertreterinnen »des Volkes«, gewöhnliche Leute. Das bedeutet, daß es keiner besonderen Voraussetzungen bedarf, um durch eine Wandlung erneuert zu werden, außer allerdings materiell in genügendem Maß gesichert zu sein. Dies ist der wichtigste Grund, weshalb – wenigstens nach meinem Wissen – unter den Arbeiterinnen dieses Thema weniger aktuell ist. Dafür scheint es klar zu sein, daß es ein überaus typisches Thema einer Wohlstandsgesellschaft westlicher Prägung darstellt.

Die neuen Ausbildungen zeigen einen deutlichen Trend: Es überwiegen therapeutische und soziale Berufe.

Ich sehe dafür drei Gründe:

a) Das persönlich Erlebte weckt Interesse, diesen Prozeß tiefer und umfassender zu verstehen.

b) Frauen haben oft eine besondere Fähigkeit zu helfen. Nun wollen sie dafür auch qualifiziert sein.

c) Frauen wollen ihre Gaben so einsetzen können, daß sie auch materiell unabhängig werden.

Daneben kommen die verschiedensten Berufe vor, die von bisher nicht realisierbaren Interessen zeugen, und einige der Frauen stiegen wieder in ihren alten Beruf ein.

Therapieerfahrungen

Einzeltherapie für Frauen

Es ist noch nicht lange her, da war es ein Makel, einer Therapie zu bedürfen. Man verschwieg schwere individuelle Nöte. Und man nahm lieber eine völlige Aushöhlung einer Partnerschaft in Kauf, als die Gefährdung irgend jemandem gegenüber zu offenbaren. Es gab nicht wenige Paare, die nach außen hin als »das ideale Paar« gegolten haben und daheim in einer Vorhölle lebten.

Diese Situation hat sich weitgehend geändert. Die Schwelle, Hilfe zu suchen, ist flacher geworden, bis hin zum »Gruppentourismus«, bei dem man den Besuch von verschiedensten Gruppen und berühmter Leute als Qualitätsausweis präsentiert. Dieser Trend führt bei nicht wenigen zu einer Verflachung dessen, was man von Therapie erwarten kann und sollte.

Der unzweifelhafte Vorteil dieser Entwicklung jedoch liegt darin, daß Leute – Frauen unter wachsendem Druck – es in jeder Beziehung leichter haben, therapeutische Hilfe zu suchen. Es werden auf diese Weise einer großen Zahl von Frauen Heilungsprozesse und Neuorientierung ermöglicht, an die früher nicht zu denken war. Auch hier ist allerdings die Realisierbarkeit abhängig vom Geld. Der größte Teil dieser Frauen sagt, daß die Wandlung nicht von einer therapeutischen Behandlung ausgegangen ist. Diese Erkenntnis bedeutet Entlastung für einen vielfach verdächtigten Therapieprozeß: Er stifte Unruhe in Beziehungen. Aber es gibt auch Statistiken, die aufzeigen, daß bei Einzeltherapie eines oder beider Partner sich die Scheidungsziffer sprunghaft erhöht. Zweifellos wird in einer Einzeltherapie der Therapeut und die Therapeutin nicht primär um die Paarbeziehung, sondern übergewichtig um den einzelnen Klienten bemüht sein und diesen stärken. Das so entstehende Ungleichgewicht kann gemindert werden, wenn die Einzeltherapeuten das Beziehungssystem ihrer Patienten vor Augen halten. Das Ungleichgewicht entsteht durch einseitige, individuelle Förderung und Entwicklung und damit durch eine Konfliktsteigerung in der Paarbeziehung. Dies ist durchaus auch meine Erfahrung mit Paaren, bei denen einer oder beide in einer Einzeltherapie sind. Anderseits bringt die Klärung von Konfliktbereichen, worum es denn eigentlich geht, sowie eine zunehmende Stärkung und die damit einhergehende Belastbarkeit des einzelnen große Vorteile. Trotzdem, bei diesen 103 Frauen war es größtenteils *nicht* eine Einzeltherapie, die die Unruhe erzeugte, sondern es waren andere, jeweils verschiedene Einflüsse.

Andererseits spricht ein großer Teil der Frauen davon, daß sie im Verlauf des Prozesses der Wandlung therapeutische Hilfe brauchten und suchten. Die ungeheure Verunsicherung auf fast allen Gebieten, die Auseinandersetzungen mit den wichtigsten Beziehungspersonen, das schwankende Selbstwertgefühl, die unausweichlichen Rückschläge und Verirrungen rufen nach einer Weggefährtin, die in gutem Abstand und doch voll Verständnis da ist.

Meistens folgen die Sitzungen am Anfang dicht aufeinander, dann dauern sie, in der Häufigkeit reduziert, noch eine lange Zeit weiter. Die Therapeutin übernimmt dann die Rolle eines Kompasses, der die verwirrten Elemente wieder und wieder ordnet und die Frau ihren Weg in zunehmender Autonomie weitergehen läßt.

Ähnliches kann ebenfalls über die Therapien in Gruppen gesagt werden. Dort können auch manchmal Freundschaften entstehen, die fürs Leben sind.

Paartherapie

Fast die Hälfte der Paare sucht Paartherapie. Bei Paaren ist die Dauer einer solchen Therapie viel ungewisser als bei einzelnen. Oft steigt der Mann aus, weil es ihm nichts bringt, das heißt, weil er nicht das erhält, was er will, oder weil es ihm zu bedrohlich wird. Eine Paartherapie kann auch an der immer prekären Dreier-Situation scheitern: Entweder sind es zwei Frauen »gegen« einen Mann, oder zwei Männer »gegen« eine Frau. (Es kann auch einmal ein echtes *gegen* sein!) Allparteilichkeit ist eine große Anforderung! Wieweit sie gelingt, hängt von den eigenen, entsprechenden Erlebnissen und Problemen der Therapeutin oder des Therapeuten ab, das heißt davon, wieweit diese bewußt und bearbeitet sind.

Die Erfolgskriterien bei einer Paartherapie sind noch schwerer zu nennen als bei einer Einzeltherapie. Bedeutet eine Trennung grundsätzlich Scheitern und die Weiterführung der Ehe grundsätzlich Erfolg? Dies sind schwierige Fragen, sie führen zu tiefsten Grundsatzfragen, denen sich ein Paartherapeut trotzdem immer wieder stellen sollte. Die Ethik in diesem Beruf wird in fast jeder Sitzung im kleinen hinterfragt. Und die »kleinen« Fragen werden getragen vom »großen« Grundverständnis der ehelichen Beziehung sowohl des Therapeuten als auch des Paares.

Die Erfahrung zeigt, daß in der Zeit der großen Krisen Frauen eher auf eine Paartherapie drängen, weil sie davon Fortschritt und Klärung erwarten. Die Partner ihrerseits lehnen eine solche wegen ihrer Verunsicherung erst recht ab. Sie befürchten, die Paartherapie könnte die Situation weiter verschärfen.

Die Folge ist, daß viele Paare zu einer Zeit, in der sie am meisten therapeutische Hilfe bräuchten, am wenigsten bereit sind, in einen solchen Prozeß einzusteigen. Sie kommen dann, wenn die Ehe am Auseinanderbrechen ist, Außenbeziehungen etabliert sind und die Motivation einseitig oder beidseitig minimal geworden ist.

Wandlung und Trennung/Scheidung

Bemerkenswert ist das Zusammentreffen der individuellen Krise der Lebensmitte und der aus ihr hervorgehenden Wandlung sowie der Krise der Paarbeziehung in der Mitte des Lebens. Es zeigt sich deutlich die Wahrheit, daß eine Krise nicht nur Bedrohung darstellt, sondern eine Chance bedeuten kann. Bei aller Gefährdung haben erstaunlich viele Ehen die Wandlung der Frau überlebt, wenn man bedenkt, daß sie für die Paarbeziehung wesentliche Veränderungen mit sich brachte. Die Zahl der Ehen, die nach den Stürmen besser war als früher und die auch vom Paar als besser beurteilt wurde, als sie ohne diese Krisen gewesen wäre, ist ermutigend groß.

Etwa ein Drittel der Paare hat sich getrennt, und die meisten haben sich später scheiden lassen. Auffällig ist, daß es – im starken Gegensatz zu früher – in der Mehrzahl die Frauen sind, die eine Scheidung wünschten. Sie übernahmen also die Initiative nicht nur für ihre eigene Lebensgestaltung, sondern auch die Verantwortung für den Bruch der Partnerschaft. Daß es so weit kommt, hat verschiedene Ursachen:

a) Der Mann zeigt auf lange Sicht kein Verständnis für die Wandlung der Frau und verweigert, aus der Sicht der Frau, dringend notwendige Veränderungen der Beziehungsstruktur und des Lebensstils.

b) Der Mann ist so sehr aus seiner Bahn geworfen, daß er sich in einer Außenbeziehung abzusichern sucht. Diese nimmt aber die »andere Frau« nicht mehr hin.

c) Die Frau ist in einer radikalisierten Phase ihrer Wandlung zu keinem Dialog oder Kompromiß bereit und verlangt zu schnell zuviel. Zuletzt bricht sie die Beziehung ab.

d) In einigen, wenigen Fällen kommt es zu einer Auflösung der Partnerschaft nach gegenseitigem Einverständnis.

Besonders zu denken gibt die Zahl der Ehejahre: Je älter die Ehe, desto anfälliger erscheint sie hier, das heißt in bezug auf Scheidungen. In der Anfälligkeit zeigen sich die Abnützung, die fehlenden kleinen Erneuerungsschritte, die ungenügende Pflege im kleinen wie im großen. Diese Unterernährung der Partnerschaft schwächt ihre Basis.

Hungern in der Ehe, die Abstumpfung, Leere, Resignation können zu Außenbeziehungen oder eben zur Aufkündigung der Lebensgemeinschaft führen. Wo die Resignation die Hoffnung untergräbt, bricht auch eine »alte« Ehe oft bei Anlässen von relativ geringer Bedeutung auseinander.

Trennung/Scheidung und Therapie

Die Scheidung ist ein Einbruch, eine tiefe Verwundung, auch dann, wenn sie von der Frau selbst verlangt wurde und sie ein neues, besseres Leben gefunden hat. Diese Verletzung zeigt sich in der

Tatsache, daß die längsten Therapien, über die in dieser Untersuchung berichtet wird, jene sind, die nach einer Scheidung stattgefunden haben oder noch andauern.

Es sind mehr Frauen als Männer, die nach einer Scheidung Therapie in Anspruch nehmen. Vielleicht liegt das daran, daß Frauen letztendlich oft eine tiefere Befreiung erfahren. Der Einbruch Scheidung scheint Frauen mehr zu verletzen als Männer. Frauen bleiben oft länger allein, auch wenn sie die Scheidung initiierten, während Männer sich schneller zu einer neuen Partnerschaft entschließen.

Eines der Probleme, die am schwersten zu lösen sind, ist die anhaltende innere Abhängigkeit vom Exmann, trotz vor Jahren erfolgter Scheidung. Scheidung ist eine der Verletzungen, die zwar verheilen können, aber eine Narbe wird bleiben.

Ein ganzer Mensch zu werden und zu sein, mitsamt den Narben der eigenen Geschichte, ist wohl das, was man Heilung nennen kann.

VIII. Ein persönliches Nachwort

Mein Interesse am Thema der Wandlung hat auch einen persönlichen Hintergrund. Auch ich bin eine Frau, deren Leben durch eine Wandlung in neue, bessere Bahnen gekommen ist. In meiner Jugend erfuhr ich schwere, kollektive Diskriminierung. Später, verheiratet, lebte und arbeitete ich zusammen mit meinem Mann in einer christlichen Welt, in der das Patriarchat als die Ordnung Gottes verstanden wurde.

Die entsprechende Geringer-Schätzung der Frau, die zwar verbal von Vorgesetzten, Kollegen und Freunden stets geleugnet wurde, traf mich an der alten, verletzten Stelle. Wieder kollektive Diskriminierung. Eine freie Entfaltung war nicht möglich, weil nicht erwünscht.

Der innere Druck wuchs mit den Jahren, der Groll war ein starker Motor, aber die Schallmauer der Angst vor den Konsequenzen war noch stärker. Ich kämpfte viel und nicht immer fair, aber letztlich ohne die nötige Stoßkraft. So vergingen über 20 Jahre, bis ich an meine Grenze kam. Die Kraft der Verzweiflung durchbrach – spät im Leben –, die Schallmauer der Angst, ohne daß ich ahnen konnte, was auf der anderen Seite auf mich warten würde.

Es war eine andere Welt. Ich konnte durchatmen, es war hell. Da war Licht und Hoffnung für eine Heilung. Auch fand ich Menschen und lernte mich am Leben zu freuen und daran, daß ich eine Frau bin.

Nach über zwanzig Jahren Eheberatung (als Ärztin) machte ich damals die Ausbildung für Paar- und Familientherapie. Diese brachte Verständnis für viele Verworrenheiten in meiner Biographie. Und noch später lernte ich die Verantwortung für mein Leben selbst zu übernehmen, statt mich durch Anklagen von anderen abhängig zu halten.

Die Ehe mit meinem Lebensgefährten – nun schon seit über 45

Jahren – ging durch mehrere lebensgefährliche Stürme und Krisen. Meine Wandlung erschütterte unser Ehe-Haus. Was uns durchgetragen hat, waren letztlich nicht nur die vielen lebendigen Begegnungen, unsere gemeinsamen guten Zeiten und unsere Geschichte mit vier Kindern, sondern letztlich ein tief im Innern empfundenes Wissen, daß wir füreinander geschaffen waren und sind, in aller Hinfälligkeit und Anfälligkeit. Die Kraft des Lebens erwies sich in unserer Ehe – wie auch in unseren individuellen Krisen und im Scheitern – als überwältigend stärker.

Damit spreche ich noch eine weitere Dimension der Ehe an, die – wenn man an sie glaubt – der gesamten Beziehung eine andere Perspektive verleiht: die spirituelle. Bei allen nötigen und möglichen psychologischen Erklärungen bleibt etwas noch offen im Verständnis der ehelichen Beziehung, sowohl in ihrem Gelingen als auch in ihrem Scheitern, das sich der Rationalität entzieht und ein Geheimnis bleibt.

Heute, nach so vielen Jahren des Zusammenlebens – mehr als ein halbes Menschenleben –, sind wir soweit, daß wir zunehmend als erwachsene, selbstverantwortliche Menschen – eine Frau und ein Mann – miteinander leben. Jeder trägt seine Last und bürdet sie nicht mehr so schnell dem anderen auf. Die Abhängigkeit schwindet. Sie wird ersetzt durch die freie Wahl: Ich wähle dich wieder. Mit dir will ich leben und alt werden.

Nun könnte man sagen: Wie schade um die vielen verlorenen Jahre. Man kann aber auch sagen: Wenigstens jetzt, es ist noch nicht zu spät. Wir leben beide noch. Der Unterschied der Aussagen zeigt das Grund-Lebensgefühl an. Die Fakten sind die gleichen.

Die beste Ehe ist die unvollkommene

Es ist bekannt, daß physiologisch gesehen Frauen und Männer einander ähnlich sind, bis hin zu den Sexualhormonen. Trotzdem gibt es keine Frau (und auch keinen Mann), die nicht schon in Tränen oder Wut empfand: Ich verstehe dich nicht. Denn Frauen und Männer leben in vielen Belangen in anderen Welten. Diese können nur durch Brücken verbunden werden.

Es gibt viele Brücken, die tragfähig sind: das Gespräch des Herzens, gemeinsames Träumen und Handeln, sexuelle Freude, gemeinsames Engagement für eine Sache, Freude am Schönen, Kampf gegen Elemente der Zerstörung in der Welt, Liebe zu den Kindern, Einsatz für ein Ziel, gemeinsame Arbeit, ja auch gemeinsames Leiden – und all das, was für beide gut ist.

Man muß die Brücken von beiden Seiten her bauen. Die einen sind schmal und können kaum belastet werden. Andere umfassen Wesentliches und sind tragfähig. Es gibt Brücken, die einstürzen und durch neue ersetzt werden müssen. Und wenn die Beziehung lebendig bleiben soll, ist es nötig, immer wieder neue Brücken zu bauen bis ans Ende, manchmal mit Freude, manchmal mit Mühsal. Denn die Qualität einer Partnerschaft zeigt sich in ihren Brücken. Und trotzdem – ein Rest an Fremdheit wird bleiben.

Das Leben und auch die Partnerschaft sind wie eine Rechnung, die nie ganz aufgeht. Der Rest bleibt ein Geheimnis. Wenn es gelingt, dieses Unerklärbare zu akzeptieren und es nicht einander als Schuld oder Versagen anzurechnen, dann kann es gelingen, mit dem Stückwerk, das möglich ist, Zufriedenheit und vielleicht sogar Erfüllung zu finden. Dann werden die Ansprüche, die Enttäuschungen oder die Verbitterung durch das Staunen darüber ersetzt, daß es ein wirkliches Begegnen überhaupt gibt.

Das Geheimnis ist immer die Einmaligkeit des anderen. Die Liebe greift über die Grenze hinaus, über die Grenze des Verstehens und Gelingens, dorthin, wo man sich immer wieder fremd und alleingelassen fühlen wird. Wer das Geheimnis respektieren lernt, wird erfahren, daß wir auch im Niemandsland, wo wir mit dem Nichtverstehen-Können allein sind, getragen werden.

Begegnen heißt immer, über die Grenze zu gehen. Wenn es diese Grenze nicht gäbe, wäre Begegnung nicht nötig und nicht möglich. Eine Beziehung lebt aus dem Wagnis, immer wieder über die eigenen Hindernisse zu gehen, trotz Enttäuschungen, Rückfälle und Scheitern. Nicht nur der Schmerz ist maßgebend – auch wenn er in den Vordergrund rückt –, sondern die Überwindung des Schmerzes, denn erst diese macht stark. Die Bruchstückhaftigkeit und Beschränktheit gehört zum Menschsein, ebenso wie sein Geheimnis.

Man kann es nicht entkleiden oder enträtseln. Im Gegenteil, es wird größer – und damit auch das Staunen –, je reifer und älter man wird, es verleiht dem alltäglichen Leben und der alltäglichen Beziehung eine Dimension der Tiefe und der Weite. In diese Dimension eingebettet, müssen dann reale Probleme real gelöst werden.

Es gibt Erfüllung, es gibt Zufriedenheit und auch ein tiefes, inneres Einander-Erkennen, aber nicht als Dauerzustand, sondern als Licht-Zeiten, die ein Durchhalten in Durststrecken erlauben.

Es ist Liebe, die so hoffen und sehen läßt.

Die Wandlung hat erst begonnen.

Anhang

Der Fragebogen

Durch die Werbung von verschiedenen Gruppenteilnehmern konnte ich 164 Frauen einen Einladungsbrief mit Aufgabe und Zieldarstellung schicken. Es bewarben sich 130 Frauen um einen Fragebogen, und 103 schickten ihn ausgefüllt zurück.

Der Fragebogen war sowohl inhaltlich als auch vom Zeitaufwand her anspruchsvoll. Es gab zwei Varianten:

Variante 1: Fragen mit vorformulierten Antworten zum Ankreuzen. Der letzte Teil des Fragebogens: Die eigene Beurteilung der Entwicklung (im Buch der V. Teil) beinhaltete keine vorformulierte Antworten, war also zur freien Bearbeitung.

Variante 2: Enthielt die gleichen Themen in freier Fragestellung.

Zwei Drittel der Frauen wählte Variante 2, also die Variante, die viel ausführlicher und deshalb zeitaufwendiger war.

Die Themen lauteten: Prägungen aus der Herkunftsfamilie. Ledige, berufstätige Frau. Die Partnerschaft. Die Wandlung. Die Krise der Wandlung – Krise der Partnerschaft.

Der wichtigste Akzent am Schluß, die eigene Beurteilung, besteht aus zwei Abschnitten. Der erste bezieht sich auf die Veränderung der Lebensgestaltung der Frau, der zweite auf die Veränderung der Werte. Die Fragen zur eigenen Beurteilung sind für beide Varianten gleich, Sie finden sie am Schluß von Variante 2 auf den Seiten 206 und 207.

Ein wichtiger Grund, weshalb der Fragebogen ungekürzt abgedruckt wurde: Vielleicht kann er den Leserinnen und Lesern als Anregung dienen, ihn selber zu bearbeiten.

Variante 1

I. Prägungen aus der Herkunftsfamilie

Die Herkunftsfamilie ist der erste und wichtigste Ort der Prägung und des Lernens im Leben. Was ist das, warum, wozu, kann ich, darf ich? – Das sind Fragen, die in diesem völligen Noch-nicht-Wissen nur in der Herkunftsfamilie gestellt werden. Und die Antworten formen das Bild der eigenen Person und der Welt. Das Verständnis von sich selbst als Frau und Mann, der eigene Wert und Platz in der Familie beeinflussen oder bestimmen gar, meist unbewußt (unerkannt), manche spätere Entscheidungen (z.b. welchen Partner man wählt, wie man der Welt begegnet, welche Ziele wichtig werden). Solche frühen Einflüsse zu erkennen, ist ein wesentlicher Schritt zur Selbstfindung.

1. Wer war führend, stärker (dominanter) von Ihren Eltern?
   ❏ Vater ❏ Mutter

2. Mit welchen Mitteln übte der Stärkere die Führung aus?
   ❏ wohlwollendes Zugewandtsein ❏ positive Autorität
   ❏ Zwang (psychisch, …) ❏ Entwertung
   ❏ Gewalt (Alkohol, Jähzorn etc.) ❏ Schweigen

3. Wie hat sich der »schwächere« Teil zur Führung des Partners verhalten?
   ❏ aktive, wohlwollende Kooperation ❏ Außenbeziehungen
   ❏ Streit ❏ Alkohol, Medikamente
   ❏ Beleidigtsein, Depression ❏ Gewalt
   ❏ Schweigen ❏ sich nicht zur Wehr
   ❏ krank werden/sein gesetzt, sich gefügt

4. Gab es in Ihrer Familie typische Pflichten?
   ❏ für die Frauen ❏ für die Männer
   ❏ es war für alle gleich austauschbar

5. Gab es in Ihrer Familie typische Rechte?
   ❏ für die Frauen ❏ für die Männer
   ❏ es war für alle gleich austauschbar

6. Wer wurde in Ihrer Familie mehr wertgeschätzt:
   von den Frauen: ❏ die Frauen   ❏ die Männer
   von den Männern: ❏ die Frauen   ❏ die Männer

7. Gab es Unterschiede bei Geboten und Verboten zwischen Töchtern und Söhnen?
   ❏ keine   als Kind   ❏ ja   ❏ nein
              in der Pubertät (13-17)   ❏ ja   ❏ nein
              in der Adoleszenz (17-20)   ❏ ja   ❏ nein

8. Wann realisierten Sie solche Unterschiede, und wie reagierten Sie darauf?

9. Welchen Platz und welche Rolle hatten Sie in der Familie?
   ❏ »Vaters Tochter«   ❏ Außenseiter
   ❏ Puffer zwischen den Eltern
   ❏ privilegiert   ❏ »endlich ein Mädchen«
   ❏ benachteiligt   ❏ »nur ein Mädchen«
   ❏ oder auch z.b. die Gescheite, die Liebe, Geschickte, Dumme, kleines Mütterlein, die Große, Nesthäkchen (bitte unterstreichen)
   ❏ oder . . . .

10. Wann realisierten Sie diese Rollen? Wie war Ihre Reaktion darauf?

11. Wer zeigte Ihnen gegenüber (mehr) Zärtlichkeit als Kind?
    ❏ Vater   ❏ Mutter

12. Wer war Ihnen gegenüber strenger?
    ❏ Vater   ❏ Mutter

13. Welche Einstellung zur Sexualität brachten Sie von zu Hause mit?
    ❏ frei, natürlich   ❏ schamvoll (sündig)
    ❏ ängstlich   ❏ »schuldig«
    ❏ entwertend   ❏ blockiert
    ❏ schmutzig

    Wer hat es Ihnen so vermittelt?
    ❏ Vater   ❏ Mutter   ❏ beide

14. Welche Regeln waren wichtig in Ihrer Familie?
Wie ist heute Ihr Gefühl, wenn Sie aus Ihrer Herkunftsfamilie überkommene Regeln *heute* übertreten? Welche übertreten Sie?

15. Wie war Ihr Selbstwertgefühl als Mädchen und in der Adoleszenz?

16. Weitere eigene Ausführungen.

II. Ledige Frau

1. Hatten Sie zur Zeit Ihrer Berufswahl die Meinung, daß es »männliche« und »weibliche« Berufe gibt?
   ❑ ja   ❑ nein

2. Waren Sie in Ihrem gewählten Beruf zufrieden?
   ❑ ja   ❑ nein

3. Hatten Sie besondere Privilegien oder Nachteile dank Ihres Frauseins
am Arbeitsplatz?
   ❑ Privilegien   ❑ Nachteile

   welche: ....

4. Haben Sie Begrenzungen wegen Ihres Frauseins hinnehmen müssen?
   ❑ ja   ❑ nein

   Welches Lebensgefühl ergab das?

5. Haben Sie um Anerkennung gekämpft?
   ❑ ja   ❑ offen   ❑ öffentlich
   ❑ nein   ❑ »indirekt«   ❑ im privaten Bereich

6. Hatten Sie in Ihrem Kampf Erfolg?
   ❑ ja   ❑ teilweise   ❑ nein

   Wie fühlten Sie sich dann?

7. Fühlten Sie sich am Arbeitsplatz von Männern als *Berufsfrau* ernstgenommen und gleichwertig behandelt?
   ❑ ja   ❑ teilweise   ❑ nein

8. Waren Sie am Arbeitsplatz von Männern *als Frau* geschätzt (Komplimente, Einladungen, kleine Geschenke etc.)?
❏ ja ❏ nein

9. Hat man am Arbeitsplatz von Ihnen Übernahme von »fraulichen« Aufgaben erwartet (Kaffee machen, Blumen etc.)?
❏ ja ❏ nein

Haben Sie diese übernommen?
❏ ja ❏ nein

10. Waren Sie am Arbeitsplatz von anderen Frauen anerkannt?
❏ ja ❏ teilweise ❏ nein

11. Hatten Sie privat Freundinnen und gute Beziehungen zu Männern?
❏ ja ❏ nein

12. Wie lebten und erlebten Sie Sexualität als ledige Frau?

13. Wie war Ihr Selbstwertgefühl als ledige, berufstätige Frau?

III. Partnerschaft I

1. Wie war Ihre Erwartung an Ihren zukünftigen Partner vor und am Anfang der Ehe?
Sollte er:
❏ Sie als Frau respektieren, als ebenbürtige Partnerin anerkennen
❏ stark sein
❏ Verantwortung und Führung übernehmen
❏ im Haushalt mithelfen
❏ im Haushalt mitverantwortlich sein
❏ bereit sein, allenfalls Hausmann zu sein
❏ das Gespräch suchen
❏ zärtlich sein
❏ in der Sexualität die Initiative übernehmen
❏ keine klaren Erwartungen damals
❏ andere

2. Wie sahen Sie Ihre Rolle als zukünftige Ehefrau und Mutter vor und am Anfang der Ehe?

Sollten Sie:
- ❑ a. sich an den Mann anpassen, ihm die Führung überlassen
- ❑ b. den Haushalt allein übernehmen
- ❑ c. den Haushalt gemeinsam tun
- ❑ d. den Haushalt zu je 50 % allein tun
- ❑ e. selbständig Entscheidungen fällen
- ❑ f. Initiative entfalten
- ❑ g. berufstätig bleiben
- ❑ h. im erotisch/sexuellen Bereich aktiv/passiv sein
- ❑ i. eigenen Freundeskreis (incl. Männer) weiterpflegen
- ❑ k. keine klaren Erwartungen damals
- ❑ l. andere

3. Wie glauben Sie, sah Ihr Partner *seine* Rolle damals?
siehe Punkt 2 (oben) a, b, c etc. angeben

4. In welchen Bereichen waren Sie sich einig?
siehe Punkt 2 (oben) a, b, c etc. angeben

5. In welchen Bereichen bestanden Differenzen?
siehe Punkt 2 (oben) a, b, c etc. angeben

6. Wie lebten Sie in Ihrer anfänglichen Partnerschaft mit entsprechenden Konflikten (z.B. Selbständigkeit, Geld, Beruf, Sexualität)?
- ❑ anfänglich gab es keine Konflikte
- ❑ Konflikte wurden ausgetragen und gelöst
- ❑ es gab Streit
- ❑ letztlich gewann meistens er/sie
- ❑ es wurde ein Schuldiger definiert
- ❑ es wurde ein Opfer definiert
- ❑ es gab eine Schweige-Distanz
- ❑ Sie/Ihr Partner vermieden es, Konflikte anzugehen

7. Gab es Muster in Ihrer Herkunftsfamilie, die in Ihrer Ehe wieder auftauchten?
- ❑ ja   ❑ nein

8. Wie war Ihre Beziehung zu Ihrem Körper damals?

9. Wie erlebten Sie die Sexualität mit Ihrem Mann am Anfang Ihrer Partnerschaft?
   ❏ es war ein sehr starkes Band, für beide gut
   ❏ es war zeitweise schwierig für Sie/für Ihren Partner
   ❏ Sie hatten quantitativ/qualitativ verschiedene Bedürfnisse
   ❏ Sie sprachen über Sexualität
   ❏ Sie sprachen nicht miteinander über Sexualität
   ❏ anderes

10. Wie war Ihr Selbstwertgefühl als junge Ehefrau?

11. Wie sehen Sie es: Haben ungelöste Probleme in Ihrer Ehe maßgeblich zu Ihrer Selbstsuche beigetragen? Welche am meisten? Wie haben sie zur Selbstsuche beigetragen?

12. Weitere eigene Ausführungen.

IV. Die Wandlung

Die Wege einer Wandlung sind so vielfältig wie die Menschen, die auf solchen Wegen gehen. Dies mit Fragen festzuhalten, ist kaum auf eine Weise möglich, daß es der individuellen Realität gerecht wird. Und doch bleibt mir keine andere Möglichkeit als das Fragen. Damit taste ich meinen Weg zu Ihnen und vertraue darauf, daß Sie Ihre eigene Übersetzungsarbeit tun werden.

Bei manchen gibt es einen klaren »Anfang« der Wandlung, ein »Schlüsselerlebnis«, bei anderen war die Entwicklung fließend. Und bei allen gibt es Fortschritte, Sackgassen und neues Aufbrechen. – Die Frau ist unterwegs.

Viele Fragen, in Vergangenheitsform gestellt, sind heute noch aktuell. Suchen Sie, was und wie es zu Ihnen paßt.

1. Wie alt waren Sie und wie viele Jahre waren Sie verheiratet, als Sie sich einer Wandlung Ihres Selbstverständnisses inne wurden oder diese zu Ihrem zentralen Bedürfnis wurde?

2. Wo standen Sie kurz vorher? Was waren die wichtigsten Themen, die Sie beschäftigten?

3. Beschreiben Sie kurz: Um was ging es Ihnen damals? Was wollten Sie nicht länger fortführen? Was wollten Sie Neues einsetzen?

4. Welche wichtigen Einflüsse von außen regten die Wandlung an:
- ❏ Freundinnen
- ❏ Freund(e)
- ❏ Selbsterfahrungs-
  gruppe
- ❏ feministische Gruppen
- ❏ Außenbeziehung(en)
- ❏ Bücher
- ❏ andere

welcher Art: ....

5. Gab es einen Auslöser, der Sie über die Grenze des Bisherigen führte?
Krise in der Beziehung
- ❏ eigene außereheliche Beziehung
- ❏ Außenbeziehung Ihres Partners
- ❏ Ereignisse in der Herkunftsfamilie
  welche ....
- ❏ in der eigenen Familie
  welche ....
- ❏ Heranwachsen der Kinder
- ❏ eine Grenzerfahrung: Krankheit, Tod u.ä.
  wer, was ....
- ❏ andere

6. Wie haben Sie sich in der ersten Zeit verändert?
- ❏ mehr Zeit für sich
- ❏ aggressiver
- ❏ »egoistischer«
- ❏ weniger »leistungsfähig«
- ❏ neue Anforderungen an Ihren Mann
- ❏ neue Anforderungen an Kinder
- ❏ andere

7. Wie hat sich Ihre Lebensgestaltung verändert?
- ❏ alte Kontakte reaktiviert
- ❏ neue Kontakte geknüpft
- ❏ Wiederaufnahme beruflicher Tätigkeit
- ❏ berufliche Weiterbildung
- ❏ neue berufliche Ausbildung
- ❏ außereheliche Beziehung
- ❏ zeitweise Ihre Verantwortung für Partner/Kinder in der Familie
  reduziert
- ❏ Einzeltherapie
- ❏ psychologische Gruppe
- ❏ anderes

8. Haben Sie schon bekannte Fähigkeiten reaktiviert?
   ❑ ja, welche . . . .
   ❑ nein

9. Haben Sie neue Fähigkeiten entdeckt und entfaltet?
   ❑ ja, welche . . . .
   ❑ nein

10. Hatten Sie vor oder während der Krise depressive Zustände
    ❑ vorher   ❑ während der Krise   ❑ jetzt

11. Wie hat Ihre nächste Umwelt auf Ihre Veränderung reagiert?
    Partner . . . .
    Kinder . . . .
    Eltern . . . .
    Freunde . . . .

12. Von wem erhielten Sie Kraft, Unterstützung und Förderung auf Ihrem Weg?
    ❑ a. von Ihrem Partner
    ❑ b. von Ihren Kindern
    ❑ c. von Ihren Eltern
    ❑ d. von Freundinnen
    ❑ e. in einer außerehelichen Beziehung
    ❑ f. in Therapie (welche)
    ❑ g. in Gruppen (welche)

13. Wo fanden Sie den stärksten Widerstand gegen das Neue in Ihrem Leben?
    siehe 12. a, b, c etc. angeben

14. Wie hat sich Ihre Beziehung zu Ihrem Körper und zur Sexualität verändert?
    ❑ hat sich nicht verändert
    ❑ hat sich verändert, und zwar . . . .

15. Wie veränderte sich Ihr Selbstwertgefühl im Laufe dieses Prozesses?

16. Weitere eigene Ausführungen.

V. Partnerschaft II

1. Wie hat sich Ihre Partnerschaft bis zu Ihrem Aufbruch entwickelt, bzw. bis zum Offenbarwerden Ihrer Wandlung?
   - ❑ die Partnerschaft hat sich erweitert und vertieft
   - ❑ Interessen konnten sich entfalten
   - ❑ Sie beide kamen sich näher
   - ❑ Ihr Freiraum ist gewachsen
   - ❑ es gab zu wenig Anregungen
   - ❑ die Partnerschaft hat sich verflacht und entleert
   - ❑ Sie entfremdeten sich
   - ❑ Konflikte wurden schärfer
   - ❑ es kam zu einer neuen Begegnung
   - ❑ es kam zur Trennung/Scheidung
   - ❑ keine Änderung
   - ❑ anderes

2. Wie war Ihre Sexualität in den mittleren Jahren Ihrer Partnerschaft?
   - ❑ Sexualität hat sich vertieft und erweitert im Gesamten der Beziehung
   - ❑ beide haben einen ähnlichen Rhythmus gefunden
   - ❑ es gab einzelne, ungelöste Gebiete, aber aufs ganze gesehen waren beide zufrieden
   - ❑ Sexualität war immer schon schwierig und unbefriedigend
   - ❑ Sexualität blieb das einzig noch Verbindende
   - ❑ das Sexuelle ist zurückgegangen bei Ihnen/beim Partner
   - ❑ dadurch ist die gesamte Beziehung verarmt
     - ❑ ja   ❑ nein
   - ❑ durch Entleerung der seelischen Beziehung ist das sexuelle Interesse zurückgegangen
     - ❑ ja   ❑ nein

3. Was meinen Sie, wie würde Ihr Partner Sie als Frau von damals beschreiben und wie als Frau von heute?

4. Hatten Sie außereheliche Beziehungen?
   - ❑ vor Ihrem Aufbruch
   - ❑ während Ihrer Wandlung
   - ❑ jetzt

5. Welche Bedeutung messen Sie diesen Außenbeziehungen zu:
   Flucht aus der Partnerschaft
   eine vorübergehende Hilfe zur Selbstfindung
   Nachholen von alten Träumen
   sexuelle Erfüllung
   eine umfassende Bereicherung
   andere

6. Wie reagierte Ihr Partner auf Ihre Veränderung?
   ❏ erfreut, unterstützend   ❏ ärgerlich, abweisend
   ❏ Verunsicherung   ❏ konfrontierend
   ❏ mit eigenem Aufbruch   ❏ Flucht in die Arbeit
   ❏ mißtrauisch, ängstlich   ❏ mit außerehelicher
   ❏ schweigend, mit Rückzug   Beziehung
   ❏ verletzt, depressiv   ❏ oder ...

7. Was erwarten Sie heute von Ihrem Partner:
   an Gefühlsausdruck (Gespräch, gemeinsames Tun etc.)?
   Übernahme von Verantwortung und Initiative (in Sexualität, in
   der Familie etc.)?
   anderes?

8. Wenn sich Ihre Ehe vertieft hat, woran liegt es?

9. Wenn Sie sich getrennt haben, was waren die relevanten Ursachen?
   Wer hat die Trennung/Scheidung veranlaßt: Sie/Ihr Partner?
   Was denken Sie heute darüber ....

10. Weitere eigene Ausführungen

Variante 2

I. Prägungen aus der Herkunftsfamilie

Die Herkunftsfamilie ist der erste und wichtigste Ort der Prägung und des Lernens im Leben. Was ist das, warum, wozu, kann ich, darf ich? – Das sind Fragen, die in diesem völligen Noch-nicht-Wissen nur in der Herkunftsfamilie gestellt werden. Und die Antworten formen das Bild der eigenen Person und der Welt. Das Verständnis von sich selbst als Frau und Mann, der eigene Wert und Platz in der Familie, beeinflussen oder bestimmen gar, meist unbewußt (unerkannt) manche spätere Entscheidungen (z.b. welchen Partner man wählt, wie man der Welt begegnet, welche Ziele wichtig werden). Solche frühe Einflüsse zu erkennen, ist ein wesentlicher Schritt zur Selbstfindung.

Zusammenfassende Grundfragen zum Thema:

G I. a) Welche Urbilder (Vor-bilder, Schreck-bilder) über Mann/Frau haben Sie aus Ihrer Herkunftsfamilie mitgenommen? Gab es solche Prototypen (Personen) in der Familie (Onkel, Tanten etc.)?

G I. b) Wie fühlten Sie sich als Frau mit ca. 17 Jahren (Adoleszenz) und ca. 22 Jahren (als junge Erwachsene)? Hat sich dieses anfängliche »Startgefühl« durch Ihre Erfahrung erhärtet oder verändert?

Weiterführende Anregefragen:

1. Gab es wichtige Einflüsse auf Ihre Eltern durch Ihre Eltern? Welche? Wie zeigte sich das in Ihrer Herkunftsfamilie?
2. Gab es formulierte oder unformulierte Regeln, die das Mann/Frau-Verhalten betrafen (z.B. Spielsachen für Buben, andere für Mädchen, »tapfere« Buben, »Puppenmütterchen« etc.)? Können Sie entsprechende Bilder »sehen« (Erinnerungen) oder Sätze »hören«?
3. Gab es Unterschiede, die Erlaubnisse, Pflichten und Rechte (Vorrechte) zwischen Mann und Frau, zwischen Buben und Mädchen in der Familie betrafen? Wie betraf es Sie? Schlüsselerfahrungen?

4. Wann realisierten Sie solche Unterschiede, und wie reagierten Sie darauf?
5. Wie war die Beziehung bezüglich Mann/Frau zwischen Ihren Eltern (z.B. Führungsrolle, Dominanz, Wärme, Wertschätzung, Zuneigung), offensichtlich und verborgen? Gab es einen stärkeren oder schwächeren Partner? Wie waren die »typischen« Reaktionen beider?
6. Wissen Sie von deklarierten und indirekten Folgen eines eventuellen Gefälles zwischen den Eltern (z.b. Machtkampf, Streit, Depressionen, Schweigen, Rückzug, Gewalt, Alkohol, psychosomatische Störungen etc.)?
7. Welchen Platz oder welche Rolle hatten Sie in der Familie? (Waren Sie »Vaters« oder »Mutters Kind«? Waren Sie privilegiert oder benachteiligt, waren Sie Puffer zwischen den Eltern, die Gescheite, die »Schöne«, »nur ein Mädchen«, »nicht gerade eine Leuchte« etc.)
8. Welche Einstellung zur Sexualität haben Sie von daheim mitgebracht? Was vermittelte Ihnen die Mutter, was der Vater?
9. Wie ist heute Ihr Gefühl, wenn Sie aus Ihrer Herkunftsfamilie überkommene Regeln *heute* übertreten? Welche übertreten Sie?
10. Wie war Ihr Selbstwertgefühl als Mädchen und in der Adoleszenz?

II. Eigene Lebensgestaltung als ledige Frau

Zusammenfassende Grundfragen zum Thema:
G II.   a)   Wie hat Ihre Erziehung und Herkunftsfamilie Ihre Berufswahl und Berufstätigkeit beeinflußt und mitgeprägt?
G II.   b)   Welche Vorteile, welche Nachteile als berufstätige Frau haben Sie erfahren (im Beruf und im Umgang mit Männern)?

Ausführliche Anrege-Fragen:
1. Welchen Einfluß hatte Ihr Verständnis vom Frau-Sein auf Ihre Berufswahl (z.B. gibt es »frauliche« und »männliche« Berufe)?
2. Welche Vorteile und Privilegien genossen Sie als Frau an Ihrem Arbeitsplatz?

3. Gab es Begrenzungen, die Sie aus eigenem Verständnis des Frau-Seins selber setzten, oder Benachteiligungen, die Ihnen als Frau von anderen zu Unrecht zugefügt worden sind? (Z.B. eine Frau ist friedfertig, rivalisiert nicht, gibt nach, braucht keine Karriere, nimmt gern den untergeordneten Platz etc.).
4. Haben Sie die eigenen oder fremden Begrenzungen hingenommen? Welches Lebensgefühl ergab das?
5. Oder haben Sie um eine Erweiterung Ihrer Grenzen, um die Verbesserung Ihrer beruflichen Situation gekämpft? Wie? Welche Erfahrungen machten Sie? Wie fühlten Sie sich?
6. Wie erlebten Sie sich als Frau den Männern gegenüber im Beruf? Gab es typisches »Männerverhalten« Ihnen gegenüber? Welches Feedback bekamen Sie von Männern?
7. Wie war Ihr Selbstwertgefühl als ledige, berufstätige Frau?

III. Partnerschaft I

A. Anfänge der Partnerschaft

Grundfragen:

G III. a) Gab es Konfliktbereiche, die von Anfang an und während Ihrer ganzen Ehe Zündstoff lieferten? Haben Sie Lösungen gefunden? Welche z.b.? Was hat Ihnen unverändert Mühe gemacht, und wie haben Sie damit gelebt?

G III. b) Wie sehen Sie es: Haben ungelöste Probleme in Ihrer Ehe maßgeblich zu Ihrer Selbstfindung beigetragen?

Weiterführende Anrege-Fragen:
1. In welchem Alter haben Sie geheiratet?
2. Was erwarteten Sie von Ihrem zukünftigen Partner in bezug auf »Männlichkeit«, »Stärke«, Führung, Verantwortung, Gemüt, Häuslichkeit?
3. Wie sahen Sie Ihre Rolle als Ehefrau und Mutter, als junge Frau und nach der Geburt Ihres ersten Kindes?
4. Wie sah Ihr Partner damals seine und Ihre Rolle?
5. In welchen Bereichen der Ehe-Gestaltung waren Sie sich einig, wo bestanden Gegensätze?

6. Wie wurden in Ihrer Partnerschaft Konflikte gelöst, Entscheidungen gefällt (z.B. betreffend Freizeit, Selbständigkeit, Beruf, Geld, Wohnung, Sexualität, Erziehung)?
7. Wie war Ihre Beziehung zu Ihrem Körper? Wie erlebten Sie Sexualität mit Ihrem Mann (und wie mit anderen Partnern)?
8. Gab es Muster in Ihrer Herkunftsfamilie, die in Ihrer Ehe wieder auftauchten? Gab es Reaktions- und Verhaltensweisen, die Sie wiederholten, zu korrigieren versuchten oder mit dem Gegenteil zu kurieren probierten? Wie waren die Auswirkungen auf Ihre Ehe?

IV. Die Wandlung

Die Wege einer Wandlung sind so vielfältig wie die Menschen, die auf solchen Wegen gehen. Dies mit Fragen festzuhalten, ist kaum auf eine Weise möglich, daß es der individuellen Realität entspricht. Und doch bleibt mir kein anderer Weg als das Fragen. Damit taste ich meinen Weg zu Ihnen und vertraue darauf, daß Sie Ihre eigene Übersetzungsarbeit tun werden.

Bei manchen gibt es einen klaren »Anfang« der Wandlung, ein »Schlüsselerlebnis«, bei anderen war die Entwicklung fließend. Und bei allen gibt es Fortschritte, Sackgassen und neues Aufbrechen. – Die Frau ist unterwegs.

Viele Fragen, in Vergangenheitsform gestellt, sind heute noch aktuell. Suchen Sie, was und wie es zu Ihnen paßt.

Zusammenfassende Grundfragen:

G IV.   a)   Aufgrund welcher eigenen Entwicklungen und Einflüsse ergab sich bei Ihnen die Wandlung?

G IV.   b)   Was waren die wichtigsten Entdeckungen und Kraftquellen in der neuen Lebensphase?

G IV.   c)   Welche Tätigkeiten oder neue Ansichten führen Sie in Konflikte mit Ihrer Umwelt, welche Konflikte, mit wem?

Ausführliche Anrege-Fragen:

1.   Wie alt waren Sie und wie viele Jahre waren Sie verheiratet, als Sie sich einer Wandlung Ihres Selbstverständnisses inne wurden oder diese zu Ihrem zentralen Bedürfnis wurde?

2. Wo standen Sie kurz vorher? Was waren die wichtigsten Themen, die Sie beschäftigten?
3. Welche Beziehung hatten Sie zu Ihrem Körper und zur Sexualität?
4. Gab es wichtige Einflüsse von außen (z.b. Freundinnen, Freunde, Selbsterfahrungsgruppen, feministische Gruppe, Bücher, Außenbeziehung, Wiederaufnahme der beruflichen Tätigkeit), die die Wandlung anregten?
5. Gab es einen Auslöser (welchen), der Sie über die Grenze des Bisherigen führte (z.b. Krise in der Ehe, in der Herkunftsfamilie, Todesfall, Enttäuschung, Heranwachsen der Kinder)?
6. Beschreiben Sie kurz: Um was ging es Ihnen damals? Was wollten Sie nicht länger fortführen? Was wollten Sie Neues einsetzen?
7. Wie haben Sie sich verändert in der ersten Zeit im Gebrauch Ihrer Zeit und Kraft, im Umgang mit Mann und Kind, mit Menschen im Freundeskreis oder im Beruf (z.b. mehr Zeit für sich, Anforderungen an Ihren Mann, Tendenz zu Aggressivität und »Egoismus«)? Wie ist dies heute?
8. Wie hat Ihre nächste Umwelt auf Ihre Veränderungen reagiert? Wie haben sich Ihre wichtigsten Beziehungen verändert?
9. Von wem und wo(rin) fanden Sie Kraft und neue Bestätigung, Unterstützung und Förderung, wo Zweifel und Unsicherheit beim Vorangehen bestanden? Woran oder an wem orientierten Sie sich?
10. Welche (alte oder neue) Fähigkeiten und Ausdrucksmöglichkeiten haben Sie bei sich selber entdeckt oder reaktiviert?
11. Hatten Sie vor oder während der Hauptkrise oder später depressive Zustände? Worin sehen Sie die Gründe dafür? Wie ist es heute?
12. Wie veränderte sich Ihr Selbstwertgefühl im Laufe dieses Prozesses?

V. Partnerschaft II

B. Die Entwicklung der Partnerschaft in der Wandlung

Grundfragen:

G V. c) Wie hat Ihre Wandlung Ihren Partner beeinflußt?

G V. d) Wie hat sich Ihre Partnerschaft verändert im Hinblick auf Zusammenleben (z.b. Austausch, gemeinsame Unternehmungen, Intimität, Sexualität, Verständnis und Interesse füreinander, Umgang mit Konflikten etc.)?

G V. e) Was ist aus Ihrer Partnerschaft geworden, und wie leben Sie heute?

Weiterführende Anrege-Fragen:

1. Wie hat sich Ihre Partnerschaft entwickelt bis zu Ihrem Aufbruch?

2. Wie entwickelte sich Ihr Selbstwertgefühl gegenüber Ihrem Partner bis zum Umbruch und wie seither?

3. Hatten Sie vor oder während Ihres Aufbruchs oder seither Außenbeziehungen? Welche Bedeutung hatten diese für Sie? Wie denken Sie heute darüber?

4. Welche Rolle spielte Ihr Partner in der Entstehung der Wandlung?

5. Was meinen Sie, welche Ihrer Veränderungen hat Ihren Partner am meisten überrascht, erfreut, betroffen gemacht oder verletzt?

6. Was meinen Sie, wie beurteilte Ihr Partner Ihre Wandlung damals, und wie sieht er es heute?

7. Wie reagierte er darauf (z.b. erfreut, bestätigend, fördernd oder mit Schweigen, Depression, Ärger, Vorwürfen, Außenbeziehungen, Konfrontation)?

8. Wie würde Ihr Partner Sie beschreiben als Frau damals und als Frau heute?

9. Wenn sich Ihre Ehe vertieft hat, woran liegt das?

10. Wenn Sie sich getrennt oder geschieden haben, was waren die relevanten Ursachen? Wer hat die Trennung/Scheidung veranlaßt und warum? Was denken Sie heute darüber? Seit wann sind Sie getrennt?

11. Versuchten Sie eine Einzel- oder/und Paartherapie vor oder während der Krisenzeit? Wie lange? Wie hat sie Ihre Partnerschaft beeinflußt?

VI. Die Beurteilung Ihrer Entwicklung

Dieses Thema ist nicht als »Bilanz« gemeint, sondern als ein Zwischenhalt auf dem Weg. Die Gegenwart ist eingebettet zwischen gestern und morgen. Das Anhalten gewährt eine Atempause und die Möglichkeit zum Überblick. Um einen solchen Überblick geht es in diesem Abschnitt: Was gehört zur Vergangenheit, was ist heute aktuell, wohin richten Sie sich aus? In diesem Abschnitt hat es keine Antwort-Vorlagen zum Ankreuzen. Die Fragen stehen offen und erlauben individuelle, freie Antworten. Es könnte sein, daß es Ihnen zuviel wird, auf alle Fragen einzugehen. Bitte wählen Sie sich dann die aus, die für Sie am wichtigsten sind. Diese Beurteilung, als ein Zwischenhalt auf Ihrem Weg, kann wohl ein wesentlicher Markstein werden für Sie.

Bitte nehmen Sie für die Arbeit an diesem Thema lose Blätter und schreiben Sie auf *jedem Blatt* und bei *jeder Antwort*, auf *welche Frage* (Nummer) Sie hier eingehen.

Beurteilung Ihrer Entwicklung (1. Teil)

1. Sind Ihnen Begebenheiten, Ereignisse gegenwärtig, die die Wandlung/Veränderung wahrnehmbar werden ließen?
2. Wie hat sich Ihr Leben äußerlich verändert (berufliche Tätigkeit, Aktivitäten im/außer Haus, Weiterbildung, Ausbildung, Organisation Ihres Alltages, Freundeskreis etc.)?
3. Wie haben Sie sich persönlich verändert: Wie Sie sich selber sehen und erleben, wie Sie sich anderen gegenüber geben, wie Sie Ihren Körper und Ihre Sexualität erleben, Ihr Stehen in der Öffentlichkeit etc.
4. Welche äußeren Grenzen haben Ihre neue Lebensgestaltung beschränkt (z.B. Widerstand Ihres Partners oder Eltern etc.; finanzielle Grenzen, Vorbedingungen zu einer Ausbildung etc.)?
5. Welche Ereignisse, Handlungen oder Veränderungen beurteilen Sie heute positiv? Was bedauern Sie? Was haben Sie verloren?
6. Wie haben sich Ihre Vorstellungen im Hinblick auf Frauenexistenz(leben) und Verhalten, Lebensgestaltung verändert?
7. Wie denken Sie heute über die »alten Leitbilder« für Frauen wie Hingabe, Fürsorge, Rücksicht, Geduld, Güte, Nachgeben, Tragfähigkeit, Verzicht um der Beziehung willen? Sind Wörter aus der »alten

Welt« mit neuer Bedeutung gefüllt oder verworfen? Was ist an Ihre Stelle getreten?

8. Wie denken Sie heute über Durchsetzungsvermögen, Selbstbehauptung, Konfliktfähigkeit, Aggressivität, Verletzungsfähigkeit als Frau mit einem Partner, Initiative, Aktivität, Autonomie?

9. Welchem Schritt, den Sie gemacht haben, messen Sie heute die größte Bedeutung zu?

10. Hat sich Ihr Interesse an der Öffentlichkeit (z.b. Politik, soziale Fragen) verändert, und hat dies entsprechende konkrete Schritte mit sich gebracht?

11. Wofür interessieren Sie sich heute, und was tun Sie heute, was Sie sich früher gar nicht vorstellen konnten?

Beurteilung Ihrer Entwicklung (2. Teil)

1. Welche Werte, Überzeugungen, Ideale und innere Gesetzmäßigkeiten haben Sie durch diesen Prozeß hindurchgeleitet?

2. Haben sich diese – und wie im Vergleich zu früher – verändert?

3. Wie haben sich Ihre Ideale in bezug auf Partnerschaft und Ehe verändert?

4. Wie hat Ihr Partner auf diese Veränderung Ihrer Werte reagiert?

5. Gab es, gibt es innere Grenzen, die Sie nicht übertreten aus Überzeugung (z.B. Risiko von Schädigung oder Bedrohung der Partnerschaft, Respekt vor den Grenzen Ihres Partners, religiöse oder ethische Überzeugungen etc.)?

6. Was sehen Sie als Ihren Gewinn an?

7. Welchen Preis haben Sie dafür bezahlt oder zahlen Sie immer noch?

8. Wie ist Ihr Selbstwertgefühl als Frau in dieser Welt heute?

9. Welche Hoffnungen, Ziele und Sinn sehen Sie für Ihre Zukunft?

10. Weitere eigene Angaben.

Literaturverzeichnis

Badinter, Elisabeth: Ich bin Du. Die neue Beziehung zwischen Mann und Frau oder: Die androgyne Revolution. Piper Verlag, München 1986

Beauvoir, Simone de: Das andere Geschlecht. Sitte und Sexus der Frau. Rowohlt Verlag, Hamburg 1951

Beck-Gernsheim, Elisabeth: Das halbierte Leben. Männerwelt Beruf – Frauenwelt Familie. Fischer Taschenbuch Verlag, Frankfurt am Main 1993[7]

Bernard, Cheryl/Schlaffer, Edit: Laßt endlich die Männer in Ruhe. Oder wie man sie weniger und sich selbst mehr liebt. Rowohlt Verlag, Reinbek 1990

Bührig, Marga: Spät habe ich gelernt, gerne Frau zu sein. Eine feministische Autobiographie. Kreuz Verlag, Stuttgart 1987

Drewermann, Eugen/Neuhaus, Ingritt: Das Mädchen ohne Hände. Grimms Märchen tiefenpsychologisch gedeutet. Walter-Verlag, Olten 1992[11]

Frühmann, Renate: Frauen und Therapie. Junfermann Verlag, Paderborn 1984

Gilligan, Carol: Die andere Stimme. Lebenskonflikte und Moral der Frau. Piper Verlag, München 1993[4]

Hutmacher, Rahel: Tochter. Luchterhand Verlag, Darmstadt 1983

Kast, Verena: Die beste Freundin: Was Frauen aneinander haben. Kreuz Verlag, Stuttgart 1994[4]

Kummer, Irène: Wendezeiten im Leben der Frau. Kösel-Verlag, München 1990[3]

Kummer, Irène: Ich bin die Frau, die ich bin. Eine lebendige Beziehung zu sich und anderen finden. Kösel-Verlag, München 1991[2]

Lindbergh, Anne Morrow: Muscheln in meiner Hand. Eine Antwort auf die Konflikte unseres Daseins. Piper Verlag, München 1992[5]

Meier-Seethaler, Carola: Ursprünge und Befreiungen. Die sexistischen Wurzeln der Kultur. Fischer Taschenbuch Verlag, Frankfurt am Main 1992

Mitscherlich, Margarete: Die friedfertige Frau. Eine psychoanalytische Untersuchung zur Aggression der Geschlechter. Fischer Verlag, Frankfurt am Main 1987

Mitscherlich, Margarete: Über die Mühsal der Emanzipation. Fischer Verlag, Frankfurt am Main 1990

Norwood, Robin: Wenn Frauen zu sehr lieben. Die heimliche Sucht, gebraucht zu werden. Rowohlt Verlag, Reinbek 1986

Riedel, Ingrid: Demeters Suche. Mütter und Töchter. Kreuz Verlag, Zürich 1986

Rohde-Dachser, Christa: Expedition in den dunklen Kontinent. Weiblichkeit im Diskurs der Psychoanalyse. Springer Verlag, Berlin 1992

Sadat, Jehan: Ich bin eine Frau aus Ägypten. Die Autobiographie einer außergewöhnlichen Frau unserer Zeit. Scherz Verlag, Bern u. München 1989

Willi, Jürg: Die Zweierbeziehung. Spannungsursachen/Störungsmuster/Klärungsprozesse/Lösungsmodelle. Analyse des unbewußten Zusammenspiels in Partnerwahl und Paarkonflikt: Das Kollusions-Konzept. Rowohlt Verlag, Reinbek 1975